Enemies, A Love Story

ISAAC BASHEVIS SINGER

楚尘
文化
Chu Chen

北京楚尘文化传媒有限公司 出品

冤家，
一个爱情故事

［美］艾萨克·巴什维斯·辛格 著

杨怡 译

图书在版编目（CIP）数据

冤家，一个爱情故事 /（美）艾萨克·巴什维斯·辛格著；杨怡译. -- 北京：中信出版社，2023.1
书名原文：Enemies, A Love Story
ISBN 978-7-5217-4658-7

Ⅰ. ①冤… Ⅱ. ①艾… ②杨… Ⅲ. ①长篇小说－美国－现代 Ⅳ. ① I712.45

中国版本图书馆 CIP 数据核字 (2022) 第 169552 号

ENEMIES, A LOVE STORY by Isaac Bashevis Singer
Copyright © 1972 by Isaac Bashevis Singer
Copyright © 2023 The Isaac Bashevis Singer Literary Trust. All rights reserved.
Published by arrangement with Farrar, Straus and Giroux, New York.
Chinese simplified translation copyright © 2023 by Chu Chen Books.
All rights reserved.
本书仅限中国大陆发行销售

冤家，一个爱情故事
著者： [美] 艾萨克·巴什维斯·辛格
译者： 杨怡
出版发行：中信出版集团股份有限公司
（北京市朝阳区惠新东街甲 4 号富盛大厦 2 座　邮编 100029）
承印者： 浙江新华数码印务有限公司

开本：880mm×1230mm 1/32　　印张：10.75　　字数：202 千字
版次：2023 年 1 月第 1 版　　　　印次：2023 年 1 月第 1 次印刷
京权图字：01-2022-4053　　　　　书号：ISBN 978-7-5217-4658-7
定价：69.00 元

版权所有·侵权必究
如有印刷、装订问题，本公司负责调换。
服务热线：400-600-8099
投稿邮箱：author@citicpub.com

作者寄语*

尽管我没有荣幸地经历希特勒的大屠杀，但是我在纽约和经历过这种苦难的难民一起生活了很多年。所以，我急于说明，这部小说绝不是某个典型性的难民的故事，不是他的身世和苦苦挣扎的经历。如同我的大多数虚构性小说一样，本书通过几个独特的人物和对各种事情独特的组合，提供了一个特殊的故事。书中的人物不仅是纳粹的受害者，也是他们各自个性和命运的受害者。假如这些人物符合一般情况，那是因为特殊包含在一般之中。事实上，文学上的特殊就是一般。

小说最初发表在1966年的《犹太前进日报》上。小说由阿历

---

* 本书据美国法勒、斯特劳斯和吉鲁出版社（Farrar, Straus and Giroux）1972年版英译本译成。

扎·谢弗林和伊丽莎白·舒布译成英文,并由后者和雷切尔·麦肯齐、罗伯特·吉鲁两位进行编辑。谢谢他们诸位。

艾萨克·巴什维斯·辛格

第一部

第一章

1

赫尔曼·布罗德翻了个身,睁开一只眼睛。他睡得稀里糊涂,拿不准自己是在美国,在齐甫凯夫还是在德国难民营里。他甚至想象自己正躲在利普斯克的草料棚里。有时,这几处地方在他心里混在一起。他知道自己是在布鲁克林,可是他能听到纳粹分子的吆喝声。他们用刺刀乱捅,想把他吓出来,他拼命往草料棚深处钻。刺刀尖都碰到了他的脑袋。

需要有个果断的动作才能完全清醒过来。"行了!"他对自己说,坐了起来。已经九点钟了。雅德维珈早已起床。从对面墙上的镜子里,他看到了自己的模样:扭歪的脸,剩下不多的头发,以前是红色的,现在已经泛黄,而且显出一缕缕灰色。眉毛乱蓬蓬的,下面长着一双敏锐而温柔的蓝眼睛,鼻子狭窄,双颊凹陷,嘴唇薄薄的。

赫尔曼睡醒起来,衣服总是弄得皱巴巴的,一副寒碜相,看起来好像他整夜都在搏斗。这天早晨,在他的高额头上还有块乌青。他摸摸肿块。"这是怎么了?"他问自己,难道是在睡梦中让刺刀给碰伤的吗?想到这儿,他笑了。一定是他晚上起来去浴室时在壁橱的门边上碰的。

"雅德维珈?"他用还带着睡意的声音叫道。

雅德维珈出现在门口。她是个波兰妇人,双颊红润,狮子鼻,淡色的眼睛;她的头发像亚麻的颜色,淡淡的,向后梳成一个圆髻,别着一枚别针。她的颧骨高高的,下嘴唇很丰满。她一手拿着拖把,一手提着小喷壶。她穿着一件红绿方块图案的衣服,这种图案在美国是不常见的,脚上穿的拖鞋脚跟已经磨损了。

战后,雅德维珈和赫尔曼一起在德国难民营里生活过一年,后来在美国又一起生活了三年,可是她还保持着波兰农村姑娘那种陌生和羞怯的神情。她不用化妆品,只会讲几个英文单词。赫尔曼甚至觉得她有种利普斯克的气息;躺在床上的时候,她的身上散发出一股甘菊的气味。这会儿,从厨房里飘来烧甜菜、新土豆、莳萝和其他带有泥土气息的夏季蔬菜的香味,这些植物他叫不上名字,却能使他回想起利普斯克。

她带着温和的责怪神情看着他,摇了摇头。"时间不早了,"她说,"我已经洗完衣服,买好东西。我吃过早饭了,不过我现在又要吃了。"

雅德维珈说一口带乡下音的波兰语。赫尔曼用波兰语,有时也用她听不懂的意第绪语[1]跟她讲话;碰上情绪好的时候,赫尔曼会用希伯来语插进几句《圣经》中的引语,或者甚至是《塔木德》[2]中的语句。她总是倾听着。

"谢克塞[3],现在几点了?"他说。

"快十点了。"

"好,我要起床了。"

"你要喝点茶吗?"

"不,不要喝。"

"别光着脚走来走去。我去给你拿拖鞋来。我把拖鞋擦了一下。"

"你又擦拖鞋了?有谁见过擦拖鞋的?"

"拖鞋太干了。"

---

1 意第绪语(Yiddish),阿什肯纳兹(德系)犹太人使用的一种语言,来源于中古德语,用希伯来字母拼写。——译者注(以下如无特殊标注,均为译者注)
2 《塔木德》(Talmud),犹太人民事和宗教的律法著作,由正文和注释两部分组成。
3 雅德维珈的昵称。

赫尔曼耸耸肩。"你拿什么擦的拖鞋？柏油？你啊，还是个从利普斯克来的乡下姑娘。"

雅德维珈走到衣橱那儿，给他拿来浴衣和拖鞋。

她是赫尔曼的妻子，邻居们也称她布罗德太太，可是，她在赫尔曼面前的一举一动就好像他们仍在齐甫凯夫，她仍然是他父亲雷布[1]·谢缪尔·莱布·布罗德家的用人似的。赫尔曼全家都已在大屠杀中丧生。赫尔曼还活着，那是因为雅德维珈把他藏在利普斯克——她家乡的村庄——的一个草料棚里。雅德维珈的母亲一直不知道赫尔曼躲藏的地方。一九四五年解放后，赫尔曼从一位目击者口中得知，纳粹把他的孩子从他们母亲身边拖走并杀害了，后来他的妻子塔玛拉也被枪杀了。赫尔曼和雅德维珈一起到了德国，进了难民营，在他获得一张去美国的签证时，他已经和雅德维珈按世俗礼仪结了婚。雅德维珈一直想皈依犹太教，但是赫尔曼认为，用一种他自己也不遵守的宗教去束缚她似乎毫无意义。

去德国的旅程缓慢而听天由命，后来他们又坐军舰到哈利法克斯[2]，坐公共汽车来到纽约，这些路程把雅德维珈弄得稀里糊涂，直到现在，她都不敢一个人坐地铁。她出门从没超过几条街。事

1　雷布（Reb），是对正统犹太已婚男子的尊称，相当于"先生"。
2　哈利法克斯（Halifax），加拿大新斯科舍省的首府。

实上她也不必到其他地方去。她能从美人鱼大道上得到她需要的一切东西——面包、水果、蔬菜和犹太肉食（赫尔曼不吃猪肉），有时还买双鞋或买件衣服什么的。

赫尔曼在家的日子里，总是和雅德维珈一起去海滨木板道散步。尽管他一再告诉她，她不必抓住他，他是不会从她身边逃走的，可雅德维珈还是紧紧地挽着他的胳膊。各种嘈杂声和喧闹声震得她耳朵都聋了；她觉得眼前的一切都在摇晃、摆动。她的邻居们怂恿她和他们一起去海滩，但是远渡重洋来到美国的经历，使她极其害怕海洋。只要一看到波涛起伏的海浪，她的胃就开始翻腾。

赫尔曼偶尔也带雅德维珈到布莱顿海滨一家自助餐厅去，但是餐厅附近高架铁路上火车飞奔而过，发出震耳欲聋的轰鸣声；汽车向这边或那边急驰而过，发出阵阵刺耳的声响；街上到处是人，这一切都使雅德维珈不习惯。赫尔曼怕她迷路，给她买了一个小盒子，挂在项链下面，里面藏着一张小纸片，上面写着她的姓名和地址；尽管这样，雅德维珈还是不放心，一切笔写的东西她都不相信。

雅德维珈的生活起了变化，这似乎是命运的安排。有三年时间，赫尔曼完全靠她生活。他待在草料棚里，她给他端来食物和水，把他的粪便端走。每当她的姐姐玛里安娜要到草料棚去的时候，她总是先爬上梯子告诉他往草堆深处挖空的地方躲躲。夏季，刚割下的干草要储藏起来，这时，雅德维珈就把他藏在放土豆的地窖里。她始终使她的母亲和姐姐处于危险之中；如果纳粹发现在草料棚里藏着一个犹太人，那她们这三个女人都要被枪毙，说不定整个村子也会被烧毁。

　　眼下雅德维珈住在布鲁克林一幢公寓大楼的楼上。她有两个豪华的房间、一间门厅、一间浴室和一个厨房；厨房里有冰箱，煤气灶，电器设备，还有一部电话机；赫尔曼出门去推销书籍时总是打电话给她。赫尔曼可能在遥远的地方做生意，可是他的声音使她感到他就在身边。他兴致高的时候，还在电话里给她唱她喜欢的歌：

　　　　啊，如果我们有一个小男孩，
　　　　赞美天上的上帝吧！
　　　　我们的小宝贝将在何处安睡？
　　　　赞美天上的上帝吧！
　　　　在下面的街道上
　　　　有一只浴盆在雪中，
　　　　我们的小男孩将睡在盆中，
　　　　对他唱上一支美妙的催眠曲。

　　　　如果我们有一个小男孩，

赞美穷人的上帝吧！

我们的小宝贝将裹在何处？

赞美穷人的上帝吧！

裹在你那宽大的围裙

和我的羊毛围巾里。

我们可以把他裹在这些东西里，使他

不致受冻，既安全又稳当。

歌仅仅是一首歌，赫尔曼采取措施不让雅德维珈怀孕。一个人的孩子可以被别人从他们母亲身旁夺走并被打死，在这样的世界上，这个人就无权再有孩子。对雅德维珈来说，他给她的那套公寓弥补了没有孩子的缺陷。这套房子就像那些农村老太太在纺亚麻线或是拔羽毛时说的故事中的一座用魔法布置的宫殿：按一下墙上的按钮，灯就亮了。水龙头中会流出冷水和热水。转一下旋钮，火焰就来了，你可以在上面做饭。屋里有一个浴缸，可以天天洗澡，使你干干净净，不生虱子和跳蚤。还有一部收音机！赫尔曼总是将调谐旋钮转到一个早晚用波兰语广播的电台，波兰歌曲、玛祖卡舞曲[1]、波尔卡舞曲[2]，星期日还有神父的布道和从波兰

1　玛祖卡舞曲（mazurka），一种轻快活泼的波兰舞曲。
2　波尔卡舞曲（polka），波兰的一种双人圆舞曲。

来的新闻响彻整个房间。

雅德维珈不会读，也不会写，不过赫尔曼会替她写信给她的母亲和姐姐。每次来回信时——信是村里的教师写的——赫尔曼就读给她听。有时候，她姐姐会在信封上放一颗谷粒，一小节从苹果树上摘下而且还带着一片叶子的细枝或一朵小花，使她在遥远的美国也能回忆起利普斯克。

是啊，在这个遥远的国家里，赫尔曼是雅德维珈的丈夫、兄长、父亲和上帝。她在赫尔曼父亲家当用人那会儿，她就已经爱上了他。她一直认为赫尔曼是个有价值和智慧的人，和他一起在国外生活了几年之后，她明白自己的看法非常正确。他知道自己在世界上该怎么生活——他坐火车和汽车；他看书读报；他挣钱。家里需要什么东西，只要告诉他一声，他就会亲自带回来或者让快递公司的人送来。雅德维珈总是按照他教她做的那样，画上三个小圆圈作为自己的签名。

有一次，在五月十七日她的命名日那天，赫尔曼给她带回来两只长尾小鹦鹉——这儿的人是这么称呼的。黄的那只是雄的，蓝的是雌的。雅德维珈按她亲爱的父亲和姐姐的名字称它们为沃伊图斯和玛里安娜。雅德维珈和母亲的关系一直不好。自从父亲死后，母亲就改嫁了，继父经常殴打她和前夫的孩子们。就因为他，雅德维珈才不得不离家前往犹太人家去当用人。

只要赫尔曼在家的时间多些，或者至少每晚睡在家里，雅德维珈就心满意足。可是赫尔曼是靠推销书籍为生的，得四处转悠。他一出门，雅德维珈害怕小偷，就把门用链锁上，结果邻居们也进不来了。住在这幢公寓楼里的老太太们用俄语、英语和意第绪语跟她讲话。她们打听她的情况，问她打哪儿来，丈夫干什么工作。赫尔曼告诫她，对她们说得越少越好。他教她用英语说："对不起，我没有空。"

2

赫尔曼在刮胡须，浴缸里放着水。他的胡须长得很快。只一夜工夫，他的脸就变得像板刷那么扎人。他站在药柜的镜子面前——细高个儿，比一般人略高一些，狭窄的胸脯上长着一簇簇汗毛，就像从旧沙发和扶手椅中拆出来的一团团棕毛一样。他想吃多少就吃多少，可是他仍然很瘦。一根根肋骨清晰可见，脖子和两肩之间深深地凹陷下去。他的喉结好像在自动地上下移动着。从他整个外表看来，他显得很疲劳。他站在那儿开始胡思乱想起来。纳粹已重新上台并且占领了纽约。赫尔曼正躲在浴室里。雅德维珈已经把浴室的门砌死，而且上了漆，看起来就跟其他的墙壁一模一样。

"我坐在哪儿呢？就坐在抽水马桶上。我可以睡在浴缸里。不，太短了。"赫尔曼仔细估摸着瓷砖地，看看够不够他躺下。但是，即使他顺着对角线躺下，他还是得蜷着腿。嗯，在这儿他至少有光线、有空气。浴室有一扇朝向小院子的窗户。

赫尔曼开始计算，雅德维珈每天得给他送多少食物他才能维持下去：两三个土豆、一片面包、一块奶酪、一匙素油，还不时地需要一片维生素。这些东西每星期花不了她一美元——最多一美元五十美分。在这儿赫尔曼会有书和信纸。和利普斯克的草料棚相比，这儿可以说很豪华了。他可以手握一支装有子弹的左轮手枪，或是一挺机枪。如果纳粹发现他躲藏的地方来抓他，他会用一排排子弹欢迎他们，再给自己留下一颗。

浴缸里的水几乎要溢出来了，浴室里满是水汽。赫尔曼立即关掉水龙头。他沉浸在幻想之中，入了迷。

他刚进浴缸，雅德维珈就推门进来。"给你块肥皂。"

"我这儿还有一块呢。"

"这是香皂。你闻闻。一角钱三块。"

雅德维珈自己闻了闻，然后把它递给赫尔曼。她的双手还像农民的手那么粗糙。在利普斯克，她得干一个男人干的活。她要播种、收割、打谷、种土豆，甚至还要锯木头、劈木柴。布鲁克林的邻居们给她各种药性洗手液，想让她的手变得柔软些，但是这双手还是像体力劳动者的手一样尽是茧皮。她的小腿肌肉发达，像石头一般坚硬。她身体的其他部位都很光滑很柔软。她的乳房又白又丰满，臀部圆圆的。她今年三十三岁，不过看起来要年轻些。

从天刚亮一直到晚上睡觉前,雅德维珈从不歇息片刻。她总是找活干。他们住的这套公寓离海不远,但是大量的灰尘仍从敞开的窗户飞进屋来,因此雅德维珈整天洗啦,涮啦,刷啦,擦啦,忙个不停。赫尔曼记得,对于她的勤劳,他母亲是十分赞赏的。

"来,我来给你擦肥皂。"雅德维珈说。

实际上,赫尔曼觉得自己像是单独一个人似的。对于在布鲁克林这儿如何躲过纳粹搜查的一些具体细节,他还没完全想好。例如,这扇窗户该伪装起来,这样德国人就看不出是窗子了。可是怎么伪装呢?

雅德维珈开始给他的背上、胳膊上、腰上擦肥皂。雅德维珈非常想要个孩子,他一直阻挠她的愿望,因此对她来说,他就取代了孩子的位置。她喜欢他,和他一起玩耍。每次他离家出门,她就担心他可能回不来了——在混乱和辽阔的美国他可能迷路。他的每次回家似乎都是奇迹。她知道他今天要上费城,他要在那儿过夜,不过他至少会跟她一起吃早饭。

从厨房里飘来咖啡和烤面包的香味。雅德维珈已经学会怎么做齐甫凯夫的卷饼。她为他准备了各式精美的食物,给他做他最喜欢吃的饭菜:饺子、无酵面丸子罗宋汤、牛奶玉米糊、牛肉汁麦片。

每天她给他准备好一件新熨烫的衬衣、内衣和袜子。她想尽量为他多做些,可是他需要得很少。他在路上的时间比在家的时间多。

她极其渴望和他讲讲话。"火车什么时候开?"她问。

"什么?两点开。"

"你昨天说三点开。"

"两点过一点。"

"这座城市在哪儿?"

"你是说费城?在美国啊。它还能在哪儿?"

"远吗?"

"在利普斯克,这个距离是很远的;可在这儿,只要坐几小时火车就到了。"

"你怎么知道谁要买书?"

赫尔曼沉思着。"我不知道谁要。我尽量去推销。"

"你干吗不在这儿卖?这儿有那么多人。"

"你是说科尼岛[1]?他们到这儿是来吃爆米花的,不是来看书的。"

"都是些什么书呀?"

"啊,各种各样的书:怎么造桥,怎么减肥,怎么管理政府,等等。还有唱歌书、小说、剧本和讲希特勒生平的书……"

雅德维珈的脸变得严肃起来。"他们写关于这个猪猡的书?"

"各种猪猡的书他们都写。"

---

1 科尼岛(Coney Island),美国纽约市布鲁克林区一个面向大西洋的半岛,原是海岛,后填平海湾,与大陆连接,其海滩是美国知名的休闲娱乐区域。

"噢。"雅德维珈走进厨房。过了片刻,赫尔曼也跟了进去。

雅德维珈已经把鸟笼的小门打开,长尾小鹦鹉在屋子里飞来飞去。那只黄的鹦鹉沃伊图斯停在赫尔曼的肩头上。它喜欢啄赫尔曼的耳垂,吃他嘴唇上或是舌尖上的面包屑。雅德维珈感到惊讶的是,赫尔曼梳洗完毕以后越发显得年轻、神采奕奕、精神愉快。

她给他端来热的卷饼、黑面包、煎蛋卷和牛奶咖啡。她想让他吃好,但是他没有吃什么。他咬了一小口卷饼后就把它放在一边了。他只尝了尝煎蛋卷。他的胃口一定是在战争期间变小的,不过雅德维珈记得他一向吃得很少。他在华沙上大学的时候,每次回家,他母亲总要为这事跟他争吵。

雅德维珈关切地摇了摇头。他没有嚼就把饭咽了下去。离两点还早着呢,可是他仍然不住地看表。他坐在椅子边上,好像随时准备跳起来似的。他的两眼好像正盯着看墙外的地方。

突然他摆脱了这种心情,说:"今晚,我要在费城吃晚饭了。"

"谁跟你一块儿吃饭?一个人吗?"

他开始用意第绪语跟雅德维珈说话:"一个人。这是你的想法。我会和示巴女王[1]一起吃饭。我压根不是个书籍推销员,就跟

---

[1] 示巴女王(Queen of Sheba):示巴是古国名,在阿拉伯南部,即今日也门一带。示巴女王是个美人,因所罗门王的名声,她带着宝石、香料、黄金来朝见他,将这些珍宝献给他。见《圣经·列王纪上》。这里赫尔曼因另有情妇,他开玩笑地说那女人是示巴女王,意即富有的美人。

你不是教皇的妻子一样！我给那个滑头货拉比干活——不过，不给他干，我们就要挨饿。还有布朗克斯[1]那个女人简直叫人捉摸不透。跟你们三个人周旋，我居然没发疯，这实在是个奇迹。乖乖！"

"你这么讲话，我能懂吗？"

"你干吗要懂呢？《传道书》上说：'多有智慧，就多有愁烦。'[2]要是在我们可怜的灵魂里真有什么遗留下来，那真相总会知道的，不过不是现在，而是以后。如果没有什么遗留下来，那我们只好将就一下，没有真相算了。"

"还要咖啡吗？"

"好，再来一点。"

"报纸上有什么新闻？"

"啊，他们签订了停战协定，不过这是不会长久的。过不了多久，他们又会发动战争——那些野牛。他们永远也不会停止战争。"

"在哪儿打？"

"在朝鲜。"

"收音机里说希特勒还活着。"

---

1 布朗克斯（Bronx），纽约的一个区。
2 见《圣经·传道书》第一章第十八节。

"即使一个希特勒死了，也会有一百万个人准备接替他。"

雅德维珈沉默了片刻。她倚在扫帚上。后来她说："住在底层的那个白头发邻居告诉我，我每星期可以在工厂挣二十五美元。"

"你想去工作？"

"我一个人在家待着太寂寞。可那些工厂又离得太远。要是近一些，我倒想去做工。"

"在纽约去哪儿都不近。你得坐地铁，否则你哪儿都去不成。"

"我不懂英文。"

"你可以去上英语课。如果你愿意，我可以替你去注册。"

"那个老太太说，他们不接收连字母都不认识的人。"

"我来教你。"

"什么时候？你老是不在家。"

赫尔曼知道她说得对。不过像她这种年龄，要学习是困难的。当她不得不画三个小圆圈作为自己签名的时候，她满脸通红，浑身冒汗。就是最简单的英文单词的发音对她来说也是困难的。

慢慢地，赫尔曼听得懂她的农村波兰语了，但有时在晚上，当她激情奔放时，她会喋喋不休地讲一些他听不懂的含混不清的农村用语——这些字眼和表达方式他从来没听说过。难道这是古老的农村部落的语言？也许是从没有宗教信仰的时代传下来的呢。赫尔曼早就知道，一个人脑子里装的东西比他一生的经历要多。遗传因子似乎能记住别的世纪的东西。就是沃伊图斯和玛里安娜也有一种长尾小鹦鹉世代相传下来的语言。它俩显然还在继续交谈，它们总是在转瞬间朝同一方向一起飞行，这表明它们互相了解对方的思想。

可是赫尔曼呢？他对自己都捉摸不透。他使自己纠缠在狂热的纠纷中。他是一个骗子，一个罪人——也是一个虚伪的人。他为兰珀特拉比写的布道稿就是一种耻辱，一种讽刺。

他站起身走到窗前。几条街以外，大海汹涌澎湃。从海滨木板道到浪花大道传来了科尼岛夏日早晨的嘈杂声。然而在美人鱼大道和海神大道之间的那条小街上，一切都很宁静。微风吹拂，那里长着几棵树。小鸟在树枝上鸣啭。随着潮涨，飘来一阵鱼腥味和一股说不上是什么味儿的气味，一股腐烂物的恶臭。赫尔曼从窗户里探出头去，这时，他就可以看到丢弃在河湾里的废船。有壳的生物贴在黏糊糊的船体上，处于半活着、半睡眠状态。

赫尔曼听到雅德维珈责怪地说："咖啡都快凉了。回到桌旁来吧！"

3

赫尔曼离开公寓，奔下楼梯。他如果不是很快就走得看不见影踪，说不定要被雅德维珈叫回去。他每次出门，她跟他告别的时候，就好像纳粹正统治着美国，他有生命危险似的。她把发烫的脸额贴在他脸上，恳求他要小心汽车，别忘了吃饭，记着给她打电话。她像条狗那样忠心耿耿地缠住他。赫尔曼经常逗弄她，叫她傻瓜，但是他永远忘不掉她为他做出的牺牲。她的直率和忠诚可以跟他的鬼头鬼脑和惯于扯谎相比。不过，他仍然不能日夜和她待在一起。

赫尔曼和雅德维珈的公寓是幢陈旧的大楼。许多难民，都是一些上了年纪的夫妇，因为健康关系需要呼吸新鲜空气，早就在那儿定居。他们在附近的一所小会堂里祈祷，阅读意第绪语报纸。在炎热的夏天，他们把长凳和折叠凳搬到外面，围坐在一起谈论他们的故国、他们的美国孩子和孙子、一九二九年华尔街上纷纷破产的金融机构，还谈论用蒸汽浴、维生素和萨拉托加温泉[1]的矿泉水治愈的病例。

赫尔曼偶尔也想跟这些犹太人和他们的老婆交往，但是他自己复杂的生活使他必须回避他们。这会儿他匆忙走下摇摇晃晃的楼梯，在他们还没来得及叫住他之前就迅速地向右一拐，来到街上。他现在去兰珀特拉比那儿上班已经晚了。

赫尔曼的办公室坐落在靠近第四大道的第二十三街上一幢大楼里。他可以沿美人鱼大道、浪花大道，或是海滨木板道走到史迪威大道，在那儿乘地铁。这几条路各有各吸引人的地方，今天

---

[1] 萨拉托加温泉（Saratoga Springs），美国纽约州东部城市，以温泉闻名，为疗养地。

他走美人鱼大道。这条路有一种东欧风味。墙上还贴着去年公布的会堂唱诗班领唱者和拉比的名单,以及重要节日会堂座位价目表。从饭馆和自助餐厅里飘来鸡汤、玉米粥和炒肝片的香味。面包店出售硬面包圈和鸡蛋小甜饼,薄饼和洋葱卷饼。在一家商店门前,妇女们正在一个个桶里摸莳萝泡菜。

他的胃口从来不大,可是在纳粹统治的那些年里的饥饿使他一看见食物就感到兴奋。阳光照耀在一篓篓一筐筐的橘子、香蕉、樱桃、草莓和西红柿上。这儿允许犹太人自由自在地生活！大街小巷都挂着希伯来语学校的招牌。甚至还有一所意第绪语的学校呢。赫尔曼一边向前走,一边东张西望,寻找藏身的地方,以防纳粹哪一天来到纽约。附近有什么地方能挖个地下室吗？他能躲到天主教堂的尖塔上去吗？他从未当过游击队员,可现在他常常想到从哪些位置可以开枪。

在史迪威大道上,赫尔曼向右一拐,热风带着甜滋滋的爆米花香味向他吹来。招揽观众的人吆喝着劝人们去逛游乐场,看杂耍。里面有旋转木马、室内射击场,还有巫师,他能招魂显灵,一次收费五十美分。在地铁入口处,一个肿眼泡的意大利人手拿一把长刀,乒乒乓乓地敲着一根铁条,嘴里反复喊着一个词,他的叫声变成一片喧闹声。他正在卖棉花糖和冰激凌,冰激凌一放入圆锥形的蛋卷里就化了。在海滨木板道的另一头,一群群人的后面,海洋闪闪发光。这个五光十色、物质丰裕、无拘无束的场面——一切都是蹩脚和虚假的——赫尔曼每次见到总是感到惊奇。

他走进地铁，乘客们，绝大多数是青年男子，从一列列火车里涌出来。在欧洲，赫尔曼从未见过这么粗野的脸。不过这儿的青年人似乎都一心追求享乐，而没有害人之心。小伙子们奔跑着，尖叫着，像公羊似的互相推搡着。他们中有许多人都长着黑眼睛、低额头和鬈发。有意大利人、希腊人和波多黎各人。那些臀部宽大、胸脯高耸的小姑娘带着午餐袋、铺在沙地上的毯子、防晒霜和遮阳伞。她们在笑，还嚼着口香糖。

赫尔曼走上站台，过了一会儿，一列火车进站了。车门一打开，他感到一股热气。通风机隆隆地响着。光秃秃的灯泡射出使人目眩的灯光，红色水泥地上撒满了报纸和花生壳。几个半裸着身子的黑人小孩正在给旅客们擦皮鞋。他们跪在地上，像古代的偶像崇拜者。

有人在座位上遗下了一张意第绪语报纸，赫尔曼拿起报纸看看大标题。斯大林在一次谈话中宣称，共产主义和资本主义可以共存。在中国，共产党军队和蒋介石的军队正在激战。在报纸的内页上，难民们描述了马伊达内克[1]、特雷布林卡[2]和奥斯威辛[3]的恐

---

1 马伊达内克（Majdanek），位于波兰卢布林市东南。第二次世界大战期间，德国人在该地建立集中营，有一百五十万人在该集中营惨遭杀害。
2 特雷布林卡（Treblinka），位于波兰华沙市东北。第二次世界大战期间，德国人在该地建立灭绝营，主要关押华沙犹太人居住区的犹太人。
3 奥斯威辛（Auschwitz），波兰南部工商业城市。1939年德国占领波兰后，在该地建立大型集中营，内设专供杀人用的毒气室、火化场和化验室。1940年至1945年，有四百多万人在此惨遭杀害。

怖。有一个逃出来的亲历者在报上撰文，讲述苏联北部有一个劳改营，那里拉比、社会主义者、自由主义者、教士、犹太复国主义者和托洛茨基分子在挖金矿，死于饥饿和脚气病。赫尔曼自认为对这种恐怖已经司空见惯，然而，每一个新的暴行仍使他感到震惊。这篇文章的最后预示，总有一天世界会在平等、公正的基础上建立起一种制度，这种制度会治愈世界的弊病。

"什么？他们还热衷于治病？"赫尔曼把报纸扔到地上。"更美好的世界""更灿烂的明天"这类话对他来说，就好比是辱骂被折磨死的人的尸体。他一听到"那些牺牲的人是不会白死的"这类陈词滥调，就会冒火。"可是，我能干些什么呢？我尽力胡作非为。"

赫尔曼打开公文包，拿出一份手稿，边看边做着笔记。他的谋生手段像他遇到的其他一切事情一样奇异。他是一个拉比的代笔者。他也允诺在伊甸园里有"更美好的世界"。

赫尔曼读着读着，脸都扭歪了。那个拉比出卖上帝就像他拉[1]出卖别的神的偶像。赫尔曼只能为他自己找到一个辩护的理由：绝大部分听拉比说教和看他文章的人也不是真正的老实人。现代犹太教有一个目标：模仿非犹太人。

---

[1] 他拉（Tarah），典出《圣经·约书亚记》第二十四章："……古时你们的列祖，就是亚伯拉罕和拿鹤的父亲他拉，住在大河那边事奉别神……现在你们要敬畏耶和华，诚心实意地事奉他，将你们列祖在大河那边和在埃及所事奉的神除掉，去事奉耶和华。"

火车的门开了关，关了又开，每一次开关，赫尔曼都要抬头看一下。纽约市里肯定有纳粹在转悠。盟军已经正式宣布大赦七十五万"小纳粹分子"。把杀人凶手送上审判台的诺言从一开始就是谎言。谁来判决谁？他们的审判是骗局。赫尔曼缺乏自杀的勇气，只得不看，不听，不想，像一个可怜虫那样生活。

赫尔曼应该在联合广场由快车换乘慢车，然后到第二十三街下车，但是他朝窗外一看，发现火车已经到了第三十四街。他走过楼梯来到对面的站台上，登上一列去市内的火车。但是他又一次忘了下车，坐得太远了——到了运河大街。

他在地铁里犯的这些错误，他爱收拾东西可总是忘记放的地方的习惯，他还总是走错路，经常遗失稿件、书籍和笔记本，所有这一切就像灾祸似的纠缠着他。他老是在口袋里寻找他失落的东西。他的自来水笔或墨镜也会遗失，他的钱包会不见，就是自己的电话号码他也会忘记。他买一把伞，当天就会把它落在什么地方。他穿上一双胶鞋，可是几个小时之内就会把它弄丢。有时候，他想象是小鬼和小妖精在捉弄他。终于，他来到了办公室，它坐落在那个拉比拥有的一幢大楼中。

4

米尔顿·兰珀特拉比没有会众。他在以色列的希伯来语杂志上发表文章，给美国和英国的英语犹太刊物撰稿。他和几家出版社签有出书合同。他应邀去公共会堂，甚至大学做演讲。拉比没有时间也没有耐心研究和写作。他靠房地产发了财。他拥有六个疗养院，在巴勒邸园和威廉斯堡[1]建造了不少公寓大楼，还是一家营造公司的合伙人，该公司承包价值百万美元的造房项目。他有一位上了年纪的秘书，里加尔太太，虽然她对工作不太尽职，他仍然雇用着她。过去他和妻子分居过，但现在两人又生活在一起了。

拉比把赫尔曼为他做的工作叫"研究"。实际上，赫尔曼替他写书、文章和演讲稿。赫尔曼用希伯来语或意第绪语写作，再由别人把它们译成英语，然后由第三个人进行编辑加工。

赫尔曼为兰珀特拉比工作好几年了。拉比性格多样：脸皮厚、心眼好、多愁善感、做人滑头、蛮横、纯朴。他能够记住《布就筵席》[2]中晦涩难懂的注释，可是在引用《摩西五经》[3]中的话时却经常出错。他搞证券交易，赌博，为各种慈善事业筹钱。他身高六英尺，大腹便便，体重二百六十磅。他扮演着

---

1 巴勒邸园和威廉斯堡（Borough Park and Williamsburg），纽约市布鲁克林的两个居住区。
2 《布就筵席》（Prepared Table，又可称 Shulcan Aruch），是犹太教律法编纂者约瑟夫·卡洛（1488—1575）根据《塔木德》和民法写成的一部权威性律法书。
3 《摩西五经》（Pentateuch），《圣经》开头五卷，即《创世记》《出埃及记》《利未记》《民数记》和《申命记》。

唐璜[1]的角色，但是没过多久，赫尔曼就清楚地发现拉比和女人没缘分。他还在寻找真正的爱情，常常在这种似乎是毫无希望的寻找中给弄得狼狈可笑。事情糟到这样的地步，他有一次被一个住在大西洋城[2]旅馆的丈夫在鼻子上打了一拳。他经常入不敷出——至少他在税款申报表上是这么写的。他晚上两点上床，早晨七点起床。他吃两磅牛肉，抽哈瓦那雪茄，喝香槟。他的血压高得吓人，他的医生一再告诫他要注意心力衰竭。他六十四岁，精力仍很旺盛，他以"精力充沛的拉比"著称。在第二次世界大战期间，他在一支军队中当随军拉比，他曾向赫尔曼夸口说，他那时候的军衔是上校。

赫尔曼一跨进办公室的门口，电话铃就响了。他拿起电话，电话线那头立即传来了拉比低沉有力的男低音，冲他直嚷嚷。"你到什么鬼地方去了？今儿早晨你第一件事是该上这儿来！我要去大西洋城做的报告在哪里？你忘了我除去那些非做不可的事情之外，还不得不仔细看一遍。你搬到一处没有电话的房子里，这是什么意思？凡是为我工作的人，我都要能找到他，绝不允许他像一只耗子似的待在一个洞里！啊哈，你仍然是个新来的移民！这儿是纽约，不是齐甫凯夫！美国是个自由国家，你在这儿不必东

1　唐璜（Don Juan），西班牙传奇故事中的风流男子，屡见于西方诗歌、戏剧中。
2　大西洋城（Atlantic City），美国新泽西州东南部城市。

躲西藏。除非你在干非法的勾当赚钱,或者鬼知道你在干什么!我今天最后一次告诉你——在你住的地方安部电话机,否则你就别干了。你等着,我这就过来。我有些事要跟你谈。等着别走开!"兰珀特拉比挂断了电话。

赫尔曼迅速用小写字母写起来。他第一次见到拉比时,没敢承认他和一个波兰乡下人结了婚。他说他是个鳏夫,在一位贫困的同乡朋友——一个裁缝——那儿租了间狭小的屋子,裁缝家没有电话机。赫尔曼在布鲁克林的电话户名是雅德维珈·普赖克兹。

兰珀特拉比经常问他能不能到裁缝家去拜访他。驾着他的凯迪拉克,在一个贫民区的街上驶来驶去,这使他感到特别高兴。他也很欣赏自己肥胖的身躯和漂亮的衣着给人留下的印象。他喜欢做好事——为贫困的人找工作,给慈善机构写接纳他们的推荐信。赫尔曼迄今为止总算没让拉比上他家。他解释说,裁缝怕见生人,再说他曾在集中营关押过,精神有点儿不正常,也许不让拉比进屋呢。有时,赫尔曼随口说到裁缝的妻子是个瘸子,两口子没孩子,以此打消拉比的兴致。拉比喜欢有女儿的家庭。

拉比一再对赫尔曼讲他应该搬家。他甚至给赫尔曼介绍对象。他提出在他自己拥有的房屋中拨出一套公寓给赫尔曼。赫尔曼解释说那个老裁缝在齐甫凯夫救过他的命,需要赫尔曼付给他的那几块房租钱。谎言一个接一个。拉比做演讲、写文章反对不同的民族通婚。赫尔曼自己在为拉比写的文章中也不得不再三阐述这

- 028 -

个问题,告诫不要和"以色列的敌人"掺和在一起。

他的一些行为怎么能解释得通呢?他已经对犹太教、对美国法律和道德犯下了罪行。他不仅欺骗拉比,而且欺骗玛莎。但是他不得不这么做。雅德维珈的极端善良使他烦恼,跟她说话的时候,他好像不是人似的。玛莎的性格复杂、固执而且神经质,赫尔曼也不能告诉她真相。他已使玛莎相信,雅德维珈性冷淡,还赌咒发誓说,等她和丈夫里昂·托特希纳一离婚,他就马上离开雅德维珈。

赫尔曼听到沉重的脚步声,拉比打开门。他是个身材魁梧的大个子,正好穿过门洞,他脸色红润,长着厚嘴唇、鹰钩鼻、一双鼓出的黑眼睛。他穿着一套浅色衣服,黄皮鞋,系着金线缝的领带,上面别着一枚珍珠别针。他的嘴里叼着一支长雪茄。黑里夹灰的头发从他戴着的巴拿马式帽子下突出来。手腕上,红的宝石链扣闪闪发光,左手一枚刻着名字的钻石戒指光彩夺目。

他把雪茄从嘴里拿出来,把烟灰弹在地上,大声叫道:"现在你才开始写。前几天你就该准备好了!我可不能像这么着等到最后一分钟。你都胡乱写了些什么啊!稿子看起来已经太长了。这是一次拉比的会议,不是齐甫凯夫的长老会议!这儿是美国,不是波兰。嗯,你那篇论述巴尔·谢姆[1]的文章写得怎么样了?应该

---

[1] 巴尔·谢姆(Bal Shem),想象中的一个以上帝的名义制造奇迹的人。

寄出去了。交稿期已经到了！如果你干不了，请你告诉我，我会另外找个人——或者我用录音机把我的话录下，让里加尔太太打出来。"

"一切都将在今天完成。"

"把你写好的稿子给我，还有，你一定要把住址告诉我。你住在哪儿？——住在地狱里？住在阿斯摩太[1]的城堡里？我开始怀疑你在什么地方有个老婆，而你瞒着不让我知道。"

赫尔曼觉得口干。"我巴不得有个老婆。"

"你如果想结婚，你可以要一个嘛。我给你介绍过一个漂亮女人，可你连面都不愿见。你怕什么呀？没有人会硬把你拖到结婚的华盖下。好了，你的地址呢？"

"说实在的，这就不必了。"

"你一定得把地址告诉我。我的通讯簿就在这儿。怎么样？"

赫尔曼把自己在布朗克斯的地址告诉了他。

"你房东的名字？"

"乔·普赖克兹。"

"普罗茨克[2]。一个少有的名字。怎么写？我会给他们安一部电话机，告诉他们把账单送到我这儿的办公室来。"

---

1 阿斯摩太（Asmodeus），在犹太人的魔鬼学中，这是一个邪恶的精灵，后来引申为魔王。
2 赫尔曼说的是"Joe Pracz"，兰珀特拉比听成了"Protsch"。

"你不能不经他同意就去安装。"

"这跟他有什么相干?"

"他害怕电话铃声,这会使他想起集中营。"

"还有别的难民嘛,他们不都装了电话机。把电话机安在你的房间里。这样他就会觉得好多了。如果他有病,就能打电话请医生,或是请人帮忙。神经病!疯子!我们每隔几年要打一仗;希特勒们的兴起,这就是原因。我认为你每天一定得在办公室待够六小时——那是我们都同意了的。我付房租,是为了能少付一些税。如果一个办公室老是锁着,那就不叫办公室了。没有你,我的麻烦已经够多了。"

兰珀特拉比停了一下,然后又说:"我希望咱俩做个朋友,但是你的一些事情却妨碍了这点。我可以给你很多帮助,而你却像个牡蛎,把自己藏起来。你在心底到底隐藏了些什么?"

赫尔曼没有立即回答。"凡是有过我这种经历的人,已不再是这个世界的一分子了。"他最后说道。

"胡说!蠢话!你跟我们其他人一样是这个世界的一分子。你可能有过上千次离死亡只差一步,但是只要你还活着,要吃饭,要走路,对不起,还要上厕所,那么你就像其他人一样有血有肉。我认识几百个集中营里出来的幸存者,其中有些人当初真的已在走向焚烧炉。他们现在就在这儿美国,他们开汽车,做生意。你要么是在另一个世界上,要么是在这个世界上。你不可能一只脚站在地上，而另一只脚站在天空中。你在扮演一个角色，就是这样。但是为什么呢？你应该对我开诚布公。"

"我是开诚布公的。"

"什么事使你烦恼？是病了吗？"

"不，真的不是。"

"可能你阳痿吧？那都是因为神经紧张，不是器质性的。"

"我不阳痿。"

"那是怎么啦？好吧，我不会把我的友情强加在你的身上。不过，今天我会打电话去，要他们给你安一部电话机。"

"请再等一等。"

"为什么？一部电话机又不是一个纳粹，它不会吃人。如果你神经过敏，找个医生给看看。也许你需要一位精神分析医生。你别怕，这不是说你疯了。最健全的人也去找他们。就是我，有一段时间也找过精神分析医生。我有个朋友，叫贝尔霍夫斯基医生，从华沙来的。如果我介绍你到他那儿去看病，他不会向你收太多钱的。"

"说真的，拉比，我没有病。"

"是啊，没病。我妻子也坚持认为自己没病，不过她仍然是个病人。她打开煤气炉，自己就上街买东西去了。她在浴缸里放水，把一条毛巾忘在浴缸里，堵住了排水管。我坐在写字台边，忽然看见地毯上有一摊水。我问她为什么要干出这些事情，她变得歇斯底里起来,还咒骂我。这就是为什么有精神病医生的原因——在我们病得太厉害而不得不送疯人院以前帮助我们。"

"是啊,是啊。"

"嗯,全是废话。让我瞧瞧你都写了些什么。"

第二章

1

赫尔曼每次装作出门去推销书籍,都在布朗克斯的玛莎那儿过夜。他在玛莎的公寓里有一间房间。玛莎在犹太人居住区和集中营里生活过好几年,死里逃生活了下来。她在特里蒙特大道上一家自助餐厅里当收银员。

玛莎的父亲迈耶·布洛克是一位有钱人雷布·门德尔·布洛克的儿子,门德尔在华沙拥有资产,而且曾经有幸坐在亚历山大拉比的餐桌旁。迈耶说德语,是一位相当有名望的希伯来语作家,也是一位文艺倡导者。他在纳粹占领波兰前就离开了华沙,后来,因为营养不良和患痢疾而死在哈萨克斯坦。在信仰东正教的母亲的坚持下，玛莎进了贝思·雅科夫学校读书，后来在华沙一所希伯来语–波兰语中学上高中。大战[1]期间，她母亲希弗拉·普厄被送往一个犹太人居住区，而她被送往另一个居住区。直到一九四五年解放后，她俩才在卢布林[2]相见。

尽管赫尔曼自己设法逃过了希特勒造成的大灾难，他还是始终想象不出这两位妇女是怎么死里逃生的。他在一个草料棚里差不多躲了三年。这是他一生中永远无法弥补的一个空档。纳粹分子入侵波兰的那年夏天，他正在齐甫凯夫探望双亲；妻子塔玛拉带着两个孩子到她在纳伦采夫的家去了。纳伦采夫是个温泉疗养地，她父亲在那儿有一幢别墅。起先赫尔曼躲在齐甫凯夫，后来躲在雅德维珈的家乡利普斯克，这才逃过了犹太人居住区和集中营的苦役。他听到过纳粹的吼叫声和枪声，但是没看见过他们的脸。他不见天日地生活了几个星期。他的眼睛渐渐地适应了黑暗，他的双手和双脚由于不动而变得不灵活。他被虫子、田鼠和耗子咬过。他发过高烧，雅德维珈用她从地里采来的草药和从母亲那儿偷来的伏特加给他治病。他经常在心里把自己比作《塔木德》中的圣徒乔尼·哈马格尔。据说哈马格尔睡了七十年，当他醒来的时候，发现世界变得这么陌生，

---

1 指第二次世界大战。
2 卢布林（Lublin），波兰东部城市，卢布林省首府。

于是他祈求死去。

赫尔曼在德国遇见了玛莎和希弗拉·普厄。玛莎和里昂·托特希纳博士结了婚；托特希纳是一位科学家，据说他发明过，也许是协助发明过某种新的维生素。但是在德国，他把整个白天和一半晚上都用来和一帮走私分子玩牌。他说一口流利漂亮的波兰语，还能随口说出一些他自称有联系的大学和教授的名字。他在经济上靠犹太同乡会给他的钱和玛莎缝缝补补、改做衣服得来的微薄收入过日子。

玛莎、希弗拉·普厄和里昂·托特希纳比赫尔曼先到美国。赫尔曼到纽约后，又遇到了玛莎。开始他在一所犹太法典学院里当老师；后来又到一家小印刷厂当校对，在那儿他认识了兰珀特拉比。那时玛莎已经和她的丈夫分手，他原来从来没有过什么发明，也没有资格拥有博士头衔。眼下他是一个上了年纪的有钱女人的情夫，这个女人是一个房地产主的遗孀。赫尔曼和玛莎还在德国时就相爱了。玛莎发誓说，一个吉卜赛算命的曾经预言她将遇见赫尔曼。这个算命的把赫尔曼给她描述了一番，连最小的细节都说到了，他还警告她说，她和赫尔曼的爱情将会给他们带来痛苦和烦恼。正讲到玛莎未来的时候，那个吉卜赛人突然神志恍惚，然后昏了过去。

赫尔曼和他的第一个妻子塔玛拉都出身于富裕的家庭。塔玛拉的父亲雷布·谢克纳·卢里亚是个木材商，同时和姐夫合伙做玻璃生意。他有两个女儿——塔玛拉和谢娃。谢娃已经死在集中营里了。

赫尔曼是独子。他父亲雷布·谢缪尔·莱布·布罗德，古西亚京拉比的信徒，是个有钱人，他在齐甫凯夫拥有好几处住房。他请了一位拉比按犹太人的习俗教他的儿子，又请了一位波兰人家庭教师教他学习各种非宗教学科。雷布·谢缪尔·莱布希望儿子成为一个现代拉比。赫尔曼的母亲，曾在伦贝格[1]的一所德国高等学校学习过，她希望儿子当一名医生。十九岁，赫尔曼来到华沙；他通过入学考试，进入一所大学的哲学系。在他年轻的时候，他就表现出对哲学的偏爱。他已经阅读过齐甫凯夫图书馆里所有的哲学著作。在华沙，他违背双亲的意愿，和塔玛拉结了婚。那时她在弗什赫尼查大学读生物，是个左翼运动的积极分子。差不多从一结婚开始，他俩的关系就不太融洽。赫尔曼是叔本华[2]哲学的信徒，过去曾下定决心永不结婚，永不生育。他把自己的决心告诉了塔玛拉，但是她已怀孕，而且拒不堕胎；在她家庭支持下，她迫使赫尔曼结了婚。他们有了个男孩。有一段时间，她是一个狂热的共产主义者，甚至计划带着孩子移居苏俄。后来，她放弃了共产主义，成了锡安工

---

1 伦贝格（Lemberg），即利沃夫，在乌克兰境内。
2 叔本华（Arthur Schopenhauer, 1788—1860），德国哲学家、唯意志论者。

人党党员。塔玛拉和赫尔曼的父母都不再继续资助这对年轻夫妇,他们靠当家庭教师来维持生活。结婚三年后,塔玛拉又生了个女儿——根据奥托·魏宁格[1]的说法(那时赫尔曼认为他是最言之成理的哲学家),是个"没有逻辑性、没有记忆力和德性的生物,只是一个性欲容器"。

在战争期间和战后的几年内,赫尔曼有足够的时间让他为自己对家庭的行为表示悔恨,但是他基本上还是老样子:既不相信自己,也不相信人类,是一个生活在自杀前的忧郁中的享乐主义的宿命论者。各种宗教都是谎言。哲学从一开始就彻底破产了。有关进步的种种无法兑现的诺言不过是吐在世世代代殉道者脸上的唾沫。如果时间只是一种感觉的形式,或是一种理性的范畴,那么,过去就如同现在和将来一样,该隐[2]继续在杀害亚伯。尼布甲尼撒[3]仍在杀害西底家的众子,剜掉西底家的眼睛。[4]基什尼奥夫[5]大屠杀永远不会停止。犹太人永远要在奥斯威辛被烧死。那些没有勇气结束生命的人只有一条出路:麻痹理智,抑制记忆,消灭希望的最后痕迹。

---

1 奥托·魏宁格(Otto Weininger, 1880—1903),奥地利思想家、哲学家。
2 该隐(Cain),《圣经》中的人物,是亚当、夏娃的长子,杀害其弟亚伯。
3 尼布甲尼撒(Nebuchadnezzar),巴比伦王,约公元前605年至前562年在位。
4 典出《圣经·列王纪下》第二十五章第七节:"……在西底家眼前杀了他的众子,并且剜了西底家的眼睛……"
5 基什尼奥夫(Kesheniev),1991年改名基希讷乌,现为摩尔多瓦首都。1903年该城曾爆发一场对犹太人的屠杀。

2

赫尔曼离开拉比的办公室，乘地铁去布朗克斯。夏日炎炎，人们挤来挤去，匆忙地走着。在开往布朗克斯的快车上，座位上都坐满了人。赫尔曼紧紧抓住一根皮带。在他的脑袋上方，一只风扇呼呼地响着，但是扇出来的风并不凉快。他没买下午版的报纸，于是看起广告来——袜子、巧克力、罐头汤，以及"庄严的"葬礼。火车驶进一条很窄的隧道。车厢内明亮的灯光也无法驱走那一片岩石般的黑暗。每到一站，一群群新的乘客涌入车厢。空气中混合着香水和汗臭的气味。妇女们脸上抹的化妆品融化了；她们的睫毛油粘在一起，都结成硬块了。

车厢里的人渐渐稀少起来，现在火车行驶在地面上的高架铁道上。从工厂的窗口望进去，赫尔曼看见白人和黑人妇女在机器周围起劲地转来转去。在一间有很低的金属天花板的大厅里，半裸着的年轻人正在打台球。在一个屋顶平台上，一个穿游泳衣的姑娘躺在折叠帆布床上，在夕阳下晒日光浴。一只鸟儿掠过蔚蓝的天空。尽管各种建筑物并不古老，但是整个城市笼罩着一种年久衰败的气息。一层金色和火红色的尘雾飘浮在一切东西上面，地球好像进入了彗星尾。

列车停了，赫尔曼一下窜出车门。他奔下铁扶梯，向前走进一个公园。公园里草木丛生，就好像长在一片田野中央似的；鸟儿在树枝间跳跃、啭鸣。到傍晚，公园的长凳上就会坐满人，但现在长凳上只坐着几个上了年纪的人。有一个老头正透过一副蓝色的眼镜和一个放大镜在看一张意第绪语报纸。另一个老头把裤腿卷到膝盖上，正在暖和他那患风湿病的腿。一个老妇人在用粗劣的灰毛线编织夹克衫。

赫尔曼向左拐到玛莎和希弗拉·普厄住的那条街上。那里只有几栋房子，被长满了杂草的空地隔开着。有一个旧仓库，窗户已用砖砌死，大门总是关着。在一栋倾圮的房子里，有一个木匠正在做他出售的"半成品"家具。有一栋空房子上悬挂着一块"待售"的招牌，房子的窗户已被砸掉。赫尔曼觉得，这条街似乎也下不了决心，究竟是成为这一带的一部分呢，还是干脆认命，任凭消失。

希弗拉·普厄和玛莎住在一栋房子的三楼，这栋楼的底层空着，门廊坏了，窗户全都钉着木板和白铁皮。门口的台阶踩上去摇摇晃晃。

走了两截楼梯后，赫尔曼停住了脚——不是因为累而是因为他需要时间完成他的幻想。如果地球在布朗克斯和布鲁克林中间裂成两半，会发生什么事呢？他将不得不留在这儿。雅德维珈住的那半边会被另一颗星球带进一个不同的星座。接下来，会发生什么事呢？如果尼采关于永恒轮回的理论是真实的，也许这种情况早在千万亿年前就已发生过。斯宾诺莎[1]在哪里写过，上帝做一切他能做到的事情。

赫尔曼敲了敲厨房的门，玛莎立即打开门。她长得并不高，但是她身材的苗条和昂着头的姿势给人一种印象：她的个儿挺高。她的头发黑里泛红。赫尔曼爱把它说成是火和沥青。她的皮肤白得耀眼，一双淡蓝色的眼睛里闪着绿斑；她的鼻子瘦削，下巴尖尖的。她的颧骨很高，双颊下陷。丰满的嘴唇间叼着一支香烟。从她的脸上可以看出那些在危险中熬出头来的人的那股力量。玛莎现在体重一百一十磅，但是在刚解放那会儿，她只有七十二磅。

"你妈在哪儿？"赫尔曼问。

"在她屋里。她一会儿就会出来的。坐吧。"

"看，我给你带来了一件礼物。"赫尔曼递给她一包东西。

"一件礼物？你不必老是给我带礼物来。这是什么？"

"一个装邮票的盒子。"

"邮票？那倒挺有用的。里面有邮票吗？有的。我有一百来封信要写，但是几个星期过去了，我好像拿不起笔。我给自己找的借口是家里没有邮票。现在我可没有借口了。谢谢，亲爱的，谢谢。你真不该花这笔钱。嗯，咱们吃饭吧。我给你做了你喜欢的

---

[1] 斯宾诺莎（Baruch Spinoza, 1632—1677），荷兰哲学家，祖先为犹太人。认为自然界即"实体"，有无数的"属性"。强调自然界的一切都是必然的。主要著作有《伦理学》等。

菜——炖肉和麦片。"

"你答应过我不再做肉菜的。"

"我也答应过自己，可是除了肉没有别的菜。上帝自己都吃肉——人肉。没有蔬菜，一点也没有。如果你看到我看到过的一切，你就会明白上帝是赞成杀戮的。"

"你不一定非得做上帝想要做的一切。"

"你得这么做，你得这么做。"

另外一间房间的门开了，希弗拉·普厄走了出来。她的个儿比玛莎高，皮肤微黑，一双乌黑的眼睛，黑里夹灰的头发向后梳成一个圆髻，尖鼻子，两道眉毛长得连在了一起。她的上嘴唇上有颗痣，下巴上有好些汗毛。她的左脸颊上有一块伤疤，这是在希特勒入侵后的第一个星期里让纳粹的刺刀给戳的。

不难看出，她曾经是个很有魅力的女人。迈耶·布洛克爱过她，还写希伯来情歌送给她。但是集中营和疾病把她毁了。希弗拉·普厄总是穿黑衣服。她仍在哀悼她的丈夫、双亲和兄弟姐妹们，他们都死在犹太人居住区和集中营里了。这会儿她像一个突然从黑暗里来到光亮处的人那样眯缝起眼睛看着。她举起手指修长的小手，似乎想捋捋头发，然后说道："啊，赫尔曼？我几乎认不出你了。我已养成了这种习惯：坐下就睡着。晚上我躺在床上一直到天亮都睡不着，胡思乱想。到了白天我老打瞌睡。我睡了好久吗？"

"谁知道呢？我根本不知道你睡着了，"玛莎说，"她在屋里走来走去，脚步轻得跟耗子似的。这儿真的有耗子，我都讲不出她和耗子有什么区别。她整夜在屋里转悠，甚至连灯都不开。总有一天你会在黑暗中摔断腿的。记住我的话。"

"你又来了。我并没有真的睡着，只是觉得脸上好像盖了一块窗帘布，脑子里一片空白。但愿你不会这样。什么味儿？什么东西烧煳了？"

"没有，妈，什么也没烧煳。我妈有个怪毛病——她总是把自己做的事怪到我的头上。她随便做什么饭菜都要烧煳，所以只要我做点儿什么，她总是能闻到烧煳的味儿。她给自己倒一杯牛奶，总是倒得溢出来，可是她却警告我要小心。这一定是一种'希特勒症'，在我们集中营里有一个女人，她告发其他人，可是她告发他们的事情恰恰都是她自己干的。这有点病态，也挺有趣。疯子是没有的，疯子只是假装疯狂。"

"人人都神志正常——只有你妈是疯子。"希弗拉·普厄嘟囔着。

"我不是那个意思，妈。别把这些话硬加到我头上来。坐吧，赫尔曼，坐吧。他带给我一个装邮票的小盒。这下我不得不写信了。今天我本该打扫你的房间，赫尔曼，可是我陷在其他许多事情中了。我告诉过你，做个跟其他寄宿者一样的寄宿者——如果你不要求保持房间干净整洁，那你就住在灰尘里。长期以来都是纳粹强迫我干活，因此我无法自觉自愿地去干活。如果我要做某件事，我就得想象有一个德国人正端着枪站在我身旁。在美国这儿，我终于明白：归根结底，奴役并不是什么大不了的悲剧——要叫人干活儿，没有比鞭子更好的工具了。"

"听她往下说。问问她在说些什么，"希弗拉·普厄抱怨说，"她在说反话，就是这么回事。这是她从她父亲——他该在伊甸园里安息了——的家庭里继承下来的。他们都喜欢辩论。我父亲——愿他安息吧——你的外祖父曾经说过：'他们关于《塔木德》的争论是精彩的，但是不知怎么的，他们结果证明人在逾越节[1]是允许吃面包的。'"

"逾越节吃面包跟这有什么相干呢？行行好吧，妈，你坐下吧，看你那么站着我实在受不了。她老是摇摇晃晃，我想象她随时都会摔倒。而且她真的摔倒过。没有一天她不摔倒。"

"你接下来还要给我编些什么？想当初，我躺在卢布林的一家医院里，眼看就要咽气了。我终于要安息了。突然她来了，把我从另一个世界叫了回来。你这么不断造我的谣，那你还要我干什么呢？不如死了好，倒是件乐事。尝过死亡滋味的人不再喜爱生

---

[1] 逾越节（Passover），犹太人的重要节日，在尼散月十四日，通常在公历三四月间。在逾越节，犹太人不许吃面包，只许吃无酵饼。典出《圣经·出埃及记》："……这是耶和华的逾越节……有酵的物，你们都不可吃，在你们一切住处要吃无酵饼。"玛莎父亲家的人爱唱反调，所以得出相反的结论。

活。我原以为她也死了。可是我突然发现她还活着,而且找我来了。她头天找到我,第二天就跟我顶嘴,拿话刺我,就像拿成千根钢针刺我。假如我把一切情况都讲出来,听的人会认为我精神不正常。"

"你是不正常,妈,你是不正常。要描写我带她离开波兰时她的境况,那需要一大瓶墨水。但是,有一件事我可以凭良心说:没有哪一个人像她那样折磨我。"

"我对你做了什么,女儿,你要这么说我?就算在那时也是你身体健康——但愿你没有遭到别人的毒眼[1]——而我快要死了。我坦白地告诉她:'我不想活了,我活够了。'可是她狂怒地把我这条命拖了回来。你可以用愤怒断送人的命,但也可以用愤怒救人的命。你干吗还需要我呢?为了适合她的幻想,要有一个母亲,就是这样。她的丈夫里昂,一开始我就不喜欢。我看了他一眼,就对她说:'女儿啊,他是个骗子。'据说,一切都在人的额头上写明着,只要你会看。那些最难懂的书我女儿能读懂,可是碰到人,她就一窍不通了。眼下,她给撇在这儿坐着,一个被抛弃的妻子,一个终生跟丈夫分居的女人。"

"如果我想结婚,我根本不必先跟他离婚。"

"什么?我们还是犹太人,不是异教徒。炖肉怎么了?炖肉得

---

1 按照迷信的说法,有一种毒眼能使人遭殃。

在火上烧多久？肉都要烧化了。让我去看看。啊，我的上帝！锅里的水都烧干了。啊，你不能依靠她！我闻着是烧煳了。他们把我的腿整坏了，那些恶魔，不过味儿我还闻得出。你眼睛到哪儿去了？那些可笑的书你读得太多了，愿上帝怜悯我！"

3

玛莎边吃饭，边抽烟。她交替着吃一口饭，吸一口烟。每一样菜她都吃了一点儿，然后就把盆子推开了；但是她不断地给赫尔曼夹菜，要他多吃些。"就当你是在利普斯克的草料棚里，你那个乡下人给你拿来一盘猪肉。谁知道明天会怎么样？这种事情还会发生的。屠杀犹太人是合乎天理人情的。犹太人一定要被屠杀——这是上帝的希望。"

"女儿，你真叫我伤心。"

"事实就是这样。爸爸总是说，任何事情都出自上帝的意旨。你也是这么讲的，妈。如果上帝能允许欧洲的犹太人被杀害，那么，有什么理由可以认为他会制止美国的犹太人被斩尽杀绝呢？上帝才不在乎哪，上帝就是这样的。对吗，赫尔曼？"

"谁知道？"

"你对什么问题都是同一个答复：'谁知道？'总有人知道的！如果上帝是万能的、全能的，他应该而且能够保护他所爱的子民。如果他坐在天堂里，保持沉默，这说明子民一定同去年的严寒一样使他厌烦。"

"女儿，你倒是想不想让赫尔曼安静一会儿？刚才你把肉烧煳，现在他吃饭，你又用各种问题来打扰他。"

"没关系，"赫尔曼说，"但愿我能知道答案。可能苦难是上帝的一个属性。如果人同意一切都是上帝，那我们自己也是上帝了；如果我揍你，那就是说，上帝挨了揍。"

"为什么上帝要揍自己呢？吃吧，别在盆子里剩下什么。那是你的哲学吗？如果犹太人是上帝，纳粹也是上帝，那就没什么好谈的了。妈烤了一个什锦饼，我去给你拿一块。"

"女儿，他得先吃糖汁水果。"

"他先吃什么不都一样？反正到胃里全都和在一起了。你太专横，妈，你就是这么个人。好吧，给他把糖汁水果拿来。"

"请你们别为了我吵嘴。我先吃什么没什么关系。如果你们两个人都不能和睦相处，那还有什么和平呢？地球上最后两个人也将互相残杀。"

"你怀疑吗？"玛莎问，"我不怀疑。他们会拿着原子弹面对面地站着饿死，因为双方谁都不给对方一个吃饭的机会。如果其中的一个想用点时间吃饭，另一个就会扔炸弹。爸爸总是带我去看电影。她不喜欢电影，"玛莎朝她母亲点点头，"但是爸爸是个电影迷。他总是说，一看电影，他就会忘记一切烦恼。现在我对电影不感兴趣了，不过那个时候我也很爱看。我总是和他坐在一起，他让我握着他的手杖。爸爸离开华沙的那天，所有的男人都穿过普拉加大桥走了，他指着他的手杖说：'只要有这根手杖，我就不会绝望。'我干吗要提这事儿？啊，对了，有一部电影讲两只鹿，两只公鹿，为了一只母鹿在角斗。它们的角绞在一起，互相厮打着，直到其中的一只倒地死去，剩下的那一只也半死不活。在整个角斗过程中，那只母鹿始终站在一边吃草，好像这事跟它毫无关系似的。那时我是个孩子，正在上高中二年级。当时我就认为，如果上帝让无知的野兽干出这样野蛮的行为，那真是毫无指望了。在集中营里我经常想起这部电影。它使我憎恨上帝。"

"女儿，你不该这么讲。"

"我做许多我不该做的事情。把糖汁水果拿来。"

"我们怎么能了解上帝呢？"希弗拉·普厄朝炉子走去。

"说真的，你不该跟她争得这么厉害，"赫尔曼温和地说，"你这么做能有什么结果呢？如果我母亲现在还活着，我不会跟她顶嘴的。"

"你倒教起我怎么办了？跟她生活在一起的是我，不是你。一个星期有五天你待在那个乡下人那儿，好不容易到了这儿，你倒说教起来了。她的虔诚和小心眼使我生气。如果上帝是非常公正的，那她干吗因为汤没有像她要求的那么做得快，就要发那么大的火呢？如果你要知道我的看法，她可是比任何无神论者更热衷于物质的东西。开始，她怂恿我和里昂·托特希纳结婚，因为他经常给她带来小蛋糕。后来,她开始找他的岔子——天知道为什么。对我来说,跟谁结婚不都一样?我反正早就完了,这有什么关系?不过,告诉我,你那小乡下人怎么样?你是不是对她说,你又要出门去推销书?"

"我还能说别的什么呢?"

"你今天在哪儿?"

"在费城。"

"如果她发现了咱俩的事会怎么样?"

"她永远不会发现的。"

"这种可能性总是存在的。"

"你可以放心,她永远不会使我们分开。"

"我没这么肯定。如果你能和一个目不识丁的傻瓜在一起待这么多时间,那你当然不需要其他更好的人。还有,给一个骗子拉比干这种苦差事有什么意思?至少以你自己的名义当个拉比或骗子。"

"我不能这么干。"

"你仍然躲在草料棚里,这是事实!"

"对,这是事实。有一些士兵能在城市上空扔一枚炸弹,杀害成千上万的老百姓,可是他们没法杀一只鸡。只要我没看到受我骗的读者,他们也没看见我,我就能忍受。再说,我给拉比写的那些东西并没什么害处,只有好处。"

"那意思是说你不是骗子?"

"我是骗子,咱们别谈它了!"

希弗拉·普厄回到屋里。"糖汁水果来了。等一下,让它凉一凉。我的女儿把我说成什么了呀?她在说什么?按她说的,你会以为我是她最坏的敌人。"

"妈,你知道那句俗话:'愿上帝为我防备朋友,我要为自己防备敌人。'"

"我看到过你是怎么为自己防备他们的。啊,是啊,既然在他们残杀了我的全家和我的同胞以后,我还活着,那么你的话是正确的。只有你,玛莎,一个人是可靠的。如果你们还不想休息,我得去休息了。"

4

吃过晚饭,赫尔曼回到他自己的房间里。他住的这间房间很小,只有一扇窗子,从窗户往下看,可以看到一个小院子。院内长着青草和一棵歪脖子树。床上凌乱不堪。屋里到处都是书、稿子和赫尔曼胡写乱画的纸片。

玛莎的手指间总是夹着一支香烟,赫尔曼的手里总是拿着一支钢笔或者铅笔。就是在利普斯克的草料棚里,只要从棚顶的缝隙里透进来的亮光能让他看得见,他就写啊写,做笔记。他练习一种华丽的书法,刻苦地写花体字字母。他画各种各样长着招风耳、长鹰钩鼻、圆眼睛的怪人,怪人的四周是喇叭、号角和毒蛇。就是在梦中他也在写——用拉什[1]的字体,在黄纸上写一本既是故事书,又有犹太教神秘主义启示,还有科学发现的综合性作品。有时候,他醒来后,手腕因为写得太多而抽筋。

赫尔曼的房间就在屋顶下面,夏天,除了清晨太阳升起以前,老是很热。大量的煤灰从开着的窗户外飞进来。尽管玛莎经常更换床单和枕头套,床上看起来还是很脏。地板上有不少窟窿,晚上可以听见耗子在地板下面抓咬的声音。有几次玛莎安上了老鼠夹,但是被夹住的耗子的痛苦叫声让赫尔曼受不了。他会在半夜起来把耗子放走。

一走进房间,赫尔曼马上摊手摊脚地躺在床上。他浑身疼痛。他患风湿症和坐骨神经痛;有时候他想,自己生着脊椎肿瘤在奔波。他没有耐心去看医生,对医生也没有信心。经历了希特勒统治的那些年代,他感到疲惫不堪,这种疲劳始终没有得到完全的恢复,只有他和玛莎亲热的时候除外。吃东西以后,他就胃痛。吹到一点风,他的鼻子就塞住了。他常常喉咙痛,嗓音变得越来越嘶哑。耳朵里有什么东西使他感到痛——化脓了,还是长了个

---

[1] 拉什(Rashi,1040—1105),中世纪一位伟大的犹太法学家,《圣经》和《巴比伦塔木德》(《塔木德》有两种,一种是《巴比伦塔木德》,另一种是《巴勒斯坦塔木德》,前者权威性更高,应用更广)的法语-犹太语注释者。他的希伯来名字是拉比·谢洛莫·本·伊斯哈克。

东西？只有一样病他没有得过，就是发烧。

这时已是傍晚，不过天色还很亮。只有一颗星星亮晶晶地闪烁着，忽蓝忽绿，或远或近，这颗星的光芒和它的存在使他感到困惑。一条直线从这颗星在宇宙中的高度一直伸到赫尔曼眼前。这个天体（如果它是个物体）带着宇宙的快乐闪闪发光，它在嘲笑一个只有受苦本领的人的肉体和精神的渺小。

门开了，玛莎走了进来。在暮色中，她的脸上映出各种影子拼成的图案。她的眼睛里似乎也射出光芒。一支香烟叼在她嘴唇中间。赫尔曼一再警告，总有一天她的香烟会引起一场火灾。"我早晚会被烧掉的。"她总是这么回答。现在她站在门口，吸着烟。有一会儿，香烟的火光好像使她的脸变得通红，而且有点奇怪。她把放在椅子上的一本书和杂志拿开，坐了下来。她说："上帝啊，这儿热得像地狱一样。"

尽管这么热，可是只要她母亲还没睡着，玛莎就不愿意脱掉衣服。为了摆摆样子，她在起居室的长沙发上铺了被子。

迈耶·布洛克，玛莎的父亲，认为自己是个不信教的人，可是希弗拉·普厄一直很虔诚，而且坚持严格按照犹太教的规矩做饭菜。在重要的节日，她做祈祷的时候，甚至还戴上假发。在安息日，她一定要迈耶·布洛克举行献祭仪式，唱安息日赞美诗，尽管他在饭后总是把自己关在书房里用希伯来语写诗。

犹太人居住区、集中营和难民营的生活动摇了母女两人的习惯。战后，在希弗拉·普厄和玛莎待过的德国难民营里，一对对男女公开地睡在一起。玛莎和里昂·托特希纳结婚的那会儿，希弗拉·普厄同女儿和女婿睡在一间房间里，中间只隔着一块帘子。

希弗拉·普厄会说，灵魂跟肉体一样能承受许许多多的打击，在它再也无法承受时，它就感觉不到痛苦了。在美国，她变得更加虔诚。她一天祈祷三次，经常在头上包着一块布走来走去，自愿遵守那些就是在华沙都没有遵守的规定。她在精神上还和那些被毒气杀死的和受折磨的人生活在一起。她总是点燃灌满石蜡的玻璃杯——纪念朋友和亲戚的纪念蜡烛。在意第绪语报上，她不看别的文章，只看那些关于犹太人居住区和集中营中死里逃生的人的报道。她从伙食费中节省下钱购买有关马伊达内克、特雷布林卡和奥斯威辛的书籍。

别的难民总是说，随着时间的流逝，人们会忘记过去，但是希弗拉·普厄和玛莎永远忘不了。相反，离开大屠杀的时间越久，她们觉得同大屠杀越近。玛莎会责怪她母亲为那些死难者哀悼得太多了，但是当她母亲默不作声的时候，她自己反倒哀悼起来了。当她谈到德国人的暴行时，她会奔到挂在门上的门柱圣卷[1]前把唾

---

[1] 门柱圣卷（mezuzah），一块长方形的小羊皮卷，一面写着《圣经·申命记》第九章第四节至第九节和第十一章第十三节至第二十九节；另一面写有上帝的名字，羊皮卷盛在小匣内，挂于门柱上，作为一种辟邪物。犹太教徒进出大门时，用右手手指按一按圣卷，然后吻一吻手指。

沫吐在那上面。

希弗拉·普厄会拧着自己的双颊。"你吐吧,女儿,你亵渎神明。我们在这儿遭了一次大难,我们还会在那儿再遭一次。"她用手指指天空。

玛莎和里昂·托特希纳的分开,以及她和赫尔曼·布罗德,一个异教女人的丈夫,发生关系,对希弗拉·普厄来说,都是自一九三九年开始的恐怖的继续。这种恐怖似乎永远不会结束。不过,希弗拉·普厄和赫尔曼挺亲近,叫他"我的孩子"。他的犹太教知识给她留下了深刻的印象。

每天祈祷的时候,她都要恳求全能的上帝让里昂·托特希纳同意和玛莎离婚,让赫尔曼和他的异教老婆分开,让她希弗拉·普厄在生前享受到把女儿领到结婚华盖下的快乐。但是看起来她不会得到这样的好报。希弗拉·普厄责备她自己:她违抗自己的父母亲,待迈耶很不好;在玛莎的成长过程中,在应该灌输给玛莎敬畏上帝的思想时,她很少关心她。而她犯下的最大罪行就是:在这么多无辜的男女惨遭杀害的时候,她居然一直活着。

希弗拉·普厄在厨房里,一边洗碗,一边对自己咕哝。她好像在和一个看不见的人争论。她关上灯,然后又打开灯。她背诵睡觉前说的祈祷文,吃了一片安眠药,把暖瓶灌满。她患有心脏病、肝病、肾脏病和肺病。每隔几个月,她就要昏过去一次,每次医生都说她没救了,可每次她又逐渐复原了。玛莎留神着母亲的一举一动，总是警觉地准备帮助她。母女两人互相关爱着，然而又无休止地互相埋怨。她们的互相不满可以追溯到迈耶·布洛克还在世的时候。据说迈耶一直和一位希伯来语女诗人，玛莎的老师，保持着柏拉图式的恋爱关系。玛莎会打趣地说，这恋爱是在讨论希伯来语的一些语法规则中开始的，而且从来没有进一步发展下去过。但是就连这样微不足道的不忠行为，希弗拉·普厄都一直没有原谅迈耶。

这会儿，希弗拉·普厄的房间里黑洞洞的，玛莎仍然坐在赫尔曼那间屋子的那把椅子上，一支接一支地抽烟。赫尔曼明白，她正在为他们的亲热准备一个不寻常的故事。玛莎把自己比作山鲁佐德[1]。她在犹太人居住区、集中营和亲身流浪的波兰废墟上历尽了艰难。她一边讲故事，他俩一边接吻、抚摸、尽情欢乐。在这些故事里，男人们都追求她：在地下室里、在森林中、在她当过护士的医院内。

玛莎收集了很多惊险故事。有时候，这些故事听起来好像是她编造出来的，但是赫尔曼知道她不是一个说谎的人。她最复杂的经历开始于解放后。她所有故事的寓意是，如果上帝想通过希

---

[1] 山鲁佐德（Scheherazade），《一千零一夜》中讲故事的女子。

特勒的屠杀来改造他的选民[1]，那么他已经失败。事实上，虔诚的犹太人都给消灭光了。那些想方设法死里逃生的善于处世的犹太人，除了极少数以外，都没从整个恐怖统治中学到什么。玛莎同时夸耀和忏悔。赫尔曼劝她别在床上抽烟，但是她吻他，还冲他喷烟圈。香烟的火星会落在床单上。她嚼口香糖，吃巧克力，喝可口可乐。她从厨房里给赫尔曼端来食物。他们的亲热不只是一次男女的交合，而且是一次仪式，经常要持续到天亮。这使赫尔曼想起古时候的人，他们会叙述出埃及[2]的奇迹，一直到启明星升起。

玛莎故事中的许多男女主人公，不是被杀害，就是死于传染病或被困于苏俄。其他的人则在加拿大、以色列或纽约定居。玛莎到一家面包店去买过一块蛋糕，面包师原来是集中营里的工头。难民们在特里蒙特大道玛莎当收银员的那家自助餐厅里认出了她。有些人在美国发了财——开起了工厂、旅馆、超市。鳏夫们已经重新娶妻，寡妇们也已再嫁。那些失去了孩子但还年轻的妇女们，因为重新结婚又有了孩子。那些在纳粹德国走私和做黑市生意的人同德国姑娘，有时是同纳粹的女儿或姐妹，结了婚。没有一个人——侵略者和受害者——对自己的罪行表示后悔。就以里昂·托特希纳为例。

---

1 上帝的选民指犹太人，典出《圣经》。
2 以色列人受埃及法老的迫害，后来上帝晓谕他们的先知摩西，让他率领以色列人离开埃及，穿过旷野，抵达迦南。见《圣经·出埃及记》。

玛莎一向喜欢不厌其烦地谈论里昂·托特希纳和他狡猾的手段。他同时有许多毛病：病态的说谎者、酒鬼、吹牛大王、色情狂和赌棍，他会拿穿在身上的那件衬衣跟人打赌。他邀请他的情妇参加玛莎和她母亲倾囊订下的结婚宴席。他染头发，声称有博士头衔，他被控剽窃别人的成果。有一个时期，他同时是犹太复国主义修正党员和共产党员。纽约的法官已经同意玛莎正式离婚，要托特希纳每星期给她十五美元的赡养费，但是他从未付过一个子儿。相反，他要弄一切手段骗她的钱。他仍然打电话、写信给她，恳求她回到他的身边去。

赫尔曼一再让玛莎晚上早些休息。他俩明天早晨还得上班。可是玛莎好像不怎么要睡觉。她可以打个盹，几分钟后就醒了，精神焕发。她的梦折磨着她。她会在睡梦中大喊大叫，用德语、俄语和波兰语说话。死人在她面前显灵。她总是打开手电筒，让赫尔曼看那些死人在她胳膊、胸脯和大腿上留下的伤痕。有一次睡梦中，她父亲出现在她面前，给她朗诵他在另一个世界上写的诗。她还记住了其中的一节，背给赫尔曼听过。

尽管玛莎自己过去跟别的男人有过来往，但她无法原谅赫尔曼过去和女人的关系，即使是已经死去的女人。他爱过塔玛拉，他的孩子的母亲吗？对他来说，塔玛拉的身体是否比她玛莎的更有吸引力？在哪方面？嗯，那个梳长辫子的拉丁语系的学生怎么样？还有雅德维珈呢？她是否真的像他说的那么冷冰冰的？如果雅德维珈突然死去——如果她自杀，会怎么样呢？如果玛莎死去，他会怀念她多久呢？他会等多长时间再去找其他女人呢？哪怕他对她说一次老实话也好！

"那你会等多长时间呢？"赫尔曼问。

"我永远不会再找别人了。"

"是真话？"

"当然，你这坏蛋，这是千真万确的。"她充满激情地吻了他很久。屋子里寂静无声，连地板下面一只耗子的抓挠声都能听见。

玛莎的身体像一个杂技演员那么柔软。她激起了连他自己都意想不到的情欲和力量。在她月经来的期间，她可以用某种神秘的方法使它暂时中止。尽管玛莎和赫尔曼都不是性变态者，但他们无休止地互相谈着异常和变态的性行为。她折磨一个纳粹凶手会感到快乐吗？如果地球上没有男人，她会和女人干吗？赫尔曼会变成同性恋者吗？如果人都死绝了，他会跟动物交配吗？只有在和玛莎发生关系以后，赫尔曼才开始理解，婚姻——男女的结合——为什么在希伯来神秘主义哲学中占有非常重要的地位。

有时候赫尔曼幻想出一种新的玄学，或者甚至是一种新的宗教，他总是把两性间的吸引力作为一切的依据。七情六欲是根源。神也跟人一样，情欲是他的本性。引力、光、磁和思想可能是同一个宇宙欲望的各个方面。苦难、空洞、黑暗不过是宇宙越来越强烈的情欲亢进的休止期……

5

第二天,玛莎去自助餐厅上早班。赫尔曼睡得很迟,他到十点四十五分才醒来。阳光灿烂,从敞开的窗户外传来鸟叫声和一辆送货车的隆隆声。在另一间屋子里,希弗拉·普厄正在看意第绪语报纸,偶尔会对犹太人的困境和人类普遍的残忍发出一声长叹。赫尔曼走进浴室,洗澡,刮胡子。他的衣服在科尼岛的公寓里,不过在布朗克斯这儿他也放着一些衬衫、手绢和内衣,希弗拉已经给他洗净,熨好了一件衬衫。她像丈母娘一样待他,他还没有穿好衣服,她就开始给他煎鸡蛋卷了;她还特意给他买了草莓。赫尔曼每次和希弗拉·普厄一起吃早饭,就觉得她是在迎合他的口味,感到很窘。根据正统的仪式,她坚持要他在一个水罐里洗手。现在玛莎也不在家,赫尔曼一边洗手,一边背诵祷文,接着又背诵祝福词,在这当儿,她给他戴上帽子。她坐在他桌子对面,一边点头,一边嘟囔。赫尔曼知道她在想什么:在集中营里,人是无法允许自己去想象这样一顿宴席的。在那儿,人得冒着生命危险去弄一片面包,一个土豆。希弗拉·普厄拿起一片面包就像摸到一个圣器似的。她小心翼翼地咬了一口。她那双乌黑的眼睛里闪现出内疚的神色。这么多虔诚的犹太人死于饥饿的时候,她能允许自己享用上帝的恩赐吗?希弗拉·普厄经常说,她是因为有罪孽,才被允许活下来的。上帝把有福的人,虔诚的犹太人召回了自己身边。

"把这些都吃了，赫尔曼。什么都不准剩下。"

"谢谢。这蛋卷太好吃了。"

"怎么会不好吃呢？鸡蛋是新鲜的，黄油也是新鲜的。美国——但愿它永远——繁荣，有各种各样的东西。但愿别因为罪孽使我们失去它。你等着，我去拿咖啡来。"

希弗拉·普厄在厨房里倒咖啡的当儿，打碎了一只杯子。打碎杯盘是她的一个毛病。玛莎经常为此数落她，她也为这个毛病而感到羞愧。她的视力不像应该有的那么好。她向赫尔曼说，过去她从未打碎过一样东西，但是从集中营出来后，神经过于紧张。只有在天的上帝知道她遭受了多少苦难，知道她被噩梦折磨得有多么痛苦。一个人记得她所记得的一切往事，怎么还能活下去呢？她站在炉子前的那一瞬间，一个年轻的犹太姑娘出现在她眼前，这姑娘的身上被扒得精光，站在一根横架在一个大粪坑上的圆木上。她的四周围着一群群德国人、乌克兰人、立陶宛人，他们互相打着赌：她能在木头上站多长时间。他们大声地用脏话侮辱她和犹太人；他们喝得半醉，站在那儿看着，直到这个十八岁的美丽姑娘，这个拉比和受人尊敬的犹太人的女儿滑倒在粪水里。

希弗拉·普厄对赫尔曼回忆过成百件这样的事情。刚才她就是因为想起了上面讲的这件事才打碎杯子的。赫尔曼走过去帮她捡碎片，但是她不让他动手。他会——但愿不出这样的事情——

割破手指的。她用笤帚把碎片扫入畚箕，然后给他端来咖啡。他常常有这样一种感觉：凡是她碰过的东西就变得神圣了。他喝着咖啡，吃了一块她特意为他做的蛋糕（医生对她的饮食规定很严）。他陷于习惯而熟悉的沉思中，因此，他们没有再说话。

赫尔曼不必到他的办公室去。玛莎中午下班，他到自助餐厅去跟她见面。今年夏天她将第一次休假，有一周的时间。她渴望和赫尔曼一起出去一次，但是上哪儿呢？赫尔曼沿着特里蒙特大道朝自助餐厅走去。他走过各种卖花哨的小商品、妇女服装和文具的商店。跟齐甫凯夫一样，男女售货员们坐着等顾客上门。连锁商店使许多小店铺破了产。这里那里的店门上写着"出租"字样的招牌。总有人准备再碰碰运气。

赫尔曼通过旋转门走进自助餐厅，看到了玛莎。她，迈耶·布洛克和希弗拉·普厄的女儿，站在那儿，接过账单，点着钱，卖着口香糖和烟卷。她一看到他，就冲他微笑。根据自助餐厅那只钟，玛莎还得工作二十分钟，于是赫尔曼在一张桌子边坐了下来，他喜欢靠墙的或是墙犄角的桌子，因为这样别人就不能从后面接近他。尽管刚刚吃了许多东西，他还是走到柜台前买了一杯咖啡和一份大米布丁。他似乎是不可能增加体重的。他体内好像有一团火，消灭了一切。他从远处注视着玛莎。尽管阳光从窗外照射进来，可是餐厅里还亮着电灯。隔壁几张桌子旁,男人们公开地看着意第绪语报纸。他们不必瞒着任何人。对赫尔曼来说,这总像个奇迹。"这种情况能维持多久呢?"他问自己。

有一位顾客正在看一份共产党的报纸。他可能对美国感到不满,希望来一次革命,希望群众涌向街头,砸碎赫尔曼刚才走过的那些商店的橱窗,把售货员拉走,送往监狱或劳改营。

赫尔曼默默地坐着,一心想着自己复杂的处境。他已经在布朗克斯住了三天,他给雅德维珈打过电话,告诉她他不得不从费城去巴尔的摩[1],答应今天傍晚回家。但是他没有把握,玛莎是否会同意他走;他们说好一起去看电影。她使用种种办法使他跟她待在一起,尽量把事情弄得困难。她对雅德维珈的仇恨简直到了蛮不讲理的地步。如果赫尔曼的衣服上有一点污迹,或者外套上掉了一颗纽扣,玛莎就会骂雅德维珈不关心他,说她和他一起生活只是因为他在养活她。叔本华哲学的理论认为聪明才智不过是盲目意志的奴仆,玛莎是赫尔曼知道的这种理论最好的论据。

玛莎结束了她在收银柜前的工作,把现金和账单交给来接她班的收银员,随后端着一盘午饭朝赫尔曼的桌子走来。头天晚上她睡得很少,早晨醒得很早,不过她看起来毫无倦容。她像平常

---

[1] 巴尔的摩(Baltimore),美国马里兰州海港城市。

一样嘴里叨着一支香烟,她已经喝过好几杯咖啡。她爱吃辣味的食物——泡菜、莳萝泡菜、芥末;不管吃什么,她都爱撒上盐和胡椒,她喝不加糖的浓咖啡。她呷一口咖啡,猛吸一口香烟。她的饭菜吃剩下四分之三。

"哎,我妈怎么样?"她问。

"挺好。"

"挺好?我明天得带她去看病。"

"你什么时候休假?"

"我还拿不准。走,到外面去!你答应跟我一块儿去动物园的。"

玛莎和赫尔曼两人可能要走好几英里。玛莎时常在商店橱窗前停下。她看不起美国的奢侈品,但对便宜货很感兴趣。那些即将停业的商店会大拍卖,有时价格比原价便宜一半还不止。只要花几分钱,玛莎就可以买到零头布,为她自己和母亲做衣服。她还自己缝制床罩、窗帘,甚至家具套。但是谁上她家来呢?她到哪儿去呢?她和那些难民朋友已经疏远了——首先,为了避开里昂·托特希纳,他是他们中的一员;其次,由于她和赫尔曼的同居生活。他可能碰到某个知道他是住在科尼岛的人,这种危险总是存在着的。

他们在植物园里停住,观赏着鲜花、棕榈、仙人掌和生长在暖房中的许多植物。赫尔曼想,犹太民族也是暖房中的植物,它在陌生的环境中,靠着对弥赛亚的信念、对未来正义的希望、对

《圣经》——永远使他们着迷的书——中的那些诺言提供的养料，保持兴旺。

看了一会儿，赫尔曼和玛莎继续朝布朗克斯动物园走去。布朗克斯动物园很有名气，他们在华沙的时候就知道了。两只北极熊在水池边一块突出的岩石阴影里打盹，肯定梦见了雪和冰山。每一只动物各自用无言的语言表达着什么，一个史前年代流传下来的故事，既显示出又隐瞒着继续创造的模式。狮子在睡觉，不时懒洋洋地睁开金黄色的眼睛，表现出求生不得、求死不能的沮丧模样，巨大的尾巴有力地挥动着驱赶苍蝇。那只狼来回跑着，疯狂地兜圈子。老虎在地上嗅着，想找一块地方躺下。两只骆驼立着，默默无言，神情骄傲，像一对东方的王子。赫尔曼经常拿动物园和集中营对比。这儿充满着渴望的气氛——渴望沙漠、小山、河谷、兽穴和亲族。像犹太人一样，这些动物从世界各地被运到这儿，被判过着孤独和无聊的生活。它们中间有的用大喊大叫来表达它们的哀愁，其他的则保持沉默。鹦鹉用嘶哑而刺耳的叫声要求它们的权利。长着香蕉型嘴的那只鸟把脑袋从右转到左，好像在寻找那个跟它开这种玩笑的罪犯。是碰巧？还是达尔文的进化论？不，这是有计划的——或者至少是那些有意识的神玩的一场游戏。赫尔曼想起玛莎说过的关于天上的纳粹的话。天上不是也可能有一个把苦难强加在被监禁的灵魂身上的希特勒吗？他赋予它们肉、血、牙齿、爪子、角和愤怒。它们不得不去犯罪，否则就得去死。

　　玛莎扔掉烟头。"你在想什么——先有鸡,还是先有蛋?走,给我买个冰激凌。"

第三章

1

赫尔曼和雅德维珈一起住了两天。玛莎有一个星期的假期,他打算和她一块出去,所以他煞费苦心地事先告诉雅德维珈,他得出一趟远门,到芝加哥去。作为对她的补偿,赫尔曼先带她出去玩了一整天。一吃完早饭,他俩就走到海滨木板道,赫尔曼买了两张旋转木马的票。赫尔曼把雅德维珈放在狮子座上,她差点尖叫起来;他自己坐在老虎座上。她一只手抓住狮子的鬃毛,另一只手拿着蛋卷冰激凌。然后他俩又去乘摩天轮,他们坐的小车猛烈地前后摇晃着。雅德维珈倒在赫尔曼身上,哈哈大笑,又害怕又高兴。午饭他们吃了馅饼、牛肉香肠,喝了咖啡。饭后他俩慢慢溜达到羊头湾,在那儿乘船去和风角。雅德维珈担心她可能要晕船,然而海水十分平静,绿色和金黄色的波浪几乎不动。微风吹乱了雅德维珈的头发,她用一块手绢把头发扎好。船只停泊处正在演奏音乐。雅德维珈喝了点柠檬水。晚上吃了顿鱼以后,赫尔曼带她去看了一部音乐片。影片里充满了音乐、舞蹈、漂亮的女人和华丽的宫殿。他为她翻译,所以她知道了电影的内容。雅德维珈紧紧地偎依着他,握住他的手,还不时地把他的手放到自己的嘴唇上。"我多么幸福啊……多么幸运,"她悄没声儿地说,"上帝亲自把你赐给我!"

那天早上,雅德维珈睡了几个小时就醒了,心里充满了欲望。像她以前恳求过许多次那样,她恳求他让她生个孩子,让她皈依犹太教,他答应她的一切要求。

早晨,玛莎给赫尔曼来了个电话,说她的休假要推迟几天,因为接替她的员工病了。赫尔曼告诉雅德维珈,他希望能大量推销掉书籍的芝加哥之行要推迟几天,他要先到附近的特伦顿[1]去一趟。他在第二十三街拉比的办公室停留了片刻,然后坐地铁去玛莎家。他应该感到满意了,但是他又被一种大祸临头的预感折磨着。那会是什么灾难——他会生病吗?有什么不幸要降临到玛莎或者雅德维珈的身上吗?但愿太平无事。难道因为他没有付税会

---

1 特伦顿(Trenton),美国东部城市。

被捕或被驱逐出美国吗？是的，他也许挣钱不多，但是仍然应该填表；他可能是欠了联邦政府或州里一些钱。赫尔曼知道有几个齐甫凯夫的同乡知道他在美国，他们想方设法要和他取得联系，但是他得和他们保持距离。对他来说，人与人之间的每一次接触都是一种潜在的危险。他也知道自己有几个远房亲戚在美国，但是他既不打听，也不想知道他们住在哪儿。

那晚，赫尔曼住在玛莎那儿。他俩争吵，和好，再争吵。像往常一样，他们的谈话中充满了各种他俩都明白永远不可能遵守的诺言，充满了各种不会实现的乐事的幻想和各种能刺激得他俩共同兴奋的问题。玛莎拿不准，如果她有一个姐姐，她是否会允许赫尔曼跟她姐姐睡觉。如果赫尔曼有一个兄弟，她自己是否乐于跟赫尔曼和他兄弟一起过？如果她父亲还活着，而且对她怀有一种乱伦的激情，她会怎么办呢？如果她决定回到里昂·托特希纳身边，或者为了钱和某个有钱人结了婚，赫尔曼还会觉得她是意中人吗？如果她母亲去世，她会搬去和赫尔曼、雅德维珈一起住吗？如果他阳痿了，她会离开他吗？他们经常最后谈到死亡。他俩都认为自己年纪轻轻就会死去。玛莎一再催赫尔曼为他们两人买一块墓地，这样他们就可以葬在一起。玛莎在充满激情的时候，向赫尔曼保证说，她会到他的坟墓中去拜访他，而且他们还会做爱呢。怎么可能有别的情况呢？

玛莎不得不在清晨离家去上班，赫尔曼还睡在床上。他替兰珀特拉比干的工作照例又耽搁下来,他一定得完成自己已经答应的稿子。他给了拉比一个假地址,拉比要在那儿安部电话,但是拉比好像已经忘了这件事。上帝保佑,他一心扑在自己的生意上,把这件事忘了。拉比把事情记下来,可是他从来不查看记事本。过去没有哪一位哲学家和思想家能够预见到这样一个新纪元——匆匆忙忙的新纪元。匆忙地工作,匆忙地吃饭,匆忙地说话,甚至匆忙地死去。也许匆忙是上帝的一个属性。根据电磁的流速和银河星系从宇宙中心向外运动的动力来衡量,人可以得出结论:上帝是个急性子。他督促自己的特使梅塔特隆天使;梅塔特隆推动桑德尔芬、六翼天使、小天使、奥弗宁姆、埃雷林[1],分子、原子和电子以疯狂的速度运动。为了完成时间在无穷的三维空间中自愿承担的任务,时间本身也感到时间紧迫。

赫尔曼又睡着了。他做梦也是匆忙的,从这个梦飞快地转向另一个,这些梦取消同一律,也否定理性的范畴。他梦见自己和玛莎在做爱的时候,她的上身离开了她的下身,站在一面镜子前责备他,指出他只是和半个女人在睡觉。赫尔曼睁开眼,十点十五分。希弗拉·普厄正在另一间屋子里做晨祷——速度很慢,一个音节一个音节地念着。他穿好衣服,走进厨房,希弗拉·普厄像往常一样为他准备好了早餐。桌上放着一张意第绪语报纸。

---

[1] 以上都是犹太教天使的名字。

赫尔曼一边喝咖啡，一边翻阅着报纸。蓦地他看到了自己的名字。他的名字出现在"私人"栏内："齐甫凯夫的赫尔曼·布罗德先生，请与雷布·亚伯拉罕·尼森·雅罗斯拉夫联系。"上面还登着东百老汇的地址和电话号码。赫尔曼坐着，愣住了。他这纯粹是碰巧看见的。他通常浏览一些头版的标题就满足了。他知道雷布·亚伯拉罕·尼森·雅罗斯拉夫是谁——是他去世的妻子塔玛拉的叔叔，一位学者，一个亚历山大哈西德派教徒。赫尔曼刚到美国的时候曾拜访过他，并且答应以后再去。即使他侄女不在人世了，他还是愿意帮助赫尔曼。但是赫尔曼避而不见，因为赫尔曼不想让他知道自己和一个异教女人结了婚。但是雷布·亚伯拉罕·尼森·雅罗斯拉夫在登报找他。

"这是怎么回事？"赫尔曼问自己。他挺害怕雷布·亚伯拉罕·尼森·雅罗斯拉夫，因为他和齐甫凯夫同乡会有往来。"我假装没有看到这条消息。"他打定主意。但是他坐了很长时间，盯着看这条寻人启事。电话铃响了，希弗拉过去接电话。她说："赫尔曼，你的电话，玛莎打来的。"

玛莎在电话里告诉他，她得加一小时班，四点钟和他见面。他俩通话的时候，希弗拉·普厄拿起报纸。她看到赫尔曼的名字，惊奇地朝他转过头去，用手指头点点报纸。赫尔曼一挂上电话，希弗拉·普厄就说："有人登报找你。瞧这儿。"

"知道，我已经看到了。"

"打个电话,他们登出了电话号码。他是谁?"

"谁知道?可能是家乡来的什么人。"

"给他们打个电话。他们既然登报找你,一定有要紧事。"

"不是为我。"

希弗拉·普厄扬了扬眉毛。赫尔曼仍然待坐在桌子旁。过了片刻,他把启事撕了下来。他给希弗拉·普厄看了一下,背面没什么东西,不过是一则广告;他没有把她可能要读的文章撕掉。接着他说:"他们想把我拉入同乡会,不过我既没有时间,也没有耐心。"

"兴许你家里有人来了。"

"我家没人了。"

"眼下要找什么人,这不是件小事。"

赫尔曼原先决定早点回到他自己的屋里去工作几小时。但是他没这么做,而是对希弗拉·普厄说了声再见,就出门了。他缓缓地朝特里蒙特大道走去。他想他应该去公园,坐在一张长凳上把稿子再润色一下,可是他的两条腿却把他带到了一个公用电话间。他情绪沮丧,意识到过去几天里折磨他的预感肯定和这则启事有关。心灵感应术,洞察力这玩意儿是有的——随便叫它什么都行。

他拐弯来到特里蒙特大道,走进一家药房。他按照报纸上的电话号码拨了号。"我这是在自找麻烦。"他想。他听到电话铃响了,但是没有人来接。

"嗯,这样最好,"他这么断定,"我不会再打了。"

正在这时,雷布·亚伯拉罕·尼森的声音出现了:"谁啊?喂?"声音听起来苍老、粗哑而熟悉,尽管赫尔曼只跟他说过一次话,而且当时还不是在电话里。

赫尔曼清了清嗓子。"我是赫尔曼,"他说,"赫尔曼·布罗德。"

雷布·亚伯拉罕·尼森不说话了,似乎由于太吃惊而愣住了。过了片刻,他好像镇静下来了;嗓门儿高了些,声音也清楚了些。"赫尔曼?你看到了报上的启事?我有消息要告诉你,不过你别害怕。不是——但愿不是——坏消息。恰恰相反,别紧张。"

"是什么消息?"

"我有塔玛尔·里切尔——塔玛拉的消息。她还活着。"

赫尔曼没有回答。显然在内心某处他已经考虑到有可能发生这种情况,因为他并没有像他可能的那么震惊。"那孩子们呢?"他问。

"孩子们都死了。"

赫尔曼很长时间没有说话。他自己过去的经历太离奇曲折,因此没有什么事再能使他感到吃惊。他听见自己说:"怎么可能呢?有人——他叫什么来着?我记不起来了——亲眼看到她中了枪弹。"

"对,这是事实,她中了枪弹,但是她没死,她逃到一个友好的异教徒家里。后来她去了俄国。"

"她现在在哪儿?"

"就在我这儿。"

两人又沉默了好长时间。然后赫尔曼问："她什么时候来的？"

"星期五来的。她只是敲了敲门，就走了进来。我们一直在找你，找遍了整个纽约。稍微等一下，我去叫她来听电话。"

"别叫了，我这就来。"

"什么？嗯——"

"我这就来。"赫尔曼重复了一遍。他想把电话听筒挂好，但是听筒从他手中滑掉，悬在电话线上摇晃。他想象自己听到雷布·亚伯拉罕·尼森的声音仍然从听筒里传过来。他打开公用电话间的门。他盯着对面的柜台，一个女人正坐在柜台前的高凳上用吸管吸饮料，一个男人给她端来几块小甜饼。她正在跟这个男人调情，她那涂得通红的满是皱纹的脸上堆着哀求的微笑，流露出一种不能要求只能乞讨的人的低三下四的神色。赫尔曼放好电话听筒，离开电话间，朝门口走去。

玛莎常常责备他是个"机械的男人"，此时此刻他同意她的看法。他抑制住自己的感情，头脑冷静地合计着。四点钟他得和玛莎碰头。他已经答应雅德维珈今晚回家。他还得完成拉比的稿子。他因为站在药铺门口，顾客进进出出都会撞到他。他想起了斯宾诺莎关于犹豫的定义："这时头脑停止运动，因为对这一特殊的事情的想象同其他的事情没有联系……"

赫尔曼开始走动，但是他想不起自助餐厅在哪个方向，他在一个邮筒前站住了。

"塔玛拉,活着!"他大声地说出这几个字。这个歇斯底里的女人,过去一直折磨他,战争爆发的时候,他正打算跟她离婚,她竟然复活了。他想大笑一番。他的形而上学的家伙拿他开了个要命的玩笑。

赫尔曼明白每一分钟都是宝贵的,但是他一步也挪动不了。他靠在邮筒上。一个女人将一封信投入邮筒,疑惑地打量着他。逃走?逃到哪儿去?和谁一起逃?玛莎离不开她母亲。他没有钱。昨天他把一张十美元的钞票换开了,在拉比给他支票前,他身上只剩下四美元和一些零钱。他对玛莎说什么呢?她母亲肯定会告诉她报纸上那个启事。

他集中注意力看了看手表,表上短针指在十一上,长针指在三上,但是他根本不知道长短针指的是几点。他全神贯注地看着表面,好像看时间也需要运用智力似的。

"要是我穿着那套漂亮衣服该有多好!"赫尔曼第一次体会到难民们通常有的那种奢望:显示一下他在美国已经取得了一定程度的成功。同时,他内心某处在嘲笑这种陈腐的欲望。

2

赫尔曼走到高架铁道前,走上楼梯。塔玛拉的归来除了对他是冲击之外,别的也不会改变什么。乘客们仍然像平常那样看报,嚼口香糖。火车上的风扇发出同样的隆隆声。赫尔曼从地上捡起一张别人扔掉的报纸，想看看。这是一张刊登赛马消息的报纸。他翻过去，看到一则笑话，微笑起来。同现象的主观性在一起，有一种神秘的客观性。

赫尔曼往下拉了拉帽檐，免得光线直接照到眼睑上。"重婚罪？对，重婚罪。"从某种意义上说，他可以被指控犯了一夫多妻罪。在他认为塔玛拉已经去世的那些年月里，他倒使劲回忆过她的优点。她爱过他。从根本上说，她是个超自然的人。他经常跟她的灵魂说话，恳求她宽恕。同时，他也明白她的去世解脱了他的痛苦。即使在利普斯克草料棚里度过的那几年，同塔玛拉和他一起生活的那些年给他带来的烦恼相比，有时候他也觉得像是一种暂时的休息。

赫尔曼已经记不起他为什么和她争吵得那么厉害，为什么会离开她，为什么不关心他俩的孩子。丈夫和妻子间的冲突已经成了哪一方都永远说服不了对方的无休止的争论。塔玛拉没完没了地谈论人类的救赎、犹太人的困境和妇女在社会中的地位。她赞扬赫尔曼认为是低级趣味的书，热爱赫尔曼感到厌恶的剧本，挺起劲地唱流行歌曲，而且还参加所有党派煽动者的讲座。当她是个共产党员的时候，她像契卡那样穿一件皮夹克；当她成了犹太复国主义者的时候，她在脖子上围一条有大卫王之星[1]的围巾。她

---

1 犹太教的六角星形标志，意为"大卫王的盾牌"。

不断地庆祝啊，抗议啊，在请愿书上签名啊，还为党派的各种目的筹集资金。三十年代后期，纳粹头目一个个访问波兰，信仰国家主义的学生揍犹太人，还强迫大学里的犹太学生站着听课。这时，塔玛拉和其他许多人一样转向宗教。她开始在星期五晚上点蜡烛，按犹太教规定做饭菜。对赫尔曼来说，她似乎就是群众的化身，她总是追随某个领袖，对各种口号着迷，事实上她从来没有自己的意见。

恼火之下，赫尔曼忽略了塔玛拉对他和孩子们的一片忠心，忽视了她一贯帮助他和其他人这一事实。就是在他离开家庭、搬到一间带家具出租的房间里时，她也总是来帮他打扫屋子，给他带来食物。他生了病，她照顾他，给他缝补衣服，帮他洗衬衣。她还帮他打论文，尽管在她看来，这些论文的观点是反人道主义、反男女平等而且是令人沮丧的。

"她是不是变得冷静些了？"赫尔曼问自己，"让我想想，她今年多大了？"他讲不出她确切的年龄，不过她的年纪比他大。赫尔曼试着把事情理出个头绪来，他把一些肯定发生过的事情拼凑起来。孩子们从她身边被带走了。她中了枪弹，身上带着子弹到一个异教徒家里去避难。她伤口痊愈后，偷偷地逃到俄国。这一定发生在一九四一年以前。嗯，这些年她都是在哪过的？一九四五年以来我怎么没听到过她的消息？事实上，赫尔曼没找过她。他从来不看意第绪语报纸上那些寻找失散的亲属的名单。

有谁碰到过这样尴尬的处境吗？赫尔曼问自己。没有。得经过千千万万亿年，他这各种事情都凑在一起的情况才会重复出现一次。赫尔曼又想笑了。天上哪一个神在他身上做着试验，就像那些德国医生在犹太人身上做试验一样。

火车停下了，赫尔曼一跃而起——第十四街！他登上楼梯，走到街上，向东一拐来到公共汽车站，等候往东开的公共汽车。清晨天气凉爽，但是现在越来越热。赫尔曼的衬衣贴在背脊上。他的衣着中有什么东西使他感到不舒服，不过他分辨不出是什么。是领子，还是衬裤上的松紧带？也许是皮鞋？他走过一面镜子，看到自己的影子：消瘦、憔悴、略微有点佝偻，戴着一顶破旧的帽子，裤子皱巴巴的。他的领带是扭歪的。几小时前他刚刚刮过胡须，可是这会儿又冒出了黑乎乎的一层。"我不能这副模样去那儿！"他惊慌地对自己说。他放慢脚步。他向店铺的橱窗里看。也许他可以买一件便宜的衬衫。也许附近有一个可以熨一熨外套的地方。至少他可以把皮鞋擦一擦。他在一个擦皮鞋摊前停住脚步，一个黑人孩子用手指在鞋上抹了些鞋油，隔着鞋把赫尔曼的脚趾弄得怪痒的。暖和的空气中充满了尘土、汽油味、柏油味和汗臭，令人作呕。"这种空气，人的肺能忍受多久啊？"他感到纳闷，"这样一种自我毁灭的文明能持续多久？他们都将闷死——先会发疯，然后窒息。"

那个黑人孩子说了几句关于赫尔曼鞋子的话，不过赫尔曼听不懂他的英语。他只能听清每一个词的第一个音节。这孩子半裸着身子，方方的脑袋上全是汗。

"生意怎么样？"赫尔曼问，想跟他说说话。那孩子回答："挺不错。"

3

赫尔曼坐在从联合广场开往东百老汇的公共汽车内，望着窗外。自从他到美国以来，邻居就一直在换。现在许多波多黎各人住在那儿。整个街区的建筑都已被拆除。不过人们还可以不时地看到一块用意第绪语写的招牌、一所会堂、一所犹太法典学院和一家养老院。这个地区有一所建筑是齐甫凯夫同乡会总会的所在地，赫尔曼急于避开它。公共汽车驶过犹太餐馆、一家意第绪语影剧院、一家礼拜沐浴室、一间专供出租的举行婚礼和成年礼[1]用的大厅和一家犹太殡仪馆。青年男子留着长鬓角，比他在华沙看到的还要长，头上都戴着宽边丝绒帽。在这个地区和威廉斯堡大桥对面居住着匈牙利哈西德派信徒，松克兹、皮尔兹和波波夫拉比们的追随者，他们依然怀着古老的仇恨。有些偏激的哈西德派信徒甚至拒绝承认以色列的地界。

---

[1] 犹太教规定，犹太男子十三岁成年，要举行成年仪式。

赫尔曼在东百老汇下了车，从地下室的窗外他瞥见一群留着胡子的男人正在学习《塔木德》。浓眉下一双双眼睛闪烁着学者的敏锐神色。他们那高高的额头上的皱纹使赫尔曼想起羊皮纸上的一道道横线，那是为了便于抄写者书写用尺画的。这些老人的脸上反映出一种像他们读的书那么古老、难以消失的悲伤。有一刹那，赫尔曼突然闪出一个念头：加入他们中间去。还要多久他也会成为一个白胡子老头？

赫尔曼想起来一个犹太同胞告诉他的关于雷布·亚伯拉罕·尼森·雅罗斯拉夫在希特勒入侵波兰前几个星期到达美国的情况。他在卢布林开一家小型出版社，出版珍本宗教书。他曾经去牛津抄写在那儿发现的一份古老的手稿。一九三九年他来到纽约寻找印刷这部手稿的出资者，由于纳粹的入侵，他没能回到卢布林。他失去了妻子，但是在纽约他和一个拉比的遗孀结了婚。他已经放弃出版牛津那部手稿的打算，开始编一部死于纳粹之手的那些拉比的作品选集。他现在的妻子谢娃·哈黛丝帮助他。为了纪念在欧洲殉难的人，他俩自愿每星期哀悼一天——星期一。这一天，他们斋戒，不穿鞋，只穿着袜子坐在矮凳上，遵守守丧期的各种规矩。

赫尔曼走近在东百老汇的那幢楼，抬头瞥了一眼雷布·亚伯拉罕·尼森住的一楼的窗户。窗户的下面一半挂着帘子，就像老家的那些窗户一样。他走上短短的一级台阶，按了按门铃。开始没有人应门。他以为自己听到有人在门背后小声说话，似乎屋里的人正在争论到底让不让他进去。门慢慢打开了，一位老妇人，显然是谢娃·哈黛丝，站在门口。她又矮又瘦，满脸皱纹，嘴巴凹陷。鹰钩鼻上架着一副眼镜。她穿着高领的衣服，戴着软帽，看起来完全像是个虔诚的波兰女人。她的外表看不出一点在美国的痕迹，她的态度也没有流露出丝毫的匆忙或兴奋的现象，看来丈夫和妻子这样的重逢每天都在发生。

赫尔曼问候她，她点点头。他们默默地走过一段长长的走廊。雷布·亚伯拉罕·尼森站在起居室里，他是个矮胖子，身子有点佝偻，脸色苍白，长着一大把灰黄色的胡须，两鬓的头发蓬乱。他的额头很高，脑袋上扣着一顶扁平的无边便帽。灰黄色的眉毛下，棕色眼睛里流露出自信和悲伤的神情。从一件没扣纽扣的长袍里，可以看见他穿在里面的那件宽大的有穗子的衣服。甚至房间里的气味都是属于过去的：煎洋葱的、蒜头的、菊苣的和蜡的气味。雷布·亚伯拉罕·尼森盯着赫尔曼，他的目光似乎在说："言语是多余的。"他朝通向另一间房间的那扇门瞟了一眼。

"叫她进来。"他对妻子说。老妇人平静地离开了房间。

雷布·亚伯拉罕·尼森说："真是个奇迹！"

似乎过了很长时间。赫尔曼又一次想象自己听到了小声的争论。门开了，谢娃·哈黛丝领着塔玛拉来到屋里，就像领着一个新娘走到结婚华盖下一样。

赫尔曼立即看到了一切。塔玛拉老了一点，但看起来年轻得令人吃惊。她穿着美国人穿的衣服，而且肯定去过美容院了。她的头发乌黑，有一种刚染过的不自然的光泽，脸颊上搽着胭脂，眉毛全拔掉了，指甲是红的。她使赫尔曼想起一条放进热烤箱里重新烤过的不新鲜的面包。她的淡褐色的眼睛似乎在斜视他。在这以前，赫尔曼会发誓说，他完全记得塔玛拉的面貌。但是眼下他注意到有一点他已经忘了：她的嘴角上总是挂着一道皱纹，使得她的脸上带着一种烦恼、怀疑和嘲弄的神气。他目不转睛地注视着她。同样的鼻子，同样的颧骨，同样的嘴型，同样的下巴、嘴唇和耳朵。他听见自己说："希望你还认得我。"

"是的，我认识你。"她回答说。这是塔玛拉的声音，尽管稍微有些变化——也许是由于声调谨慎的缘故。

雷布·亚伯拉罕·尼森向他妻子做了个手势，他俩双双离开了房间。赫尔曼和塔玛拉沉默了很长时间。

"她干吗要穿粉红衣服？"赫尔曼想。他的窘困心情已经消失，反而产生了一种恼火的感情：这个女人看到他们的孩子被拉走杀害，竟允许自己穿这种式样的衣服。现在他为自己没有换上好衣服而感到高兴。他又成了原来的赫尔曼——那个和妻子不和睦的人，那个离开妻子的丈夫。"我一直不知道你还活着。"他说。他对自己的话感到害臊。

"这是你永远不知道的事情。"塔玛拉像从前那样尖声回答。

"嗯，坐下吧——坐这儿沙发上。"

塔玛拉坐了下来。她穿着长筒尼龙袜。她把缩到膝盖上面的裙子往下拉了拉。赫尔曼默默地站在房间对面那头。赫尔曼突然想起，刚刚死去的人的灵魂就是这么相遇的，他们还不懂死人的语言，仍然说着活人的话。"你怎么到这儿来的——坐船吗？"他问道。

"不，坐飞机来的。"

"从德国来？"

"不，从斯德哥尔摩。"

"这许多年你都在哪儿？在俄国？"

塔玛拉似乎正在考虑他提出的问题，接着说："对，在俄国。"

"今天早上我才知道你还活着。一个目击者跑来告诉我，他看见你给打死了。"

"他是谁？没有人活着出来。除非他是个纳粹。"

"他是个犹太人。"

"不可能的。他们打中了我两枪。到现在我身体内还留着一颗子弹。"塔玛拉说，指了指她左边的臀部。

"能不能取出来？"

"也许在美国可以。"

"你好像是死里逃生。"

"是的。"

"这事发生在哪儿？在纳伦采夫？"

"发生在市郊的一片田野上。晚上我设法逃了出去，尽管我伤口流着血。要不是天下雨，纳粹会发现我的。"

"那个异教徒是谁？"

"保尔·采洪斯基。我父亲跟他有生意往来。我到他那儿，心想：'现在可能发生什么事呢？最糟的就是他去告发我。'"

"他救了你的命？"

"我在他那儿住了四个月。他们不能相信任何医生。他是我的医生。他和他的妻子。"

"从那以后你听到过他们的消息吗？"

"他们已经死了。"

两人都不说话。然后塔玛拉问："我叔叔怎么不知道你的地址？我们只得在报上登广告。"

"我自己没有单独的公寓，我是和别人合住的。"

"那你也可以把地址留给他。"

"为什么？我不见任何人。"

"为什么不见？"

他想回答，但就是讲不出话。他从桌旁拉过一把椅子，在椅子边上坐了下来。他知道他应该问问她孩子们，但是他做不到。就是在他听到人们谈论健康地活着的孩子们的时候，他都会产生某种近似于恐怖的感觉。每次在雅德维珈或玛莎表示想给他生个孩子时，他往往会改换话题。在他写的文稿中夹有小约切维德和大卫的相片，但是他从来不敢看。赫尔曼没有像一个父亲应该对待孩子们那样对待过他们。有一个时期，他甚至否认他们的存在，扮演单身汉的角色。眼前是塔玛拉——他的罪行的见证人。他担心她会哭出来，但是她保持着镇静的态度。

"你什么时候知道我还活着？"他问道。

"什么时候？战后。由于一次惊人的巧合。我的一个熟人——实际上，是好朋友——在用一张慕尼黑来的意第绪语报纸包东西，刚好在报上看到了你的名字。"

"你那时在哪儿？仍然在俄国？"

塔玛拉没有回答，他也没有再问。根据他和玛莎以及其他在德国集中营中幸免于难的人的经验，他知道，永远休想从那些在集中营里死里逃生的人或是在俄国流浪过的人的口中听到整个真相——倒不是因为他们扯谎，而是因为他们不可能讲出全部情况。

"你住在哪儿？"塔玛拉问，"干什么工作？"坐在公共汽车里的时候，赫尔曼就想象过塔玛拉会提出这些问题。可他还是呆呆地坐着，默不作声。

"我不知道你还活着，就……"

塔玛拉带着嘲弄的神色微笑。"是哪个幸运的女人替代了我？"

"她不是犹太人。她是波兰人的女儿，我在她家躲藏过。"

塔玛拉想了一下他的回答。"一个农民？"

"是的。"

"你这是作为对她的报答？"

"你可以这么说。"

塔玛拉注视着他，没有答话。她的脸上流露出一种嘴里说的是一件事，心里想的是另一件事那种心不在焉的神情。

"你在干什么工作？"她又问道。

"给一个拉比工作——一个美国拉比。"

"给拉比干什么？回答有关礼法的问题？"

"给他写书。"

"那他干什么？和异教姑娘跳舞？"

"实际情况跟你想象的可能差不离。我看你对这个国家已经相当了解。"

"在我们劳改营里有一个美国女人，她为寻找社会公正来到俄国，但一到那里就被关进了我所在的那个劳改营。她死于痢疾和饥饿。我有她姐姐的地址，临终前，她握着我的手，要我答应找到她的亲属，把她的情况告诉他们。"

"她的家人也是共产主义者？"

"可能是吧。"

"他们不会相信你的，他们只信自己那套。"

"有大量的流放者被送入劳改营。男人们关在里面，忍饥挨饿，干苦役，就是身体最壮实的男人不出一年也都给折磨死了。

我目睹了这一切。要不是亲眼所见，我也不会相信的。"

"你那几年怎么样？"

塔玛拉咬着下嘴唇。她摇了摇头，似乎表示讲一些使人不信的事是徒劳的。这不是他过去熟悉的那个健谈的塔玛拉，而是换了个人。突然，他想到一个奇怪的念头，也许这个女人不是塔玛拉而是她姐姐。接着她突然说话了。

"我经历的事情永远不可能全讲出来。事实上，我自己也并不真正了解我自己。我经历了那么多事情，有时候反而想象自己什么也没经历过。许多事情，就连咱俩在一起的生活，我都完全忘记了。我记得，那会儿我躺在哈萨克斯坦的一块木板上，想回忆一下为什么我要在一九三九年夏天带着孩子们去探望父亲，但是我就是找不出这样做的任何原因和目的。

"我们在森林里锯木头——一天干十二个小时。晚上冻得根本睡不着觉。还臭得厉害，我无法呼吸。许多人害脚气病。一个人一分钟前还在跟你讲话、谈打算，突然他就不作声了。你对他说话，他也不回答。你凑近一看，发现他已经死了。

"于是我躺在那儿问自己：'我干吗不和赫尔曼一起去齐甫凯夫呢？'可是我一件事都想不起来。他们告诉我这是一种心理疾病。我身患心理疾病。有时候我什么都记得，可有时候又什么也不记得。过去布尔什维克教导我们做无神论者，不过我还是认为一切都是命中注定的。命运注定我得站在一旁看着那帮暴徒揪掉我父亲的胡须，把一边脸颊也给撕了下来。在那时候没有看见我父亲的人是不会明白做一个犹太人意味着什么的。我自己从来没明白过，否则我早就步了他的后尘。

"我妈跌倒在他们脚旁，他们用皮靴踩她的身子，冲她吐唾沫。他们本来要强奸我，可是我刚好月经来了，你是知道的，我出血有多厉害。啊，后来闭经了，干脆闭经了。一个人没有面包吃，哪来的血？你问我的遭遇？被风刮过大地和沙漠的一粒灰尘说不出它究竟到过哪儿。那个把你藏起来的异教徒是谁？"

"是我们的用人。你认识她——雅德维珈。"

"你跟她结婚了？"塔玛拉看起来好像要笑出来了。

"是的。"

"请原谅，她是不是蠢头蠢脑的？你母亲总爱取笑她。她连怎么穿鞋都不知道。我记得你母亲告诉过我，她想把左脚的鞋穿到右脚上去。如果给她钱让她买东西，她会把钱弄丢的。"

"她救了我的命。"

"是的，我想一个人的生命高于一切。你在哪儿跟她结婚的？在波兰？"

"在德国。"

"难道没其他方式报答她了？嗯，我最好还是别问。"

"没什么好问的。事情就是这样。"

塔玛拉目不转睛地看着自己的腿。她把裙子撩起一些，搔了搔膝盖，然后马上拉下来盖住了它。"你住在哪儿？在纽约这儿？"

"在布鲁克林，纽约的一部分。"

"我知道。我有那儿的一个地址。我有个本儿，里面记的全是地址。我需要一年的时间才能跑遍那些人家，通知死者的亲属，这个人是怎么死的，那个人是怎么死的。我已经去过布鲁克林了。我姊姊告诉我怎么走，我一个人坐地铁去的。我到一户人家去，这家人没有一个人懂意第绪语。我试着讲俄语、波兰语、德语，可他们只懂英语。我试着用手势告诉他们，他们的姑姑已经死了。可孩子们只是笑话我。那位母亲看起来倒像是个挺好的女人，但一点也不像犹太人。人们对纳粹犯下的罪恶知道一点点，尽管只是沧海一粟，但是人们对于苏联做过的而且现在仍在做的事一无所知。就是那些当地居民也不全知道。你说你是干什么的——给拉比写作？"

赫尔曼点点头。"是的，可以这么说。我还是个书籍推销员。"他发现自己已经养成了说谎的习惯。

"你另外还要干这事？你推销什么书？意第绪语书籍？"

"意第绪语、英语、希伯来语的书。我是所谓的旅行推销员。"

"你都跑哪些地方？"

"各大城市。"

"你出门的时候，你妻子干什么呢？"

"别人的老婆在丈夫出门的时候干什么呢？在这儿美国，推销可是个重要的行业。"

"你跟她有孩子吗？"

"孩子？没有。"

"就是你有孩子，我也不会吃惊的。我遇见过一些和原来的纳粹结婚的年轻犹太人，在谈到有些姑娘为了保全性命的所作所为的时候，我最好还是不吱声。人们完全堕落了。在我隔壁的那张床上，兄妹俩打得火热。他们甚至都等不及天黑。因此，还有什么能使我感到奇怪的呢？她把你藏在了哪儿？"

"我告诉过你，在一个草料棚里。"

"她父母亲不知道？"

"她没有父亲，只有母亲和一个姐姐。她们不知道。"

"她们当然知道。乡下人挺狡猾的。她们估计战后你会跟她结婚，把她带到美国来。我猜想你跟我在一起的时候你就爬到她床上去了。"

"我没有爬到她床上去过。你这是在胡说八道。她们怎么会知道我会得到去美国的护照？事实上，我原来计划到巴勒斯坦去的。"

"她们知道，她们知道。雅德维珈可能是个白痴，但是她母亲跟其他农民谈过这事，他们帮她估计出来的。人人都想到美国来。全世界的人都渴望到美国来。如果名额没有限制，美国就会挤得连插针之地都没有。别以为我在生你的气。第一,我现在对谁都不会生气;第二,你不知道我还活着。咱俩生活在一起的时候,你就欺骗我。你离开孩子们。你当时知道战争即将爆发,可你在最后几个星期中连一个字都不写给我。我知道一些做父亲的为了和孩子们待在一起,冒着生命危险越过国境。那些已经设法逃往俄国的男人,由于渴望和全家在一起又回到了纳粹统治区。可是你一直待在齐甫凯夫,和你的情妇一起钻进一个草料棚。我怎么还可能妄想对这样的人有什么要求呢?嗯,你干吗不跟她生孩子?"

"我不要孩子,就是这么回事。"

"干吗这么看着我?你跟她结了婚。你觉得我父亲的外孙不好,你为他们感到羞耻,好像他们是你头上的疥癣,既然如此,你干吗不让雅德维珈另外给你生几个孩子?她的父亲当然比我的好。"

"嗯,刚才有一会儿,我以为你变了,可现在我看你还是原来的你。"

"不,不是原来的我。你现在看见的是另一个女人。那个离开了被杀害的孩子、逃到斯基巴——这是那个村子的名字——去的塔玛拉是另一个塔玛拉。我已经死了;妻子死了,丈夫可以爱怎么样就怎么样。是啊,我的躯体还到处转悠。它甚至还来到了纽约。他们给我穿上尼龙袜,给我染发,涂指甲油,愿上帝保佑我,不过异教徒总是给尸体化妆的,而现在犹太人成了异教徒。所以,我对谁也不记恨,同时对谁也不相信。哪怕你跟一个纳粹女子——一个在尸体上跳舞、用鞋后跟在犹太女儿的眼睛里转动的女人结婚,我也不会感到惊奇。你怎么可能了解发生过什么事呢?我只是希望你不要再像欺骗我那样欺骗你的新媳妇。"

从通往走廊和厨房的门后传来了脚步声和说话声。雷布·亚伯拉罕·尼森·雅罗斯拉夫走进来,后面跟着谢娃·哈黛丝。这两口子不是好好地而是拖着脚在走。雷布·亚伯拉罕·尼森对赫尔曼说:

"你可能还没有一套自己的公寓。在你找到房子前你可以跟我们住在一起。好客是行好事,何况你是亲戚。正如《圣经》上说的:'你不可避开你自己的亲人。'"

塔玛拉打断了他的话。"叔叔,他另外娶了个妻子。"

谢娃·哈黛丝的双手交叉紧握着。雷布·亚伯拉罕·尼森看起来神情为难。

"嗯,那又是另一回事……"

"有一个目击者说得很肯定,他们是怎么……"赫尔曼停止不说了。他忘了提醒塔玛拉,不要告诉他们他妻子是异教徒。他朝塔玛拉看了看,摇摇头。突然他产生一阵孩子气的冲动,想在受到责备前离开房间。他朝门口走去,自己也不知道要干什么。

"你别跑啊。我不会强迫你接受什么事的。"塔玛拉说。

"这可真是只有在报纸上才能看到的事。"谢娃·哈黛丝说。

"你没有犯什么罪,但愿你没有,"亚伯拉罕·尼森说,"你过去要是知道她还活着,那就意味着你现在和一个女人同居是非法的。但是现在这种情况,格肖姆[1]拉比的禁止对你并不适用。有一件事是肯定的:你一定得和现在的妻子离婚。你过去干吗不告诉我们?"

"我不想打搅你们。"

这时赫尔曼把手指放在嘴唇上对塔玛拉做了个手势。雷布·亚伯拉罕·尼森抓着自己的胡须。谢娃·哈黛丝的眼内流露出一种母亲似的忧伤神情。她戴着软帽的头点着,表示服从男人可以拈花惹草这个古老的特权,哪怕最正直的男人都不由得爱好搂着新欢睡觉。这种情况一向如此,将来也将如此,她似乎在这么想着。

"这种事情需要男人和妻子单独商量,"她说,"在这段时间里,我去做点儿吃的。"她朝门口转过身去。

"我刚吃过,谢谢。"赫尔曼马上说。

"他妻子是个高明的厨子。她肯定已经为他的晚饭准备好油乎乎的汤。"塔玛拉带着正统的犹太人在提到猪肉时所表现出的那种

---

[1] 格肖姆·本·朱达(Gershom ben Judah,960—1040),犹太拉比,生于法国梅斯,旅居德国美因茨,是法德两国《塔木德》研究的创始人。

嘲弄的神色做了个怪相。

"喝杯茶，来个小甜饼？"谢娃·哈黛丝问道。

"不，真的不要什么。"

"也许你们应该到另一间房间里去谈谈，"雷布·亚伯拉罕·尼森说，"就像他们说的，'这是他和她之间单独的事情'。如果我能帮助你们，我一定尽力而为，"老人改变了语气继续说，"这是个道德混乱的时代。有罪的是那些邪恶的杀人凶手。别责怪你们自己。你们也是没有办法啊。"

"叔叔，犹太人中恶人也不少。你知道是谁把我们拖到那块草地上去的？是犹太警察。天还没亮，他们就把每家每户的门砸了，搜查地下室和阁楼。如果发现里面藏着人，他们就用橡皮警棍打这些人。他们用绳子把我们圈起来，好像我们是要送去屠宰的牛。我对他们中的一个人说了一个字，他就踢我，踢得可狠了，我永远也不会忘记。他们这些笨蛋不明白，他们自己也逃脱不了同样的命运。"

"俗话说：'无知是万恶之源。'"

"格柏乌也好不到哪里去。"

"嗯，先知以赛亚说：'人必屈膝，人必为卑。'[1] 人们不信仰造

---

[1] 作者引文与《圣经》原文略有出入，原文是："骄傲的必屈膝，狂妄的必降卑。"见《圣经·以赛亚书》第二章第十七节。

物主，那无政府主义就会占优势。"

"这就是人类啊！"赫尔曼似乎在自言自语。

"《托拉》[1]上说：'人从小心里就怀着恶念'。所以要有《托拉》。好吧，一起到里面去谈谈这件事。"

雷布·亚伯拉罕·尼森打开通往一间卧室的门。屋里有两张床排成一排，床头对着床头，床上铺着欧洲床单，跟在家乡的时候一个样。塔玛拉耸耸肩，先走进去，赫尔曼跟在后面。这间房间使赫尔曼想起了几年前新娘和新郎在新婚之夜被送入的洞房。

室外，纽约在飞速前进，但是在这儿挂着一半帘子的窗户后面却保留着纳伦采夫或齐甫凯夫的一部分。这里的一切：褪色的黄墙壁、高高的天花板、地板，甚至五斗橱的式样和扶手椅的面子都再现了一幅往日的景象。一个有经验的舞台导演不可能选择比这更合适的布景了，赫尔曼这么想着。他闻到一股鼻烟味。他在一张扶手椅上坐下，塔玛拉坐在床沿上。

赫尔曼说："你不必告诉我，但是……如果你认为我已经死了，那你肯定另外……另外还有别人……"

他说不下去了。他的衬衫又湿了。

塔玛拉狡黠地打量着他。

"你想知道？马上要知道一切？"

---

[1] 《托拉》(Torah)，即《摩西五经》。

"你不一定要告诉我。不过,我对你可一直是老实的,应该……"

"你有别的选择吗?你是不得已才把真相告诉我的。根据法律,我是你的妻子,那就是说你有两个妻子。在美国这儿,对这事情是很严格的。不管我过去干了些什么,我希望你明白一件事:爱情对我来说不是儿戏。"

"我也没说爱情是儿戏呀。"

"你把咱俩的婚姻弄得啼笑皆非。我结婚的时候可是个天真的姑娘,而且……"

"别说了!"

"事实上,不管我们过去遭受了多少磨难,也根本不知道我们是不是会活到明天或是下一个小时,但是我们需要爱情。因此,在正常的情况下,我们就更向往爱情,人们躺在地下室或是阁楼里,忍饥挨饿,浑身长满虱子,可是他们还是接吻,握手。我从来没想到在那种环境中,人们还这么充满激情。在你看来我什么都不如,可别的男人盯着我看,恨不得把我吞下去。啊,愿上帝保佑我!我的孩子们被杀害了,而男人们要我跟他们勾搭,他们给我一个面包、一点肥肉,或在工作中给我一点方便。别认为这些是小事情。那个时候,一点面包皮就是梦想。几颗土豆就是一份财产了。人们一直在集中营里做买卖,就在离毒气室几步远的地方做交易。全部货物可以装在一只皮鞋里,不过这就是那些走投无路的人们活命的资本啊。那些漂亮的男人——他们年纪比我轻,妻子也挺漂亮——追求我,对我许下无法兑现的诺言。

"我没想到你还可能活着,不过即使你还活着,我也没有义务一定要忠于你。相反,我希望能忘记你,但是希望是一回事,能否做到又是另一回事。我一定得爱一个男人,否则我会对性关系厌恶。我总是羡慕那些把爱情当游戏的女人。要不是游戏,那究竟是什么呢?但是我身上有某种东西——我那虔诚的女祖先的血液——阻止我这么干。

"我对自己说,我是个该死的傻瓜,但是在一个男人碰我的时候我又不得不避开他。他们认为我疯了,他们说得也对。他们叫我伪君子。人们变得粗鲁起来。一个极其受人尊敬的男人企图强奸我。在这个过程中,我在亚姆布尔[1]的难友还着手为我安排配偶。他们都这么说:'你还年轻,你得结婚。'可是结婚的是你,不是我。有一件事我是明白的:我们相信的仁慈的上帝是不存在的。"

"那你没有过别的男人?"

"你听了很失望吧。是的,我没有过别的男人,而且永远不会再有了。我希望清清白白地站在我的孩子们的灵魂面前。"

"我想你说过上帝是不存在的。"

---

[1] 塔玛拉所在的劳改营。

"如果上帝能够目睹所有这一切恐怖而保持沉默,那他就不是上帝。我对虔诚的犹太人,甚至拉比都这么说过。在我们劳改营里有个青年人,他曾经在老齐科夫当过拉比。他是那么虔诚,像他那样的人没有了。他得在森林里干活,尽管他没有力气干这活。那些看管者十分明白,他的劳动毫无用处,但折磨一个拉比是件开心事。每逢星期六,他都不吃他那一份面包,因为按规定安息日是不能携带任何东西的。他的母亲,老拉比的妻子,是个圣洁的人,只有在天的上帝知道她是怎么安慰其他人,是怎么把她自己最后的一点东西拿出来帮助别人的。在劳改营这种条件下,她的眼睛瞎了。不过她背得出全部祈祷词,而且一直背到临终。

"有一天我问她儿子:'上帝怎么能允许出现这样的悲剧?'他千方百计试着给我解释。'我们不了解上帝的做法',等等。我没有跟他辩论,但是我感到痛苦。我把孩子们的情况告诉了他,他的脸变得像石灰那么白,显出羞愧的神情,好像他自己对这件事负有责任似的。最后他说:'我恳求你,别再多说了。'"

"是啊,是啊。"

"你连问都没问一声孩子们。"

赫尔曼等了片刻。"有什么好问的呢?"

"没有,别问了。我知道,成年人中有伟人,但是我还从未相信过,孩子们——很小的孩子们,能够成为伟人。他们一夜之间就长大了。我想把自己那一份给他们一些,但是他们不吃我那份,他们像圣人那样死去。灵魂是存在的，上帝是不存在的。别反驳我。那是我认定的道理。我要你知道，我看到我们的小大卫和约切维德到我这儿来。不过不是在梦中，而是在醒着的时候。当然，你认为我疯了，不过那对我毫无影响。"

"他们对你说些什么？"

"啊，各种不同的事儿。他们在他们现在待的地方又成了孩子。你想干什么？跟我离婚？"

"不。"

"那我怎么办呢？跟你妻子住在一起？"

"首先，你自己得搞到一套公寓。"

"是啊，我不能待在这儿。"

第四章

1

"好了,不可能发生的事情发生了,"赫尔曼自言自语,"真的发生了。"

他沿着第十四街向前走去,喃喃自语。他在塔玛拉的叔叔家告别了塔玛拉,正往玛莎那儿去,他已经在东百老汇的一家自助餐厅给她挂过电话,告诉她他的一个齐甫凯夫的远房亲戚来了。好笑的是,他还给这位亲戚起了个名字——费维尔·莱姆伯格;还把他说成是一位研究《塔木德》的学者,已经六十出头。"你能保证他不是你原来那位三十来岁的女朋友埃娃·克拉佐韦尔吗?"玛莎问。

"如果你愿意，我把你介绍给他。"赫尔曼回答。

这会儿赫尔曼在一家杂货铺前停住脚，给雅德维珈挂电话。所有的电话间里都有人，他只得等着。使他感到十分困惑不解的倒不是这件事本身，而是在他所有的想象和猜测中，他没有想到塔玛拉还可能活着。也许他的孩子们也会起死回生？生活的画卷会卷回去，过去存在的一切都会再次出现。只要是天使们在耍弄他，他们肯定还有别的事情呢。他们不是创造了一个希特勒吗？你可以相信他们的创造力。

十分钟过去了，五个电话间都还没有空出来。第一个男人边讲边做着手势，好像跟他通电话的对方能看见他似的。第二个在发表长篇独白，滔滔不绝。第三个边说边抽烟，同时把延长通话时间所需要的零钱排列起来。一个姑娘一边哈哈大笑，一边看着她左手的红指甲，好像她跟对方的通话与指甲——它们的形状和颜色——有关似的。每个打电话的人显然都陷入一种需要解释、辩解和找借口的境遇之中。他们的脸上流露出欺骗、好奇、担忧的神色。

终于，有一个电话间空了，赫尔曼走进去，呼吸着另一位男人留下的热气和味道。他拨完号，雅德维珈立即接了电话，好像她是一直守在电话旁等着似的。

"雅德齐亚[1]，亲爱的，是我。"

---

[1] 雅德维珈的昵称。

"啊，是你！"

"你怎么样？"

"你在哪儿打的电话？"

"巴尔的摩。"

雅德维珈停了一秒钟。"它在哪儿？嗯，反正听起来都一样。"

"离纽约几百英里。你听得清楚吗？"

"听得清，很好。"

"我在努力卖书。"

"有人买吗？"

"这工作可不好做，不过他们还是买的。他们是给我们付房租的人。你过得怎么样？"

"啊，我在洗东西——在这儿，一切东西都变得这么脏，"雅德维珈说，没有意识到她总是说些同样的事儿，"在这儿衣服都洗成了碎布条。"

"鹦鹉怎么样？"

"它们叽叽喳喳叫个不停，整天在一起互相接吻。"

"幸运的东西。今天我在巴尔的摩这儿过夜，明天我要到更远的华盛顿去，不过我会给你打电话的。电话不在乎距离的远近。十八万英里外的声音，电一秒钟就送到了。"赫尔曼说，自己也不明白为什么要把这点知识告诉她。也许他是想让她有一个印象：他是在多么遥远的地方啊，这样她就不会指望他很快回家了。他能听见鸟儿在啾鸣。"有人来看过你吗？我的意思是说有邻居来过吗？"他问。

"没有。不过门铃响过。我打开铁链锁着的门，见一个男人拿着一架吸尘器站在门外。他想让我瞧瞧机器是怎么样吸灰尘的。但是我说，你不在家，任何人我都不让进。"

"你做得对。他可能是吸尘器推销员，但也可能是贼或是杀人凶手。"

"我没让他进屋。"

"你今晚干什么？"

"啊，我得洗盘子。另外，你的衬衫需要烫一烫了。"

"这些衣服不烫也行。"

"你什么时候再来电话？"

"明天。"

"你去哪儿吃晚饭？"

"费城。我的意思是说巴尔的摩的饭馆多着呢。"

"别吃肉。你会把胃吃坏的。"

"不管怎样，一切都坏掉了。"

"你要早点睡觉。"

"知道了。我爱你。"

"你什么时候回家？"

"最早也得后天。"

"早点回来，没有你我真寂寞。"

"我也惦记你。我会给你带件礼物的。"

说完，赫尔曼挂断了电话。

"一个善良的灵魂啊，"赫尔曼对自己说，"这样的好人怎么能在这个腐败的世界上生存下去？这真是一个谜——除非人相信灵魂的轮回。"赫尔曼想起玛莎曾经暗示过他，雅德维珈可能也有个情夫。"这是不可能的，"他想着，生起气来，"她是忠实的。"不过，他让自己想象，就在她和赫尔曼通话的当儿，一个波兰人紧挨着雅德维珈站着，那个波兰人也玩弄着同样的、赫尔曼非常熟悉的花招。"嗯，一个人只有一件事是拿得准的——死亡。"

赫尔曼想起兰珀特拉比。如果他这天交不出答应完成的那章稿子，拉比可能干脆叫他滚蛋。布朗克斯和布鲁克林又都要付房租了。"我要逃走了。我受不了了。这会要了我的命。"

他来到一个车站，走下台阶到达地下铁道。这么炎热，这么潮湿！年轻的黑人飞快地跑着，嘴里大声叫喊，非洲声调跟纽约声调一样多。妇女们身上的衣服胳肢窝下面全湿透了，她们拿着包裹和手提包，互相挤着，眼睛里冒着怒火。赫尔曼把手伸进裤袋，想掏手绢，可是手绢是湿的。站台上，一大群人互相推搡着正在等车。呜！火车一声尖鸣进站了，好像它要飞快地驶过站台似的。车厢里已经挤满了乘客。不等车厢里的人下车，站台上的人群就朝开着的车门涌过去。一股抵挡不了的力量把赫尔曼推进了车厢。别人的臀部、胸部、胳膊肘挤着他。这儿，至少对自由愿望的幻想已经消失。人在这儿就像是一块石头或是宇宙空间中的一颗流星，被扔来扔去。

赫尔曼站在拥挤不堪的车厢内，动弹不得；他羡慕那些高个儿——那些六英尺高的人，他们可以呼吸到从通风装置里透进来的凉爽空气。甚至待在草料棚里的那年夏天，天也没有这么热。犹太人一定是像这样被装进货车运往毒气室的。

赫尔曼闭上双眼，眼下他该怎么办呢？他应该从哪儿开始呢？几乎可以肯定，塔玛拉来到纽约是身无分文的。如果她隐瞒她有丈夫这个事实，她可以从犹太同乡会的分配委员会得到一些补助。但是她已经说过，她不想欺骗美国的慈善家们。他又犯了重婚罪，而且还有个情妇。如果被人发现，他可能会被逮捕，并被遣送回波兰。

"我得找个律师。我得马上去找个律师！"可是他怎么解释这种情况呢？美国律师对任何问题都有个简单的解决办法："你爱哪一个？和另一个离婚。事情不就完了。去找个工作。请心理医生看看。"赫尔曼想象法官在对他宣判，用食指指着他说："你辜负了美国对你的款待。"

"三个我都想要，这是可耻的事实。"他自己承认。塔玛拉变得更漂亮、更文静、更有趣了。她比玛莎吃的苦更多。跟她离婚就意味着把她赶到别的男人那儿去。至于爱情，专家们运用这个词,好像它有明确的定义似的,可是,还没有人发现它的真正含义。

2

赫尔曼到玛莎家的时候,她正在家里。她显然心情愉快。她把香烟从嘴唇间拿开,和他亲了亲嘴。厨房里传来烧菜的嗞嗞声。他闻到了炸肉、大蒜、罗宋汤和新土豆的香味。他听到希弗拉·普厄的声音。

来到这儿,他总是食欲大振。母女俩正在没完没了地用烧锅和平底锅烧啊,烤啊,又做泡菜,又擀面条。这使他想起了齐甫凯夫的父母家。在安息日,希弗拉·普厄和玛莎准备了烤肉菜[1]和酥油布丁。也许是因为他和一个异教徒在一起生活,玛莎一定要点上安息日蜡烛,擦亮涤罪酒杯,把桌子按规定和习俗摆好。希弗拉·普厄总是向赫尔曼请教有关饮食规定的问题:她不小心把奶匙和肉叉放在一起洗了;蜡烛油滴在盘子里了;小鸡没有胆汁。最后一个问题赫尔曼记得是这么回答的:"尝尝肝,看看苦不苦。"

"是啊,苦的。"

"如果是苦的,那按犹太教规定是可以吃的。"

---

[1] 用文火烤成的碎肉和蔬菜,供安息日食用。

赫尔曼正吃着土豆和薄饼，玛莎问起了他去看过的那个亲戚。他正在吃的那一大口东西，差点儿把他噎住。他想不起他在电话里告诉过她的名字了。不过他已经习惯于这种即兴式的发言了，他说：

"是啊，我都不知道我这位亲戚还活着。"

"是个男人还是女人？"

"我跟你说过，是个男人。"

"你说过许多事情。他是谁？从哪儿来？"

他想起了他编造的那个名字——费维尔·莱姆伯格。

"他跟你是什么亲戚关系？"

"我母亲那头的亲戚。"

"什么亲？"

"我舅舅的儿子。"

"你母亲娘家姓莱姆伯格？我记得你好像跟我提起过，不是这个姓。"

"你记错了。"

"你在电话里说，他是个六十出头的男人。你怎么会有年纪这么大的表兄？"

"我妈最小，我舅舅比她大二十岁。"

"你舅舅叫什么？"

"图弗埃。"

"图弗埃？你母亲去世时年龄多大？"

"五十一岁。"

"这事儿听来叫人难以相信。这是你以前的女朋友。她实在太惦记你了，所以在报纸上登了张启事。你干吗把启事撕下来？你是怕我看见名字和电话号码。嗯，我另外买了一份报纸。我现在就去打电话，看看到底是怎么回事。这回你可是自作自受了。"玛莎说。满脸流露出又愤恨又得意的神色。

赫尔曼推开了他的盘子。

"你干吗不马上去打电话？也好结束这种可笑的盘问，"他说，"去啊，你去拨号啊，我讨厌你这么恶声恶气地数落我。"

玛莎脸上的表情变了。"我高兴什么时候打就什么时候打。别让土豆凉了。"

"如果你根本不信任我，那我们的关系还有什么意思。"

"确实没什么意思。不管怎么样，吃土豆吧。如果他是你妈的侄子，你干吗说他是远亲？"

"对我来说，所有的亲戚都是远亲。"

"你有你的非犹太姑娘，还有我，但是从欧洲来了一个骚货，你就撇下我去会她。像那样的一个婊子可能有梅毒。"

希弗拉·普厄走到桌子旁。"你干吗不让他吃？"

"妈，你别来搅和！"玛莎吓唬她说。

"我不是来搅和。难道我的话对你毫无用处？一个人在吃饭的当儿,别拿抱怨去打扰他。我听说过一件事,在什么地方有一个人,愿上帝保佑我们,吃得噎死了……"

"你反正任何事情都有故事好讲!他说谎,他是个骗子。他太蠢了,连怎么扯谎才能不被人察觉都不会。"玛莎半对她母亲、半对赫尔曼说。

赫尔曼用匙舀起一块小土豆;这是块新土豆,圆圆的,油滋滋的,上面有一些欧芹。他刚要把它放进嘴,又停住了。他找到了他的妻子,可是失去了他的情妇。这就是命运早就准备跟他开的玩笑吗?

尽管他已经仔细考虑好他要告诉玛莎的关于他亲戚的细节,可是他的记忆在跟他作对。他用匙子的边把那很软的小土豆一切两半。"我是不是该对她说实话?"他问自己,可是没有答案。奇怪的是,他尽管很苦恼,却很镇静。这是一个当场被捉住的罪犯接受不可避免的惩罚才抱有的听天由命的态度。

"你干吗不打电话?"他说。

"吃吧。我去拿布丁。"

他吃着土豆,每吃一口都使他增添力量。他没有吃午饭,白天的这些事弄得他筋疲力尽。他把自己想象成一个处死前吃最后一顿饭的囚犯。玛莎不久就会知道真相。兰珀特拉比肯定会叫他滚蛋,他兜里只有两美元。他不能向政府申请救济——他的双重生活可能被揭出来。他能找个什么工作呢?就是洗碗这样的活,他也不可能找到。

玛莎给了他一个布丁和一个兑茶的糖汁苹果。赫尔曼原来打算晚饭后写拉比的稿子,可是他觉得胃太胀了。他感谢母女俩为他准备的饭菜。希弗拉·普厄说:"干吗要谢我们?感谢在天上的上帝。"她给赫尔曼拿来一罐洗手指的水和一顶无檐便帽,这样他可以念祝福词。赫尔曼含糊不清地念了祝福词的第一节,然后就回到自己的房间。玛莎在水槽里放满水,开始洗盘子。这时外面天还没黑,赫尔曼听见鸟儿在后院的树上啭鸣,但他觉得这似乎不是通常在树枝间啾啾的麻雀叫声。赫尔曼开玩笑地想着,它们都是另一个时代的鸟的精灵——哥伦布以前时代的,甚至史前时代的鸟的精灵,它们在临近黄昏的时候苏醒,啭鸣。在他的房间里,他经常在晚上发现一些甲虫,非常大而且奇形怪状,他简直不敢相信它们是这个天气或是这个时代的产物。

赫尔曼觉得这一天白天似乎比他记忆中的任何一年夏天的白天都要长。他记得大卫·休谟[1]的话:没有什么合乎逻辑的论证可以证明太阳第二天清晨会升起。既然是那样,那么,也没有什么能担保今天的太阳会落下去。

天气真热。他经常感到纳闷,温度这么高,这间房间怎么没有着火。在特别闷热的晚上,他想象火焰突然从天花板、四壁、

---

[1] 大卫·休谟(David Hume,1711—1776),英国哲学家、历史学家和经济学家。

被褥、书和稿子各处冒出来。他摊手摊脚地躺在床上，时而打盹，时而沉思。塔玛拉向他要过地址和电话号码，他没有给她，答应在第二天晚上给她去电话。她们都想干吗呢？都想暂时忘记她们的孤独和必然的死亡。尽管他这样穷困和无用，还有几个人依靠他。不过，是玛莎使生活变得富有意义。如果她离开他，那塔玛拉和雅德维珈就会变成包袱。

他睡着了，等他醒来的时候，已经是晚上了。他可以听见玛莎在另一间屋子里打电话。她是在跟雷布·亚伯拉罕·尼森说话吗？还是在跟塔玛拉呢？他紧张地倾听。不是，她是在和自助餐厅的另一个收银员讲话。几分钟以后，她来到他的房间。在半暗不明中，玛莎说道：

"你睡着了吗？"

"我刚醒。"

"你一躺下就睡着，这说明你一定心里没鬼。"

"我没有杀过人。"

"一个人可以不用刀子杀人，"接着，玛莎改变声调说，"赫尔曼，我现在可以休假了。"

"从什么时候开始？"

"我们可以在星期日早晨走。"

赫尔曼沉默了一会儿。"我现在只有两美元，还有几分零钱。"

"你不是可以从拉比那儿弄到一张支票吗？"

"我现在没多大把握。"

"你想跟你的乡下人——或者别的什么人待在一起吧。这一年你一直答应带我去郊外,但是事到临头,你却改变主意了。我本不该说这话,不过跟你相比,里昂·托特希纳是个诚实的人。他也扯谎,不过他是没有恶意地吹大气,想出各种愚蠢的幻想。报上那个启事是你自己登的吗?我不会感到奇怪的。我需要做的只是拨电话号码。我马上就会知道你耍的花招。"

"去打吧。去了解情况吧。只要花几分钱,你就可以了解真相。"

"你今天去看的谁?"

"我死去的妻子塔玛拉,她死而复生了。她涂了指甲油来到纽约。"

"是啊,当然。你和拉比之间发生了什么事?"

"我没按时交稿。"

"你是故意这么干的,这样你就可以不和我一起出门了。我不需要你。星期日早晨我自己理一箱衣服,眼睛看到哪里,脚就走到那里。如果不离开这座城市几天,我要疯了。我从来没有这么疲劳过,就是在集中营也没有过。"

"你干吗不躺下呢?"

"谢谢你的建议。这没有用。我一躺下,所有的暴行、所有的耻辱就浮现在脑海里。如果我睡着了,就会很快回到过去,和他们在一起。他们拽我,揍我,追赶我。他们从四面八方跑过来,就像一群猎狗在追一只兔子,有没有人是做噩梦做死的?等一下,我得去抽支烟。"

玛莎离开房间。赫尔曼起床,眺望窗外。天空灰暗阴沉。下面的那棵树一动不动地站着。空气中散发着沼泽和热带的气息。从远古时代起,地球始终由西向东转动。太阳牵引着它的行星一起飞速离开某地。银河围绕着自己的轴心旋转。在这些宇宙的运动中间,赫尔曼站着,有他小小的现实情况,有他可笑的小小的烦恼。只要有一截绳子或一滴毒药,那些麻烦就会同他一起消失。"她干吗不打电话?她在等什么?"赫尔曼问他自己,"也许她怕知道真相。"

玛莎嘴里叼着一支烟卷回来了。"如果你想和我一起去,我来为你出钱。"

"你有钱吗?"

"我去向工会借。"

"你知道我是不值得让你这么干的。"

"不,如果一个人需要一个小偷,他会从绞刑架下把小偷救下来。"

3

星期五、星期六和星期日,赫尔曼打算在布鲁克林和雅德维珈一起过。星期一他准备和玛莎去郊外度假。

他已完成稿子的那一章,并把它交给了拉比,同时郑重其事地答应今后保证不再耽误工作。幸运的是,兰珀特拉比总是那么忙碌,因此他根本没有时间实施他的威胁。拉比拿到稿子,立即将稿酬付给他。拉比办公桌上的两部电话总是响个不停。这天他要飞往底特律去演讲。赫尔曼向他告别的时候,拉比摇了摇头。他似乎在说:"别以为你骗得了我。我比你以为的知道得多。"他没有让赫尔曼握他整只手,只是伸出了两根指头。

赫尔曼走到门口时,秘书里加尔太太叫住他:"关于你电话的事,怎么样了?"

"我把地址留给拉比了。"说完,他随手把门关上了。

对赫尔曼来说,每一次从兰珀特拉比那儿拿到一张支票都是一个奇迹。他尽可能迅速地在一家认识拉比的银行里把它兑换成现钱。他本人没有收支票的往来户名。尽管他担心遭人抢劫,他还是把现金放在裤子后面的兜里。这天是星期五,根据银行墙上的挂钟,现在已是十一点一刻。拉比在西第五十七街上有一间办公室,银行也坐落在那儿。

赫尔曼朝百老汇方向走去。他要不要给塔玛拉打个电话?从玛莎在自助餐厅里跟他谈话的情况判断,她肯定早就跟雷布·亚伯拉罕·尼森通过电话了。现在她一定知道塔玛拉确实还活着。"这回我可要落得粉身碎骨了。"赫尔曼明白他这是在重复他父亲常说的那句话。

赫尔曼走进一家店铺去打电话,他拨了雷布·亚伯拉罕·尼森家的电话号码。过了几秒钟,他听到了谢娃·哈黛丝的声音。

"喂,谁啊?"

"是我,赫尔曼·布罗德,塔玛拉的丈夫。"他吞吞吐吐地说着。

"我去叫她。"

他说不上等了有多长时间,是一分钟、两分钟还是五分钟。塔玛拉没有立即来接电话,这只能说明玛莎已经去过电话了。终于他听到了塔玛拉的声音,这声音听起来跟昨天不一样。她说得很响:"赫尔曼,是你吗?"

"是的,是我。我仍然不相信发生的事是真的。"

"嗯,是真的。我正望着窗外,看到纽约的一条街,街上全是犹太人,愿上帝保佑他们。我甚至能听见剁鱼的声音。"

"你住的地方是一个犹太人居住区。"

"在斯德哥尔摩也有犹太人,好犹太人,不过这儿有点像纳伦采夫。"

"是的,仍然保留了它的痕迹。有没有人给你打过电话?"

塔玛拉没有立即回答,后来她说:"谁会来电话?我在纽约谁也不认识。这儿有——他们叫什么来着?——同乡会会员。我叔叔从前照看过他们中的一些人,但是……"

"关于租房子的事,你还没问过,是吗?"

"我去问谁？星期一我要到同乡会去。也许他们会给我出出主意。你答应昨天晚上打电话来的。"

"我的允诺一文不值。"

"事情也真奇怪。我在俄国那会儿，情况糟透了，可是大家至少是在一起的；不管我们是在劳改营里还是在森林里，我们都是一组犯人。在斯德哥尔摩我们也在一起。到了这儿，我第一次孤零零一人。我看着窗外，可是我觉得自己并不属于这儿。你能到这儿来吗？我叔叔不在家，婶婶也要出去买东西。我们可以谈谈。"

"好吧，我就来。"

"来吧。毕竟我们过去有过关系。"塔玛拉说完，挂断了电话。

赫尔曼刚跨出店门，一辆出租车正好驶来。他挣的钱不多，勉强够糊口，但是现在他一定得赶时间，免得在这一整天中没有时间跟雅德维珈待在一起。他坐在出租车里，内心的混乱使他爆发出一阵大笑。是的，塔玛拉在这儿，这不是幻觉。

出租车停下，赫尔曼付过车费，又给司机一些小费。他按按门铃，塔玛拉打开门。他注意到的第一件事就是塔玛拉已经擦去涂在指甲上的红指甲油。她穿了一件跟上回不一样的黑衣服，头发略微有点儿蓬乱。他还注意到她已有几缕白发。她已经感觉到他不满意她的美国式打扮，又重新恢复了她在故乡时的穿着。现在她看起来老了一些，他注意到她的眼角那儿已有皱纹。

"我婶婶刚出去。"她说。

第一次见面时，赫尔曼没有吻她。这时，他做了个准备吻她的姿势，但是她避开了。

"我去弄点儿茶。"

"茶？我刚吃了午饭。"

"我想我还是有资格邀请你跟我一起喝杯茶的。"她用纳伦采夫人那种卖弄风情的谈吐方式说。

他跟在她后面走进了起居室。厨房里水壶发出咝咝咝的响声，塔玛拉走过去烧茶。过了片刻，她端着一只放有茶和柠檬的托盘及一盘小甜饼进来了，这些小甜饼肯定是谢娃·哈黛丝烤制的。它们形状不一，歪歪扭扭，像在齐甫凯夫家里烤制出的饼一样，它们闻着有一股桂皮和杏仁的香味。赫尔曼嚼着一块小甜饼。他杯子里的茶倒得满满的，很烫手，杯子里还放了一把颜色变暗的银匙。说也奇怪，波兰犹太人过去那些世俗的特点，就连最小的细节，都移植到了这儿。

塔玛拉坐在桌边，离赫尔曼既不太近，也不太远，是一个女人和一个已不是她的丈夫，但还是亲戚的男人坐在一起的适当距离。"我一直看着你，我真不相信是你，"她说，"我不能让自己相信任何事情。我到这儿以后，样样事情都看不清楚了。"

"在哪些方面？"

"我几乎已经忘记过去的生活是什么样的了。你可能不相信我，赫尔曼，但是我躺着整宿睡不着，记不起我们是怎么开始认识的，后来又是怎么慢慢接近的。我知道我们经常吵架，可是我不知道为了什么。我的生活就像洋葱皮一样被剥去了。在俄国，甚至比较近的在瑞典的那几年发生的事我都要忘记了。我们不断地从一个地方转到另一个地方，上帝知道为什么。他们给我们填表，然后拿走。别问我在最后几个星期中签了多少回名字！他们干吗要这么多的签名？每张纸上我签的都是结婚后的姓——布罗德。对那些官员来说，我仍然是你的妻子，塔玛拉·布罗德。"

"我们永远不会是陌生人。"

"你根本没有这个意思，你不过是说说罢了。你那么快地拿你母亲的女佣来安慰你自己。但是我的孩子们——你的孩子们——仍然到我这儿来。咱们别谈这些了！还是说说你是怎么过的。她起码是个好妻子，对吗？你从前对我可是怨气十足。"

"我能指望她做什么呢？她现在干的跟在我们家做女佣时干的是一样的活。"

"赫尔曼，你可以把一切都告诉我。首先，咱们曾经一起生活过。其次，正像我以前告诉过你的，我认为自己根本不是这个世界的一部分了。也许我还能帮你的忙呢。"

"怎么帮忙？一个人躲在一间草料棚里多年，他就不是社会的一分子了。事实是，在这儿美国我仍然躲在一个阁楼里。你那天也这么说过。"

"嗯,两个死人当然不必互相隐瞒什么了。只要你还在做着你一直在做的那些事情,你干吗不去找个像样的职业呢?不能一辈子为拉比写写文章。"

"我还能干别的什么呢?为了要熨烫衬裤,你得身体结实,还得属于某个工会。这儿管工人的组织叫工会,要参加进去可不容易,除非……"

"你的孩子都死了。你干吗不让她生个孩子?"

"也许你还能生孩子。"

"干吗要生?为了让那些异教徒焚烧吗?不过,这儿实在太寂寞了。我碰到过一个在集中营里待过的女人。她失去了所有的亲人,但是现在她又嫁了一个丈夫,又有了一群孩子。许多人重新开始了生活。我叔叔跟我唠叨到深夜,逼我跟你谈一次话,谈出个决定来。他俩是好人,就是有点过于直爽。他说你一定得和她离婚;要不,你得跟我离婚。他甚至还暗示他想留些遗产给我。他们对一切事情只有一个答案:这是上帝的意志。就因为他们相信这点,他们才能渡过一切难关,健康而安然地生活到现在。"

"我不能和雅德维珈按犹太教规定离婚,因为我们不是按犹太教规定结的婚。"赫尔曼说。

"你起码对她是忠诚的吧,还是另有其他女人?"塔玛拉问。

赫尔曼停顿了一下。"你要我把一切都坦白出来吗?"

"我最好了解真实情况。"

"真实情况是,我有一个情妇。"

塔玛拉的脸上掠过一丝笑容。"我就料到是这样。你能跟雅德维珈谈什么?她只会把右脚的鞋穿到左脚上去。你那个情妇是谁?"

"从那边集中营来的。"

"你干吗不跟她反而跟雅德维珈结婚呢?"

"她有丈夫。他们不住在一起,可他又不跟她离婚。"

"我明白了,你一点也没变。不管怎么样,你还是说了真话。你别还隐瞒着什么事吧?"

"我什么都说了。"

"对我来说,不管你是有一个情妇,还是两个,或是一打,反正是一回事。如果在我年轻漂亮的时候,至少是不难看吧,你对我都不忠诚,那你干吗要对一个缺乏吸引力的乡下人忠诚呢?嗯,那个——你的情妇,她同意你这么做?"

"她没有别的选择。她丈夫不同意和她离婚。她爱我。"

"你也爱她吗?"

"没有她我无法生活。"

"得了,得了,从你嘴里居然听到这种话!她很漂亮?聪明?还是很迷人?"

"她既漂亮又聪明,还迷人。"

"你是怎么安排的?在她们两人中间赶来赶去?"

"我尽最大的努力。"

"你一件事也不了解。确切地说,什么也不了解。如果我没有亲眼看见他们对我们的孩子的所作所为,我可能仍然是原来的我。人人都试图安慰我,对我说时间会治愈我的创伤。事实恰恰相反:时间愈长,创伤愈深。我一定得在什么地方租间房间,赫尔曼。我不能再和别人住在一起。和那些关在一起的人做伴倒容易些。如果我不想听他们说话,我只要对他们说,走开,去烦别人就行了。但是我不能跟我叔叔这么说话。他像父亲一样待我。我不需要离婚,我永远不会再和别人生活在一起了。当然,除非你想要离婚,那么……"

"不,塔玛拉,我不想离婚。我对你的感情是谁都无法夺走的。"

"什么感情?你欺骗了其他的人,嗯,你是不可能改变的,不过你也是在欺骗你自己。我不想对你说教,但是你不会从这种乌七八糟的境况中得到好处的。我看着你就想到:一只被猎人包围而无法脱逃的野兽,看起来就像你这样。你那个情妇是什么样的人?"

"有点儿狂热,也非常有趣。"

"她没有孩子?"

"没有。"

"她是否挺年轻的,还能生孩子?"

"是的,但是她也不想要孩子。"

"你在说谎,赫尔曼。如果一个女人爱一个男人,她希望给他生孩子。她也希望做他的妻子,不让他跑到另一个女人那儿去。她为什么和丈夫处不好?"

"啊,他是个骗子、寄生虫、无赖。他自称有博士头衔,从老娘们那儿弄钱。"

"对不起,那么她调换了一个后得到的是什么呢?一个有两个妻子、替一个骗人的拉比写布道稿的男人。你把我的情况跟你情妇说过吗?"

"还没有。不过她看到了报上的启事,起了疑心。她可能随时会给这儿来电话。还是,她已经打来过了?"

"没人来过电话。如果她真的打电话来,我说什么呢?说我是你妹妹?撒拉在对亚比米勒说到亚伯拉罕时就是这么说的。[1]"

"我对她说我的表兄来了,叫费维尔·莱姆伯格。"

"那我对她说我是费维尔·莱姆伯格?"塔玛拉突然大笑起来。她整个面容全变了。她的眼睛闪烁着一种赫尔曼以前从未见过的,或是也许已经忘记的快乐光芒。她左脸颊上浮现出一个酒窝。有那么一会儿看起来像个调皮的姑娘。他站起身,她也站了起来。

---

[1] 典出《圣经·创世记》。犹太人始祖亚伯拉罕向南行至基拉耳,基拉耳王亚比米勒差人将亚伯拉罕妻子撒拉接了去,想和她亲热。晚上上帝托梦给他,告诉他撒拉乃亚伯拉罕之妻,要他将撒拉送还给亚伯拉罕,亚比米勒说:"……那人岂不是自己对我说'她是我的妹子'吗?就是女人也自己说:'他是我的哥哥。'"

"你这么快就要走?"

"塔玛拉,世界已经土崩瓦解,这不是我们的过错。"

"我还指望什么?在你的破车上做第三只轮子?我们不要去损坏过去的岁月。我们在一起生活过多年。尽管你吵吵闹闹,那几年仍然是我最幸福的日子。"

他们站在靠近门口的走廊上继续交谈着。塔玛拉已经听说,老齐科夫那个拉比老婆的儿媳还活着,而且就要再结婚了。但是,作为一个虔诚的犹太人,她必须解除同她丈夫的弟弟结婚的约束。[1] 她丈夫在美国有个兄弟,是个自由思想家。"至少我有权利了解这些圣人,"塔玛拉说,"也许,在我不幸的经历中,这是上帝的意旨。"突然,她走近赫尔曼,在他嘴上吻了一下。事情发生得如此迅速,所以赫尔曼来不及回吻她一下。他想拥抱她,但她一边很快地避开,一边表示希望他走。

4

在布鲁克林过星期五跟在齐甫凯夫不同。尽管雅德维珈还没有皈依犹太教,但是她尽量遵守传统的犹太教规定。打她在赫尔

---

[1] 典出《圣经·申命记》第二十五章:"弟兄同居,若死了一个,没有儿子,死人的妻不可出嫁外人,她丈夫的兄弟当尽弟兄的本分,娶她为妻,与她同房。"

- 124 -

曼父母家干活那会儿起，她就记住了犹太教的仪式。她买了一个白面包，还特别烘烤了安息日小甜饼。在这儿美国，她没有合适的炉灶做安息日烤肉菜，不过有一位邻居教她在煤气灶上放一块石棉垫，这样，烤的菜就不会焦，而且星期六一天菜都是热的。

雅德维珈去美人鱼大道买了葡萄酒和祈祷蜡烛。她不知在哪里弄到两个黄铜烛台，尽管她不知道怎么念祈祷词，她点起安息日蜡烛后，会用手指把双眼捂住一会儿，嘴里咕哝几句，就像她看到赫尔曼的母亲做的那样。

然而赫尔曼这个犹太人反倒不理安息日那一套。他打开电灯，关电灯，尽管这样做是被禁止的。吃完了鱼、米饭、小豌豆和胡萝卜炖鸡这顿安息日餐后，他坐下来写东西，尽管这也是不允许的。雅德维珈问他为什么要打破上帝的戒律，他说："上帝是没有的，你听见过吗？即使有，我也不理他。"

这个星期五，虽然赫尔曼已拿到了稿酬，可他似乎比往常更加心烦意乱。他问了雅德维珈好几次，是否有人来过电话。在鱼和汤两道菜中间，他从胸兜里拿出一本笔记本和一支钢笔，草草地写了些什么。在有的星期五晚上，碰到他兴致高的时候，他会唱他父亲在吃饭时唱的赞美诗，如《肖洛姆·阿莱哈姆[1]》《一个可

---

[1] 肖洛姆·阿莱哈姆（Sholom Aleichem），意为"愿你平安"，这是犹太人见面时常说的一句问候话。回答时一般用"阿莱哈姆·肖洛姆"。

尊敬的女人》等，他把歌词译成波兰语唱给雅德维珈听。前面那首是向在安息日护送犹太人从会堂回家的天使们致敬。后面那首是赞扬一位贞节的妻子比珍珠还要难得。有一次，他给她翻译了一首关于一个苹果园、一个可爱的新郎和一个带着珠宝的新娘的赞美诗。诗里描述了拥抱，根据雅德维珈的看法，一首神圣的赞美诗里这是不应该有的。赫尔曼解释说，这首诗是一位以"圣狮"闻名的希伯来神秘主义哲学家写的，他是一个奇迹创造者，先知以利亚在他面前显过灵。歌中的婚礼是在天堂里进行的。

在他唱这些圣歌时，雅德维珈的脸上升起一片红晕，一双眼睛会变得愈加明亮，充满了安息日的快乐。但是今天晚上他闷声不响，烦躁不安。雅德维珈怀疑，他在外地有时候和别的女人在一起。他毕竟有时可能需要一个能识得那些小小字母的女人。一个男人真的能懂得什么才是对他最好的吗？男人们是多么容易被一个词、一丝微笑和一个手势欺骗啊！

整整一个星期，一到黄昏，雅德维珈就把长尾小鹦鹉的鸟笼盖起来。但是在安息日前夕，她让它们晚些睡觉。那只雄鹦鹉沃伊图斯会跟赫尔曼一起唱歌。这只鸟会陷入一种神志恍惚的状态，叽喳乱叫、啭鸣、飞来飞去。今晚赫尔曼没有唱歌，沃伊图斯停在鸟笼顶上，用嘴整理自己的羽毛。

"出什么事了吗？"雅德维珈问。

"没有，没有。"赫尔曼答道。

雅德维珈离开房间去铺床。赫尔曼望着窗外。玛莎通常在星期五晚上会给他来电话。但在安息日这天，她从来不使用家里的电话，以免惹恼她母亲。她总是出去买香烟，从附近的一家店铺里给他挂电话。但今晚电话铃还没响过。

玛莎已经看到了报纸上的启事，因此他随时等待着这件不体面的事情败露。他编造的谎话实在太明显了。玛莎肯定很快就会发现他并没有在开玩笑，塔玛拉是回来了。昨天，玛莎有好几次嘲弄地眨巴着眼睛，用嫉妒的、得意扬扬的口吻重复着那个假表哥费维尔·莱姆伯格的名字。显然她是在推迟这次打击，免得破坏他们从星期一开始的那一周休假。

赫尔曼对雅德维珈完全感到放心，但他对玛莎毫无把握。她根本不接受他和其他女人一起生活这个事实。她用话刺激他，说她要回到里昂·托特希纳那儿去。赫尔曼知道男人们在追求她。他经常看到他们在自助餐厅里想方设法和她搭讪，问她住在哪儿，电话号码是多少，还留下了他们的名片。餐厅里的工作人员，从老板到洗盘子的波多黎各人都眼馋地觊觎着她。就是女人们也羡慕她那优美的体形、长长的脖子、纤细的腰肢、苗条的大腿和白皙的皮肤。他有什么力量把她给吸引住了呢？这到底能维持多久呢？他已经无数次地做好准备，玛莎总有一天会跟他闹翻。

现在，他站在那儿望着窗外：街道灯光昏暗，树上的叶子纹丝不动，科尼岛的灯光映衬着天空。上了年纪的男女把椅子放在门口附近,正在聊天,这是那些没有什么可以希望的人的漫长的闲聊。

雅德维珈把手放在他肩上。"床已经铺好了。被褥都是刚换上的。"

赫尔曼关掉了起居室的电灯,留下蜡烛闪着暗淡的摇曳不定的亮光。雅德维珈走进卧室。从农村带来的女人的习惯她从不忘记。她在睡觉前漱口、洗脸、梳头。就是在利普斯克,她也一直梳妆得干干净净。在这儿,她收听波兰广播电台播送的各种卫生指导节目。天黑了,沃伊图斯发出最后一声抗议,飞进笼内和玛里安娜待在一起。它挨着玛里安娜稳稳当当地停在栖木上,它俩就一动不动地栖息到黎明降临,也许尝到了随死亡而来的大休息的滋味。这对人和动物是一种救赎。

赫尔曼慢慢地脱衣服。他想象塔玛拉躺在她叔叔家中的沙发上,还没有睡着,她的眼睛在黑暗中瞪着。玛莎可能正站在克罗顿公园附近或是特里蒙特大道上,抽着烟。路过的男孩子们朝她吹口哨。说不定有一辆汽车停下,有人正想把她带走。也可能她正和什么人一起坐在汽车里。

电话铃响了,赫尔曼赶忙去听。一支安息日蜡烛已经熄灭,但是另一支仍然发出哔哔剥剥的声响。他拿起听筒,悄声地说:"玛莎!"

电话里沉默了一会儿。接着玛莎说:"你是不是正和那个乡下人一起躺在床上？"

"没有，我没和她一起躺在床上。"

"那你在哪儿？在床底下？"

"你在哪儿？"赫尔曼问。

"对你来说，我在哪儿不都一样？你可以和我在一起。可是你却和一个利普斯克笨蛋一起过夜。而且你还有别的人。你那表哥费维尔·莱姆伯格是个胖妓女，你喜欢这种人。你是否也跟她睡过觉？"

"还没有。"

"她是谁？你还是给我说实话的好。"

"我告诉过你了，塔玛拉还活着，她到这儿来了。"

"塔玛拉已经死了，正在地里腐烂呢。费维尔是你的一个情妇。"

"我以父母的骨头起誓，不是情妇！"

电话线那头一阵紧张的沉默。

"告诉我她是谁？"玛莎坚持着问。

"我一个亲戚。一个失去自己的孩子，身心受到损伤的女人，同乡会把她带到了美国。"

"那你为什么说是费维尔·莱姆伯格？"玛莎问。

"因为我知道你是个多疑的人。如果你听见我提到一个女人，你马上就会认为……"

"她多大年纪？"

"比我大，身体全垮了。难道你真的相信雷布·亚伯拉罕·尼森·雅罗斯拉夫会为了我的情妇在报上登启事？他们是虔诚的人。我告诉过你给他们打电话，你自己去了解真相。"

"嗯，也许这回你是无罪的。你永远不会知道这几天我是怎么过的。"

"小傻瓜，我爱你！你现在在哪儿？"

"我在哪儿？在特里蒙特大道的一家糖果店里。我刚才一面抽烟，一面沿大道走着，每过几分钟就有一辆小汽车停下，有个流里流气的人想带我走。那些男孩子冲我吹口哨，好像我是个十八岁的姑娘似的。他们在我身上看到了什么，我永远也不会知道。我们星期一到哪儿去？"

"我们会找个好去处的。"

"留下母亲一人在家，我有些担心。她要是发起病来怎么办？哪怕她死了，也不会被人发现。"

"请一位邻居照看她一下。"

"我跟邻居们没来往。我不能突然去找他们，要求他们帮忙。再说我妈怕见别人。如果有人敲门，她就以为是纳粹。以色列的敌人应该像我享受这次旅行的前景似的享受生活。"

"如果是这样，那咱们就待在城里吧。"

"我怀念青草，清新的微风。就是在集中营里，空气也不像这儿那么污浊。我要带妈一块儿去,但是在她眼里,我是个妓女。上帝使她遭受各种不幸,她害怕得发抖,只怕她为上帝做得不够。事实是,希特勒做了上帝想做的事。"

"那你干吗还要点安息日蜡烛?你干吗还要在赎罪日[1]斋戒?"

"那不是为上帝。真的上帝憎恨我们,但是,我们幻想出一个爱我们的偶像,使我们成为他的选民。你自己说过:'异教徒把石头当成神,而我们把理论当成神。'你星期日什么时候到我这儿来?"

"四点。"

"你也既是个神,又是个凶手。好,祝你安息日愉快。"

5

赫尔曼和玛莎坐公共汽车去阿第伦达克山[2]。经过六小时的旅程,他们在乔治湖下了车。他们花七美元租了一间房间,决定在那儿过夜。他俩出发的时候心中毫无计划。赫尔曼在公园长凳上发现一张纽约州的地图,这就成了他的游玩指南。从他们住的房

---

1 赎罪日(Yomkipper),在提斯利月十日,公历九十月间。典出《圣经·利未记》:"因在这日要为你们赎罪……这日你们要守为圣安息日……那受膏接续他父亲承接圣职的祭司,要穿上细麻布的圣衣,行赎罪之礼。"
2 阿第伦达克山(Adirondacks),美国纽约州东北部山脉。

间的窗户望下去，可以看到一个湖和起伏的小山。微风徐徐吹拂，带来阵阵松树的清香。远处传来音乐声。玛莎随身带了一篮吃的，都是她和母亲准备的，有薄煎饼、布丁、糖水苹果、干梅子、葡萄干和一块自制蛋糕。

玛莎站在窗前，眺望着湖面上的划艇和摩托艇。她一面抽烟，一面开玩笑地说："纳粹在哪儿？要是没有纳粹，这会是个什么样的世界？一个落后的国家，这个美国。"

临行前，玛莎用度假用的钱买了一瓶干邑白兰地。她在俄国时就学会了喝酒。赫尔曼只从纸杯中呷了一口，玛莎却一次次地倒满自己的杯子，变得越来越兴奋，又是唱歌又是吹口哨。

童年时，玛莎在华沙学过舞蹈。她的小腿跟舞蹈家的小腿一样那么结实。这会儿她举起双臂跳起舞来。她穿着套裙和尼龙长筒袜，嘴唇间叼着一支烟卷，头发蓬松，这使赫尔曼想起经常去齐甫凯夫演出的马戏团里的演员。她用意第绪语、希伯来语、俄语和波兰语唱歌。她要赫尔曼跟她一起跳舞，用醉醺醺的口吻催促他："来啊，犹太法典学院的学生娃，让我瞧瞧你会点儿什么。"

他们睡得挺早，不过晚上他们有不少事情。玛莎睡了一个小时就醒了。她想同时干许多事情：做爱、抽烟、喝酒、说话。月儿低悬在湖水上空。鱼儿扑腾扑腾欢跳。星星像小灯笼似的晃动着。玛莎给赫尔曼讲故事，这些故事使他又生气又嫉妒。

第二天早晨，他们收拾起东西又乘上公共汽车。这天晚上，他们在斯克龙湖边的一间平房里过夜。屋里太冷，为了避免着凉，他们只得把衣服压在毯子上。第二天吃过早饭，他俩租了一条小船。赫尔曼划桨，玛莎张开四肢躺在阳光下取暖。赫尔曼想象他能从玛莎额头的皮肤和闭着的眼睑中看到她的思想。

他沉思着，生活在美国，这个自由的国家里，不用害怕纳粹、内务部、边境哨兵和告密者，是多么古怪啊。他连要求入美国籍的初步申请书都没有带。在美国没有人会问你要证明。不过，他没法完全忘掉在美人鱼大道和海神大道之间的一条马路上，雅德维珈在等他。在东百老汇雷布·亚伯拉罕·尼森·雅罗斯拉夫的家中，塔玛拉——她已经回来了——正等着他可能给予的任何微小的施舍。他永远不可能完全摆脱这些女人对他的各种要求。哪怕兰珀特拉比也有权抱怨他。赫尔曼拒绝了拉比想要强加给他的友谊。

然而，在淡蓝的天空下，周围是黄绿色的湖水，他内疚的心情还是有所减轻。鸟儿宣布新的一天来临，好像这天是开天辟地后的第一个早晨似的。暖风带来树木的味儿和旅店里正在做菜的香味。赫尔曼想象他听到了一只鸡或是一只鸭的尖叫声。在这可爱的夏日早晨，家禽正在被宰杀，处处都是特雷布林卡。

玛莎带来的食物已经吃完，可是她不愿去餐厅吃饭。她去市场买面包、西红柿、奶酪和苹果。她买回来一大堆东西，足够一大家子人吃。她虽然调皮轻佻，但也具有做母亲的本能。她不像放荡的妇女那么乱花钱。玛莎在平房里发现一只石油炉，她在炉子上烧咖啡。石油味儿和烟使赫尔曼想起了自己在华沙的学生时代。

苍蝇、蜜蜂和蝴蝶从敞开的窗户外飞进屋。苍蝇和蜜蜂叮在一些撒出来的糖上。一只蝴蝶在一片面包上空盘旋。它并不吃，好像只是在享受面包的香味。赫尔曼觉得不该把这些寄生虫赶走；他从每一种生物的身上，看到了生存、体验和了解这个永恒的意志的种种表现。那只苍蝇的触须朝食物探出去的时候，它的后脚并在一起搓着。那只蝴蝶的翅膀使赫尔曼想起了祈祷巾。蜜蜂嗡嗡嗡嘤嘤嘤地飞来飞去，最后又飞了出去。一只小蚂蚁在近处爬着。经过寒冷的夜晚，它活了下来，现在正在爬过桌子——可是到哪儿去呢？它在一粒面包屑前停了一下，然后继续前行，按着锯齿形前后爬着。它离开了蚁穴，只好独立生活了。

从斯克龙湖出发，赫尔曼和玛莎来到普莱西德湖。他俩在山上的一幢房子里要了间房间。房间里一切都很陈旧，但一尘不染：客厅、楼梯、挂在墙上的画和各种装饰品、绣着纹章图案的毛巾，毛巾是从德国进口的，是第一次世界大战前的剩余物资。宽大的床上放着厚厚的枕头，像欧洲的小旅店似的。从屋里窗口望出去是群山。太阳已经落山，在墙壁上投下了一方块一方块绛紫色的影子。

过了一会儿,赫尔曼下楼去打电话。他已经教会雅德维珈怎么接收费电话。雅德维珈问他在哪儿,他说了他第一个想到的地名。平常雅德维珈并不埋怨他,可是这回她激动地说:她害怕黑夜,邻居们笑话她,对着她指指戳戳。赫尔曼为什么需要那么多钱?她非常愿意去干活,帮助他,这样也好使他像其他男人那样待在家里。赫尔曼使她平静下来,向她表示歉意,而且答应不在外面待得太久。她在电话里给了他一个响吻,他也回吻了她。

他到楼上的时候,玛莎不愿和他说话。她说:"现在我可知道真相了。"

"什么真相?"

"我听见了。你惦记她,你简直等不到回去跟她在一起了。"

"她很孤独,又无依无靠。"

"那我呢?"

他们默默地吃晚饭。玛莎没有开灯。她递给他一个煮鸡蛋,他突然想起了圣殿被毁日[1]前夕、斋戒前的最后一顿饭,吃着撒有灰烬的煮鸡蛋,这是一种哀悼的表示,象征着一个人的命运会像鸡蛋那样滚来滚去,会变坏。玛莎交替着抽烟和咀嚼。他想跟她说话,可是她不愿回答。吃完饭不久,她就和衣躺在床上,蜷曲

---

[1] 圣殿被毁日(Tisha Ba'av,意为"埃波月第九日"),在公历七八月间,是犹太教一年一度的斋戒日,纪念耶路撒冷第一圣殿和第二圣殿被毁灭。

着身子,很难弄清她到底是睡着了还是在发脾气。

赫尔曼来到外面,沿着一条不知名的街道走着,在一家卖纪念品的商店橱窗前,他停住了脚步望进去,印度洋娃娃、木底金边凉鞋、琥珀念珠、中国耳环、墨西哥手镯。他来到一个湖边,湖水映出了红棕色的天空。从德国来的难民们——宽肩膀的男人和肥胖的女人在湖边散步。他们正在谈着房子啊,商店啊,股票交易啊。"他们在哪些方面像是我的兄弟姐妹们呢?"赫尔曼问自己,"他们的犹太人特点是什么?我的犹太人特点是什么?"他们都有同样的愿望,尽快地同化,消除原来的口音。赫尔曼既不属于他们,也不属于美国、波兰或俄国的犹太人。像早晨桌子上的那只蚂蚁一样,他离开了他的居住区。

赫尔曼绕着湖泊散步,他走过一小片一小片的树林,走过一所盖得像瑞士农舍小屋的旅店。萤火虫一闪一闪,蟋蟀喔喔叫着,一只没有睡觉的小鸟在树梢间尖鸣。月亮升起来了,像一个骷髅头。天上有什么?什么是月亮?是谁创造了月亮?为什么要创造它?也许答案就像万有引力那么简单,就等着某个人去发现,据说牛顿是在看到苹果从树上掉下的那一刻发现万有引力的。也许包罗万象的真理可以归纳在一句话中。要不,可以用来给它下定义的词汇还有待创造吧?

他回到旅馆的房间时已经很晚了。他走了好几英里。屋子里漆黑一团。玛莎躺在床上的姿势跟他离开房间时的一模一样。他走近她,摸了摸她的脸,好像要确定她还活着似的。她给吓了一跳,说:"你想干吗?"

他脱下衣服,挨着她躺下。他躺着睡着了。等他睁开眼睛的时候,月光明亮,玛莎站在房间中央,嘴就着酒瓶在喝干邑白兰地。

"玛莎,这样可不行。"

"怎样才行?"

她脱去睡衣,走向他。他们默默地接吻、做爱。事后,她坐起来,点了一支烟。她突然说:"五年前的这个时候我在哪儿?"她使劲想了很长时间。然后她说:"还在死人中间。"

6

赫尔曼和玛莎继续旅行,他们在离加拿大边境不远的一家旅馆里住下来。他们只剩下几天假期了,旅馆的费用倒不贵。

旅馆的一排平房面临湖水。穿着游泳衣的男男女女在门外打牌。在一个网球场上,一位拉比戴着一顶室内便帽,穿着短裤跟他妻子在打网球,他妻子戴着正统派犹太女人戴的假发。在两棵松树间的一张吊床上躺着一个男孩和一位姑娘,两人不停地咯咯笑着。男孩额头很高,头发乱蓬蓬的,狭窄的胸脯上长满了汗毛。女孩子穿着一件紧身游泳衣,脖子上戴着一颗大卫王之星。

旅馆的老板娘告诉赫尔曼，这儿的饭菜是"严格按照犹太教规定"做的，旅客们都是"幸福的一家人"，她把赫尔曼和玛莎带到一间平房里，房间的四壁没有上过漆，露出横梁的天花板。旅客们一起在餐厅一张长桌子上用餐。吃饭的时候，那些衣服穿得很少的母亲把饭菜塞进她们孩子的嘴里，她们决心让孩子长成高大的美国人，六英尺高。孩子们哇哇乱哭，饭菜哽住了，结果硬塞进嘴里的菜又吐了出来。赫尔曼认为孩子们发怒的眼神似乎在说话："为了满足你们的虚荣心而受苦，我们可不干。"打网球的拉比滔滔不绝地在说笑话。侍者——大学或是犹太法典学院的学生——和年纪比较大的女人们开玩笑，和姑娘们调情。他们紧跟着开始问玛莎，她从哪儿来的，还不断含蓄地奉承她。赫尔曼的喉咙绷紧了。不管是洋葱、碎牛肝、丸子、肥牛肉片，还是香肠，他都咽不下去。桌子旁边的那个女人发愁地说："他是什么样的人啊？他不吃东西。"

赫尔曼在雅德维珈的草料棚里和在德国难民营里待过，后来在美国又艰苦地生活了多年，和这种现代犹太人已经隔绝。可是他们出现在这儿。一个圆脸、鬈发的意第绪语诗人正在和拉比进行讨论。诗人自称是无神论者，谈论着世俗的人情、文化、比拉比赞[1]的犹太人居住地和反犹主义。当诗人继续滔滔不绝地谈论

---

1 比拉比赞（Bira Bidjan），又作比罗比詹（Birobidzhan），现为俄罗斯犹太自治州首府。

时，拉比举行了饭后洗手仪式，嘴里咕哝着祝福词。有时拉比的眼睛里流露出一种呆滞的神色，还出声吟诵几个词。一个胖女人争论说，意第绪语是一种土语，是一种没有语法的大杂烩。一个蓄着胡须、戴金丝边眼镜和丝绒便帽的犹太人站起身，发表了一通关于新建的以色列国的演说，并且征募捐款。

玛莎已经和别的女人交谈开了。她们叫她布罗德太太，想知道她和赫尔曼什么时候结的婚，有几个孩子，赫尔曼干什么工作。赫尔曼低垂着脑袋。和别人的每一种接触都使他心里感到恐惧。有人会认识他和雅德维珈是住在布鲁克林的，这种可能性总是存在的。

一个加里西亚[1]老人抓住布罗德这个姓开始仔细询问赫尔曼，他的老家是在伦贝格、塔尔努夫[2]、布罗迪[3]还是在德罗戈贝奇[4]。老人有个亲戚也姓布罗德，是他父亲或是祖父的表亲的后代，这个表亲是个拉比，后来成了一名律师，眼下是特拉维夫以色列正教党的一个重要人物。赫尔曼回答得越多，那个老人越是要刨根问底。他似乎下定决心要证明他和赫尔曼是亲戚。

坐在桌子边的女人们众口一词夸玛莎长得漂亮，身材苗条，

---

[1] 加里西亚（Galicia），原为奥匈帝国领土，第一次世界大战后为波兰南部之一省，第二次世界大战后部分划入苏联。
[2] 塔尔努夫（Tarnow），波兰南部一城市。
[3] 布罗迪（Brody），乌克兰境内一城市，靠近利沃夫。
[4] 德罗戈贝奇（Drohobitch），乌克兰境内一城市，靠近利沃夫。

穿着美观。她们了解到玛莎的衣服都是她自己做的时候，就想知道玛莎是否愿意接活。她们都有各式各样的衣服需要放大、改小、放长或是改短。

赫尔曼吃得很少，但是他从桌边站起来的时候，觉得胃很沉。他和玛莎出去散步。他没有意识到，经过这些年的孤独生活，他已变得多么不耐烦，同一切人事纠缠多么疏远。他只有一个愿望：尽快离开这里。他走得很快，玛莎给落在后面。

"你干吗奔跑？没有人在追你。"

他们朝山上走去。赫尔曼不时朝后看。在这儿人能不能躲开纳粹？会有人把他和玛莎藏在草料棚里吗？他刚吃完午饭，就已经在担心晚饭时分怎么去应付那些人。他没法坐在他们中间，看着别人硬塞东西给孩子们吃，把食物弄得一团糟。他没法听那些空话。在城里时，赫尔曼一直渴望大自然，渴望野外，但实际上他并不适应这种宁静。玛莎怕狗。每次她听到狗叫，总是抓住赫尔曼的胳膊。她很快就说她穿着高跟鞋走不动了。他们从一些农民身旁经过，他们都带着厌恶的神情打量着正在散步的这一对男女。

他们回到旅馆，赫尔曼突然决定去租一条供旅客用的划艇。玛莎劝他别这么干。"你会把咱俩淹死的。"她说。但是她最后还是坐在小艇上，点起了一支烟。赫尔曼知道怎么划船，不过他和玛莎都不会游泳。淡蓝的天空万里无云，微风吹拂着。波浪起伏，拍打着划艇的两侧，划艇像摇篮似的摇晃着。赫尔曼不时地听到溅水声，好像某个怪物正潜在水中，悄悄地跟在他们后面游着，准备随时掀翻小艇。玛莎带着担忧的神色注视他，指挥他，批评他。对他在运动方面的能力，玛莎没什么信心。或者，她不信任的也许是她自己的命运。

"看那只蝴蝶。"

玛莎用手指着。它到底是怎么能在世界上飞得离岸这么远的？它还能飞回去吗？蝴蝶在半空中飞翔。它弯弯曲曲地飞着，没有一定的方向，突然它不见了。波浪呈现出金黄色和阴影交织成的图案，把湖水变成一个巨大而流动的棋盘。

"小心！那儿有块礁石！"

玛莎蓦地坐直身子，小艇左右摇晃不停。赫尔曼马上朝后划桨。一块礁石突出在水面上，尖尖的，表面凹凸不平，还长满了青苔，它是冰河时代和在地球上冲出这个盆地的那条冰河的遗留物。它经受了阵雨、大雪、严寒和酷暑的侵袭。它什么都不怕。它不需要救赎，它早已得到了救赎。

赫尔曼把小船划到岸边，他和玛莎上了岸。他们回到那间平房，躺在床上，盖上羊毛毯。玛莎紧闭的双眼似乎在眼睑下微笑。然后她努动着嘴唇。赫尔曼注视着她。他认识她吗？连她的面貌他似乎都感到陌生。他从来没有好好端详过她的鼻子、下巴和前额的形状。她心里在想些什么呢？

玛莎浑身发抖，坐起身来。"我刚才见到了我父亲。"

她沉默了一会儿。然后她问:"今天是几号?"

赫尔曼讲了日期。

"我的朋友来过已有七周了。"玛莎说。

赫尔曼开始不明白她说的是什么。跟她一起生活的几个女人都给月经另起名字,叫什么圣日啦,朋友啦,月刊啦。他警惕起来,计算着和她待在一起的日子。

"是啊,晚了。"

"我每次都不会晚。别的事情我可能不正常,这个我可是百分之百正常的。"

"找医生给看看。"

"还太早,他们看不出什么。我再等上一周。在美国,人工流产要花五百美元,"玛莎改变了说话的腔调,"而且也很危险。原来在自助餐厅里工作的一个女人去做人工流产。结果她得了败血症,死了。死得多么可怕啊!如果我有个三长两短,我妈妈怎么办呢?我敢肯定你会让她挨饿的。"

"别说得那么吓人。你还没死呢。"

"生死相隔有多远?我看到过人们死去,我可知道。"

7

那位拉比显然准备了一些新的笑话在吃晚饭时讲,他肚子里的轶事似乎讲不完。妇女们咯咯地发笑。实习侍者乒乒乓乓地端上饭菜。孩子们昏昏欲睡，不想吃什么，他们的妈妈拍打他们的手。一位新来到美国的妇女把饭菜退了回去，侍者问道："在希特勒统治下，你能吃得更好吗？"

饭后，他们都集中在一间由仓库改建成的娱乐场内。那位意第绪语诗人发表了一通歌颂斯大林的演说，还背诵无产阶级诗歌。一名女演员表演模仿知名人士。她哭啊，笑啊，尖叫啊，做出各种各样的表情。一个曾在纽约意第绪语杂耍场演过的男演员讲各种黄色的故事：有一个丈夫受了蒙骗，他的妻子把一个哥萨克藏在她床底下；有一个拉比去给一个放荡的女人讲道，离开她家时衣服上的拉链都敞开着。女人和姑娘们笑得弯下身去。"为什么对我来说一切都那么痛苦？"赫尔曼问自己。这个娱乐场里粗俗的气氛否定了创造的意义。它使大屠杀的极大痛苦蒙受耻辱。有几个旅客是从纳粹恐怖中逃出来的难民。屋里灯火通明，引得那些飞蛾从敞开着的门外飞进来，它们被虚假的白天所欺骗。它们飞来飞去，一会儿工夫，不是撞死在墙上，就是在灯泡上烧死。

赫尔曼向四周扫了一眼，看到玛莎正和一个大个子男人在跳舞，那位男子身穿一件方格子衬衫和一条绿短裤，露在外面的大腿上全是汗毛。他搂着玛莎的腰，她的手勉强搭到他的肩上。一个服务员吹小号，另一个敲着鼓。第三个吹奏一个自己做的乐器，那个乐器看上去像一把有许多窟窿的壶。

赫尔曼和玛莎一起离开纽约以来，他几乎没有单独活动的机会。他犹豫再三之后，走出娱乐场，没有让玛莎看到他离开。这天晚上没有月亮，天气冷飕飕的。赫尔曼走过一个养殖场。一头小牛站在牛栏里。它带着不会说话的动物那种困惑不解的神情凝视着黑夜。它的大眼睛似乎在问：我是谁？我在这儿干吗？冷风一阵阵从山里吹来。流星从空中划过。远处的娱乐场越来越小，坐落在下面像一只萤火虫。玛莎虽然对一切采取反抗态度，她仍然保持着她正当的天性。她希望有丈夫、孩子，有一个家。她喜欢音乐、戏剧，爱嘲弄演员。但是，赫尔曼的内心有一种无法消除的悲伤。他不是希特勒的受难者。在希特勒统治之前很久，他就一直是受难者。

　　他走到一个烧得只剩框架的房子前停住了脚。一股刺鼻的焦味、一个个空洞——原先是窗户、烧得漆黑的门洞和黑魆魆的烟囱，这一切吸引着他，他走了进去。如果确实有鬼，它们会住在这种被烧毁的房子里。既然他受不了人，也许鬼是他的天然伙伴。他能留在这堆瓦砾里度过余生吗？他站在烧焦的四壁中间，闻着早就熄灭了的火烧味儿。赫尔曼能听到黑夜的呼吸声。他甚至想象它在睡梦中打鼾。寂静在他耳朵中响着。他在木炭和灰烬上走着。不，他不能待在那些表演啦、笑啦、唱歌啦、跳舞啦中间。从一个原来是窗户的空洞里，他看到了黑沉沉的天空，一张写满了象形文字的草纸。赫尔曼的眼光停在三颗星星上，它们的排列像希伯来文的母音赛格尔[1]。他注视着三颗恒星,兴许每一颗星都有它自己的行星、彗星。真奇怪,一个脑壳加上一点肌肉,就能看到这么遥远的东西!真奇特,满满的一脑壳脑浆老是犹豫不定,无法得出任何结论!上帝啊,星星啊,死人啊,都默不作声。说话的人呢,什么也没吐露……

他转身朝已经漆黑一片的娱乐场走去。那幢房子,刚才还热闹非凡,转眼已寂静无声,空无一人,陷入在一切无生命的物体的自我专注中。赫尔曼开始寻找他住的那间平房,不过他知道找到它是困难的。无论到哪儿——城市、乡村、船上或旅馆里,他总是会迷失。旅馆办公室那所房子的门口亮着一盏灯,可是屋里没人。

赫尔曼的心中闪过一个念头:也许玛莎已经和那个穿绿短裤的舞伴睡觉去了。这不大可能,但是在失去了一切信仰的现代人中,什么都可能发生的。如果不是凶杀和私通,文明还包含着什么?玛莎一定是听出了他的脚步声。有一扇门打开了,他听到了玛莎的声音。

8

玛莎服了一片安眠药,睡着了,可赫尔曼还醒着。开始,他

---

[1] 赛格尔(Segul),希伯来文、阿拉伯文及其他同系统的文字中附加于子音上下以表示母音的符号。

和纳粹进行常规的战争，向他们扔原子弹，用神秘的导弹轰炸他们的军队，把他们的舰队拎出海洋，放到希特勒在贝希特斯加登[1]的别墅附近的地面上，他尽力想睡，可他无法停止胡思乱想。他的脑袋就像一部失去了控制的机器那么运转着。他又在喝那剂能使他探究时间、空间和"事物本身"的药水。他的沉思默想总是使他得出同样的结论：上帝（或者不管他是什么）肯定是聪明的，但没有迹象表明他是仁慈的。如果在天上等级森严的统治集团里确实有一位仁慈的上帝，那他也不过是个孤立无援的小神，是一种处于天上的纳粹之中的天上的犹太人。只要你没有勇气离开这个世界，你就只能求助于酒精、鸦片、利普斯克的草料棚或希弗拉·普厄家的一间屋子，躲藏起来或是设法混下去。

他睡着了，梦见日食和送葬的队伍。他们一个接一个跟在长长的马拉的柩车后面，坐在马背上的都是巨人。他们既是死者又是送葬者。"这怎么可能呢？"他在睡梦中问自己，"一伙已经被定了罪的人能带着他们自己到墓地去吗？"他们手持火把，悲哀地唱着挽歌。他们的长袍拖到地上，头盔上的尖顶伸到云层里。

赫尔曼吓了一跳，床生锈的弹簧发出刺耳的嘎嘎声。他吓醒了，浑身汗津津的。他的胃很胀，小便憋得慌。他头下面的枕头又湿又皱，像是洗好后绞过似的。他睡了多长时间？一个小时？

---

[1] 贝希特斯加登（Berchtesgaden），德国东南部一城市。

六个小时？平房内漆黑一团，像冬天那么寒冷。玛莎坐在床上，她那苍白的脸在黑暗中像一点亮光。"赫尔曼，我害怕动手术。"她声音沙哑地喊叫起来，这声音和希弗拉·普厄的一模一样。过了片刻，赫尔曼才明白她说的是什么意思。

"嗯，好。"

"也许里昂会跟我离婚。我要明白地告诉他。如果他不同意离婚，孩子就姓他的姓。"

"我不能和雅德维珈离婚。"

玛莎一下子火冒三丈。"你不能？"她吼叫着，"英国国王要和他相爱的女人结婚，放弃了王位，[1]而你连一个愚蠢的乡下女人都丢不开！没有什么法律可以强迫你和她一起生活。大不了你得付给她生活费。我来付这笔赡养费。我可以加班，我来付！"

"你要知道，离婚会要了雅德维珈的命。"

"我不懂这种事。告诉我，你和那骚货的婚礼有拉比主持吗？"

"拉比？没有。"

"那你们怎么结的婚？"

"世俗结婚。"

"根据犹太教法律，那种结婚根本不算数。跟我按犹太教仪式结婚吧。我才不要他们异教的证书呢。"

---

[1] 英国国王爱德华八世为同美国一离婚女人辛普森夫人结婚，不得不退位。

"没有结婚证书,拉比是不肯主持婚礼的。这儿是美国,不是波兰。"

"我去找一位愿意的拉比。"

"那仍然是重婚——而且更糟,是一夫多妻。"

"没有人会知道。只有我母亲和我知道。我们可以搬家,你爱用什么名字就用什么名字。如果你那个乡下人可爱得你没有她就无法生活,那你一星期就去跟她过一天。我同意你那么做,我不会吵的。"

"那我早晚会被捕,并被驱逐出境的。"

"只要没有结婚证书,没人能证明我们是夫妻。你可以在婚后把婚约烧掉。"

"孩子出生你得去登记啊。"

"我们要想出一个办法来。我准备和你一起容忍这样一个白痴,这就足够了。让我说完,"玛莎改变语调,"我坐在这儿已经想了整整一个小时了。如果你不同意,你可以马上离开这儿,别再回来了。我去找个会动手术的医生,不过,你别再见我了。我给你一分钟时间回答。如果你不同意,穿上衣服,出去。一秒钟我都不要你在这儿待着。"

"你这是在要我违法。我会害怕街上的每一个警察。"

"不管怎么样你都害怕。回答我!"

"好吧。"

玛莎沉默了好长时间。

"你光是说说的吧？"她最后说，"要不，我明天得再从头来一遍？"

"不，讲定了。"

"要你对什么事情做出决定，需要下最后通牒。明天早晨，第一件事情我就要给里昂打电话，告诉他一定得跟我离婚。假如他不同意，我就毁了他。"

"你要干什么？开枪打死他？"

"这我也办得到，不过我有别的办法整治他。从法律上讲，他就像是猪肉，完全不合乎犹太教的教规。如果我要去报告，他明天就能被驱逐出去。"

"根据犹太教法律，不管怎么样，我们的孩子都是个私生子。这是在你离婚前怀的孕。"

"犹太教法律和其他所有的法律对我来说，不过是去年的冰霜。我只是为了我母亲才这么干的，只是为了她。"

玛莎下了床，在黑暗中走来走去。一只雄鸡啼了，其他的雄鸡也跟着啼起来。一片泛蓝的亮光从窗外透射进屋。夏夜已经过去。鸟儿同时叽叽喳喳地哢鸣啁啾。赫尔曼不能再躺在床上了。他起身穿好裤子和皮鞋，打开房门。

户外一片清晨景象。冉冉升起的太阳在夜空中留下了一幅稚气的作品——一点点、一片片、一团团的各种色彩。草上沾满了露水，湖上笼罩着一层乳白色的薄雾。三只幼鸟栖息在那间平房附近的一棵树的枝条上，它们张大着柔软的小嘴，它们的妈妈从自己嘴里吐出一小口一小口虫子和花茎喂它们。它像那些明白自己责任的人，一心一意、勤勤恳恳地飞来飞去。太阳从湖后面升起来。火焰似的阳光把湖水染得通红。为了使地球上有更多的果子，一颗松果从松树上落下，准备在泥土中生长成一棵新的松树。

玛莎穿着长睡衣，光脚走到外面，嘴里叼着一支香烟。

"自我们见面那一天起，我就一直想给你生个孩子。"

第二部

第五章

1

赫尔曼又在准备出门。他撒了个谎,说要出门去推销《大英百科全书》,并告诉雅德维珈他得在中西部待一个星期。雅德维珈根本不懂一本书和另一本书有什么区别,因此这个谎话完全是多余的。但是,赫尔曼已经养成了说谎的习惯。况且谎言越来越叫人难以相信,需要不断补救,最近,雅德维珈一直在埋怨他。新年[1]的第一天他就不在家,第二天又是半天在外面。她准备了鲤鱼

---

[1] 新年(Rosh Hashanah),指犹太新年,是提斯利月的头两天,通常在公历九十月里。

头、苹果和蜂蜜,还专门烤制了新年面包,完全是按照邻居教给她的方法做的,但甚至在新年里,赫尔曼显然也在卖书。

现在楼里的女人们让雅德维珈相信——半用意第绪语,半用波兰语说的——她丈夫一定在什么地方有个情妇。有个老妇人建议她去请一位律师,跟赫尔曼离婚,要求他付赡养费。另一个把她带到会堂听吹羊角。她站在女人中间,听到悲哀的羊角声,突然大哭起来。羊角声使她想起了利普斯克,想起了战争,想起了她父亲的去世。

赫尔曼跟她在一起只待了几天,现在又要走了,这回他不是到玛莎而是到塔玛拉那儿,她在卡茨基尔山[1]租了一间平房。他对玛莎也说了个谎。他告诉她说,他要和兰珀特拉比一起到大西洋城去参加为期两天的拉比会议。

这是个站不住脚的借口。哪怕是革新派的拉比也不在敬畏之日[2]里举行会议。但是,玛莎已经使里昂·托特希纳跟她离了婚,期望九十天的法定等待期限一过去,就跟赫尔曼结婚,她现在不再为争风吃醋而大发雷霆了。离婚和怀孕似乎改变了她的看法。她像妻子对待丈夫那样对待赫尔曼。她甚至比以前更爱她母亲了。玛莎找到了一个拉比,他是个难民,同意不要结婚证书给他们主

---

1 卡茨基尔山(Catskill Mountains),位于美国纽约州东南,为避暑胜地。
2 敬畏之日(The Days of Awe),从提斯利月一日到赎罪日,共十天。这十天是犹太人的盛大节日,叫敬畏之日。

持婚礼。

赫尔曼告诉她,他将在赎罪日前从大西洋城回来,她没盘问他。他还对她说,兰珀特拉比要付给他一笔五十美元的稿酬,他们需要这笔钱。

整个行动充满危险。他答应给玛莎打电话,他知道长途电话的接线员可能会说到电话是打哪儿来的。玛莎可能决定给兰珀特拉比的办公室打电话,就会发现拉比在纽约。不过,玛莎既然没有给雷布·亚伯拉罕·尼森·雅罗斯拉夫打电话检查他,她可能也不会给兰珀特打电话。加上一个危险也没有多大差别。他有两个妻子,快要娶第三个了。尽管他对自己这种行为的后果和随之而来的丑闻感到害怕,但是他还是有点儿享受这种永远面临灾难的紧张感。他既计划好自己的行动又临时发挥。冯·哈特曼[1]说,"无意识"从不犯错误。赫尔曼的话似乎都是脱口而出的,只是在事后他才意识到自己想出来的是什么策略和托词。在这种疯狂的感情大杂烩后面,一个工于心计的赌棍在每天的冒险活动中成长了起来。

赫尔曼很容易从塔玛拉那儿解脱出来。她说了好几回,如果他需要离婚,她可以同意。但是这个离婚对他没多大用处。重婚

---

[1] 冯·哈特曼(Karl Robert Eduard von Hartmann, 1842—1906),德国哲学家,著有《无意识哲学》等作品。

和一夫多妻在法律上没多大区别。而且，办离婚手续需要花钱，他就得写文章。还有一点：赫尔曼在塔玛拉的生还中看到了一种神秘信仰的象征。每当他和她待在一起，他就能重新体会到复活的奇迹。有时，她对他说话时，他觉得自己是在一个她显灵的降神会上。他甚至开玩笑地想到，塔玛拉并没有真的生活在活人中，只是她的幽灵回到了他这儿。

赫尔曼在战前就对神秘学有兴趣。在纽约，他有空闲的时间就到第四十二街上的公共图书馆去，查阅各种有关读心术、天眼通、附鬼和促狭鬼等有关通灵学的著作。既然正规的宗教跟破产一样那么糟，哲学已经失去一切意义，那么，神秘学对那些仍在寻求真理的人是一门有效的学科。但是，灵魂按各种不同的水平存在着。塔玛拉的举止——至少在表面上——像个活人。难民组织每月给她补贴，她叔叔雷布·亚伯拉罕·尼森也帮助她。她在芒泰恩代尔[1]一家犹太旅馆里租了一间平房。她不愿待在主楼里，不愿去餐厅吃饭。旅馆老板，一个波兰犹太人，同意一天两餐把饭送到她房间去。两个星期快要过去了，赫尔曼还是没有实现他的诺言：和她一起住几天。他收到过她的一封信，写的是他在布鲁克林的地址，责怪他不守信用。她在信的最后写道："就算我还是个死人，来看看我的坟墓吧！"

---

1 芒泰恩代尔（Mountaindale），纽约州东南沙利文县辖下的一个小村庄。

临行前，赫尔曼把一切都安排停当：给了雅德维珈钱，付了布朗克斯的房租，给塔玛拉买了一件礼物。他还把他正在写的兰珀特拉比的一篇稿子放进手提箱内。

赫尔曼到达起点站的时间太早，他坐在一张长凳上，箱子放在脚边，等着车站通知开往芒泰恩代尔的公共汽车的到来。这趟车还不能直接把他送到塔玛拉的住地，他还得在中途换车。

他买了一份意第绪语报纸，不过只看了看大标题。全部新闻要点总是一样的：德国正在重建，盟国和苏联都宽恕了纳粹的罪行。赫尔曼每次读到这样的新闻，心里就涌起一种复仇的幻想，他想象自己找到了摧毁全部军队和破坏工业的办法。他想方设法使那些参与过消灭犹太人的人受审。他有一点儿不满，这些幻想就充满了他的脑子。他感到羞愧，但是这些幻想带着稚气的顽固继续存在。

听到喊芒泰恩代尔，他赶忙来到停车场的入口处。他把手提箱拎起来放到行李架上，一时觉得心情轻松。他几乎不去注意其他上车的乘客。他们说意第绪语，用意第绪语报纸包东西。车子开动了，过了一会儿，一阵带着青草、树木和汽油味的微风从半开着的窗外吹进来。

原来用五个小时就能到达芒泰恩代尔，可这次几乎用了整整一天。车子在终点站停了下来，他们还得等另一辆车。户外还是夏天的天气，不过白天越来越短了。太阳落山以后，一个半圆的月亮出现在天空，一会儿又消失在云层中。天黑了，满天星斗。第二辆公共汽车的司机不得不把车厢里的灯关掉，因为这些灯光搅得他无法看清狭窄而弯曲的道路。车子驶过丛林，一家灯光通明的旅馆突然出现在眼前。游廊上，男男女女都在打牌。车子从旅馆边飞驶而过，旅馆好像海市蜃楼一样虚无缥缈。

其他乘客陆续在各车站下车，消失在黑夜中。剩下赫尔曼独自一人在车上。他坐在那儿，把脸贴在车窗玻璃上，想把沿途的每一棵树、每一片灌木和每一块石头都记在心里，似乎美国注定要像波兰那样遭到毁灭，他一定要把每个细节都印在脑海里。难道整个星球不是迟早要崩溃吗？赫尔曼曾经读到过，整个宇宙在逐渐膨胀，而且确实在趋向爆炸。夜间的忧郁降自上天。星星闪烁着，像是某个宇宙会堂里的纪念蜡烛。

公共汽车在皇宫旅馆前停下来，车内的灯亮起来了，赫尔曼要在这儿下车。这家旅馆跟刚才路过的那家完全一样：一样的游廊，一样的椅子、桌子、男人、女人，一样在专心致志地打牌。"难道公共汽车兜了个圈子？"他感到纳闷。坐了那么长时间的车，他觉得两腿僵硬，但他还是精神抖擞地迈着大步朝旅馆走去。

突然，塔玛拉出现了，她穿着白外套、黑裙子和白皮鞋。她看起来晒黑了，年纪比较轻了。她的头发梳成了别的式样。她向他奔来，提起他的手提箱，把他介绍给牌桌旁的几个妇女。一个穿游泳衣、肩上披了件夹克衫的女人迅速地朝自己的牌瞥了一眼，然后用沙哑的声音说："一个男人怎么能让这么漂亮的妻子一个人待那么长时间？那些男人围着她团团转，就像苍蝇围着蜂蜜一样。"

"路上怎么耽搁了这么多时间？"塔玛拉问。她的话、她的波兰意第绪语口音和熟悉的声调打破了他所有的神秘幻想。她不是来自另一世界的幽灵。她已经长胖了一些。

"你饿吗？"她问道，"他们给你留了晚饭。"她挽着他的胳膊，带他走进餐厅，那儿还亮着一盏灯。桌子已准备好明天的早饭了。还有人在厨房里磨磨蹭蹭地干活，可以听到哗哗的流水声。塔玛拉走进厨房，出来的时候一个青年人跟着她，青年人端着一个托盘，上面放着赫尔曼的晚饭：半个甜瓜、面条汤、胡萝卜炖鸡、糖汁水果、一块蜂蜜蛋糕。塔玛拉和这个青年人开玩笑，他亲切地回答着。赫尔曼注意到，他的胳膊上刺着一个蓝色的数字。

男侍者走开了，塔玛拉默默不语。赫尔曼乍到时感到的她的青春似乎消失了，甚至她晒黑的皮肤似乎也褪色了。她的眼睛下面出现了黑影和隐隐约约的眼袋。

"你看到那小伙子了吗？"她说，"以前，他就曾站在焚烧炉的门口，再过一分钟就成一堆灰了。"

2

塔玛拉躺在床上，赫尔曼在给他拿到屋里来的帆布床上休息，但两个人都睡不着。赫尔曼打了个盹,只一会儿工夫就惊醒了。帆布床在他身子底下嘎吱嘎吱地响。

"你没睡着?"塔玛拉说。

"啊,我会睡着的。"

"我有安眠药。如果你要的话,我给你一片。我吃安眠药,可还是醒着。如果我确实睡着了,那也不能说是真的睡着,只能说是陷入空虚。我给你一片。"

"不,塔玛拉,不吃药我也能睡着。"

"那你干吗整夜翻来覆去?"

"如果跟你睡在一起,我就能睡着。"

塔玛拉沉默了一会儿。

"这有什么意思?你有妻子。我是具尸体,赫尔曼,人不跟尸体一起睡觉。"

"那我是什么?"

"我想你对雅德维珈至少是忠实的。"

"我告诉过你全部情况。"

"是啊,你是告诉过我。过去有人跟我说什么事,我总是能清楚地知道他说的是什么。现在别人说话,我听得倒挺清楚,可就是听不进去。那些话从我的耳朵旁边滑过去,就像水从油布上滑过去一样。如果你睡在你床上不舒服,那么,到我这儿来吧。"

"好的。"

赫尔曼在黑暗中跨下帆布床。他钻进塔玛拉的被子,感觉到她身上的温暖和某种相隔多年已经遗忘的东西,某种既是母性又完全陌生的东西。塔玛拉朝天躺着,一动也不动。赫尔曼面对着她侧身躺着。他没有抚摸她,但他注意到她的乳房丰满。他一动也不动地躺着,像新郎在新婚之夜那样窘迫。他们分离的这些年像一块隔板,有效地把他们隔开了。羊毛毯紧紧地塞在床垫底下,赫尔曼想叫塔玛拉把它拉拉松,可是他犹豫不决。

塔玛拉说:"我们有多久不睡在一起了?我好像觉得有一百年了。"

"不到十年。"

"真的?对我来说,这似乎是无尽期。只有上帝能够在这么短的时间内塞进这么多事情。"

"我想你并不信仰上帝。"

"在孩子们遇难以后,我就不再相信上帝了。一九四〇年的赎罪日我在哪儿?在俄国,在明斯克。我在一家工厂里缝制粗麻布袋,想方设法挣口饭吃。我和异教徒一起住在郊区,赎罪日来临,我决定还是要吃饭。在那儿,斋戒有什么意思?再说向邻居们表示你信教也是不明智的。但是到了晚上,我知道什么地方的犹太人正在背诵柯尔尼德拉[1],我就咽不下饭菜了。"

---

[1] 柯尔尼德拉(Kol Nidre),赎罪日前夕犹太人在会堂背诵的祷词。

"你说小大卫和约切维德到你这儿来过。"

这话一说出口,赫尔曼立刻后悔了,塔玛拉没有动弹,不过床本身开始嘎吱嘎吱响起来,似乎赫尔曼的话使它受到了震动。等床发出的刺耳的声音停止,塔玛拉说:"你不会相信我的话的。我还是什么都不说的好。"

"我相信你。怀疑一切的人也能相信一切。"

"哪怕我想说,我也没法告诉你。只有一种情况可以解释——我疯了。但是,即使是精神病也得有个起因啊。"

"他们什么时候来的?在你睡梦中?"

"我不知道。我跟你说,我没睡觉而是陷入一个无底深渊。我往下掉啊,掉啊,根本掉不到底。接着,我悬在半空中。这只是一个例子。我经历的事儿太多了,这些事我既记不住也没法告诉任何人。白天我过得还可以,可到了晚上就充满了恐怖。也许我应该找精神病医生看看,但是他能帮我什么忙呢?他所能做的就是给我说的这些情况起个拉丁学名。我去看医生,只是为了要一样东西:一张安眠药的处方。孩子们——是啊,他们来过。有时候,他们到早晨才离开。"

"他们说些什么?"

"啊,他们说一整夜的话,可等我醒来,我一句也记不得。即使我记住了几个词,我也很快就忘记了。不过我有这样一种感觉:他们在什么地方生活着,而且想和我接触。有时我跟他们一起走，或是跟他们一起飞，我拿不准究竟是走还是飞。我还能听到音乐，可这是一种无声的音乐。我们来到一处边界，我无法通过。他们从我身边迅速离去，飘到边界的另一边。我记不得边界是什么——是一座小山，还是一道栅栏。有时，我想象自己看到了楼梯，有人来接他们——一个圣人或是一个精灵。不管我怎么说，赫尔曼，这是不可能确切的，因为任何语言都无法描述这些事。当然，如果我是疯子，那这就是我发疯的全部行为。"

"你没疯，塔玛拉。"

"嗯，这听来倒不错。可有人真的知道什么是发疯吗？你既然躺在这儿了，干吗不靠近一些呢？对，这样很好。有许多年，我活着，相信你已不再在人间，而人跟死人算的账是不同的。当我发现你还活着的时候，已经太晚了，因此我无法改变我的态度。"

"孩子们从来没谈到过我？"

"我想他们谈到过，不过我也拿不准。"

一时间寂静无声。连蟋蟀也安静下来了。后来赫尔曼听到流水声，像是一条流动的小溪，或许是排水管？他听到肚子在咕咕作响，可是他拿不准是他自己的胃还是塔玛拉的胃在响。他觉得身上发痒，很想搔一搔，但是他忍住了。他并没有真正在思考。然而有些想法还是在他脑子里活动着。突然，他说："塔玛拉，我想问你一件事。"甚至在他说话的当儿，他都不知道自己要问些什么。

"什么事？"

"你干吗孤身一人？"

塔玛拉没有回答。他以为她已经睡着了，但是她说话了，神志完全清醒，声音清楚。"我早就告诉过你，我认为爱情不是儿戏。"

"这是什么意思？"

"我不能跟一个我不爱的男人一起生活。事情就这么简单。"

"这意思是说你还爱着我？"

"我没这么说。"

"在那些年里，你从未找过一个男人？"赫尔曼声音颤抖地问道。他对自己的问话和这话引起的他的激动感到羞愧。

"假如有过那么一个人呢？难道你跳下床，走回纽约吗？"

"不，塔玛拉。我并不认为那样做不对。你可能对我是完全忠诚的。"

"以后你就会骂我了。"

"不会的。只要你并不知道我还活着，我怎么能对你有什么要求呢？那些最忠诚的寡妇都要重新结婚。"

"是啊，你说得对。"

"那你怎么样啊？"

"你干吗发抖？你一点儿都没变。"

"回答我！"

"是的，我有过一个男人。"

塔玛拉几乎是发怒地说着。她转过身子，面对着他，这样多少靠近了他一些。在黑暗中，他看到她的双眼闪闪发光。塔玛拉转身的时候，碰到了赫尔曼的膝盖。

"什么时候？"

"在俄国，一切事情都发生在那儿。"

"他是谁？"

"一个男人，不是女人。"

塔玛拉的回答中带有抑制的笑声，同时夹杂着怨恨。赫尔曼的喉咙收紧了。"一个，还是几个？"

塔玛拉不耐烦地叹气。"你不必了解得那么详细。"

"既然你已经告诉了我这么多，你最好还是把全部情况都告诉我。"

"好吧，是几个。"

"几个呢？"

"说实在的，赫尔曼，这没必要。"

"告诉我是几个！"

一片沉寂。塔玛拉似乎自己在数数。赫尔曼的心里充满了悲伤和欲望，他对自己的肉体这种难以捉摸的变化感到惊讶。他身体的一部分为这无可挽回的损失感到悲哀：尽管和全世界的罪恶相比，这种不忠行为是多么微不足道，可永远是个污点。他身体的另一部分却渴望投身到这场背叛爱情的行为中去，在这种堕落的生活中纵情取乐。他听到塔玛拉说："三个。"

"三个男人？"

"我不知道你还活着。过去你对我那么狠心。那几年你使我受了很多罪。我知道，如果你活着，你还会那么对待我的。事实上，你跟你母亲的女佣结了婚。"

"你明白其中的原因。"

"我的情况也是有原因的。"

"嗯，你是个婊子！"

塔玛拉发出了一声像是笑声的声音。"我可没告诉过你。"她的胳膊朝他伸过去。

3

赫尔曼睡着了，睡得很沉，有人在摇醒他。他在黑暗中睁开双眼，不知道自己是在哪儿。雅德维珈？玛莎？"我和另一个女人睡觉了？"他感到纳闷。几秒钟后，他清醒过来了。当然，这是塔玛拉。"怎么啦？"他问。

"我想让你知道真相。"塔玛拉用女人勉强抑制住眼泪的颤抖的声音说道。

"什么真相？"

"真相是我没有找过一个男人——不是三个,不是一个,连半个都没找过。甚至没有人用他的小指头碰过我一下。这是千真万确的事实。"

塔玛拉坐起身,黑暗中,他感觉到她那强烈的感情、她的决心,不听她把话说完,她是不会让他睡觉的。

"你在说谎。"他说。

"我没有说谎。你第一次问我的时候,我就把事实真相告诉你了。可是你好像挺失望的。你怎么了——心理变态吗?"

"没有。"

"我很抱歉,赫尔曼,我还是像你跟我结婚那天那么纯洁。我说我很抱歉,那是因为如果我早知道你会觉得自己受骗了,那我也许早就设法不让你恼火了。当然,是有许多男人想要我。"

"这两个方面的情况,你说得那么轻飘,我永远不能再相信你的话了。"

"好吧,那么你别相信我的话。在我叔叔家见面时,我就把真相告诉了你。也许你喜欢我讲一些想象出来的情夫,好让你感到满意。遗憾的是,我的想象力没那么丰富。赫尔曼,你要知道,对我来说,对孩子们的记忆是多么神圣啊。我情愿割去我的舌头,而不愿亵渎对他们的回忆。我以大卫和约切维德的名义发誓,没有别的男人碰过我。别以为这是件很容易做到的事。我们睡在地上,在谷仓里。女人们把自己献给她们几乎不认识的男人。可是在有人想靠近我的时候，我把他推开了。我总是看到我们孩子们的脸出现在我眼前。我以上帝的名义、以我们孩子们的名义、以我双亲的在天之灵起誓，在那些年里，男人连吻都没吻过我！如果你现在不相信我的话，那我求你别理我。哪怕是上帝自己也不能强迫让我发出更强烈的誓言。"

"我相信你。"

"我跟你说过——这种情况是可能发生的，但是，某些事不允许这种情况发生。是什么事情，我也不知道。尽管理智告诉我你的肉体没有一丝遗迹存在，我仍然觉得你还生活在什么地方。一个人怎么能理解这种情况呢？"

"没有必要去理解它。"

"赫尔曼，我还有件事要对你说。"

"什么事？"

"我求你别打断我的话。我来之前，领事馆的美国大夫给我检查过身体，他告诉我我的身体很好。我熬过了一切——挨饿，传染病。我在俄国做苦工。我锯木头，掘壕沟，拉装满石头的手推车。晚上，我睡不成觉，经常得照看躺在我身边木板上的病号。我从来不知道自己有那么多劲儿。我不久要在这儿找份工作，不管工作怎么苦，总比在那儿干的活要轻得多。我不想继续再接受同乡会的钱，我也想把叔叔硬塞给我的那几块钱还给他。我把这些告诉你，好让你明白，我不是——但愿此事不会发生——非要来这儿求你帮忙不可的。当你对我说你是靠给拉比写文章生活，以他的名义出书时，我就明白了你的处境。这可不是生活的方法，赫尔曼，你是在毁掉你自己啊！"

"我不是在毁掉我自己，塔玛拉。长期以来我一直是个废物。"

"我将来会怎么样呢？我不该说这件事，不过，我不会再和别人一起生活。我明白这一点就跟我明白现在是夜晚一样。"

赫尔曼没有回答。他闭上眼睛似乎想再睡一觉。

"赫尔曼，我再没有什么值得为之活着的东西了。我已经差不多浪费了两个星期，吃啦，转悠啦，洗澡啦，和各种各样的人谈话。而在那些日子里，我一直对自己说：'我干吗要做这些事呢？'我试着看书，但是书对我没有吸引力。女人们老是提议我该干些什么，我总是用笑话和毫无意思的玩笑把这个话题岔开。赫尔曼，我没别的去路了——我只能死。"

赫尔曼坐起身。"你想干什么？上吊吗？"

"如果一根绳子能了结的话，那愿上帝保佑制绳人。当初在那儿我还是有一些希望的。实际上我原来打算在以色列定居的，可是当我发现你还活着的时候，一切都变了。现在我是完全没有希望了，一个人上吊死比生癌死还要快。这种事我看得多了。相反的情况我也见过。在亚姆布尔有一个女人，她躺在床上，快要死了。后来她收到国外寄来的一封信和一个食品包裹。她坐了起来，身体马上复原了。医生根据她的情况写了一份报告，寄到莫斯科去。"

"她还活着吗？"

"一年后她得痢疾死了。"

"塔玛拉，我也没有希望。我唯一的前景就是坐牢和被驱逐出境。"

"你怎么会坐牢？你又没抢什么人。"

"我有两个妻子，不久就要有第三个了。"

"那第三个是谁？"塔玛拉问。

"玛莎，我跟你说过那女人的。"

"你说她已经有丈夫了。"

"他们离婚了。她已经怀孕。"

赫尔曼不明白他为何要把这情况告诉塔玛拉。但是，他显然需要对她推心置腹，也许他需要用他的纠纷使她大吃一惊。

"啊，恭喜你。你又要做父亲了。"

"我快要疯了，这是痛苦的事实。"

"是啊，你不可能精神正常。告诉我，这是什么意思？"

"她害怕人工流产。事情已经到了这个地步，也不能强迫她。她不希望生个私生子。她的母亲很虔诚。"

"好吧，我必须让自己永远不再大惊小怪。我会跟你离婚的。我们明天就可以去拉比那儿。情况既然这样，你就不该再到我这儿来了；不过，跟你谈始终如一就像跟瞎子讨论色彩一样。你是一贯这样,还是战争造成你这样的?我不记得你从前属于哪种类型的人了。我告诉过你,有几段生活的情况我几乎忘得干干净净。你呢?你究竟只是轻浮呢,还是喜欢受罪?"

"我已经陷于堕落之中不能自拔。"

"不久你就可以摆脱我了。你也可以摆脱雅德维珈。给她盘缠,打发她回波兰。她一个人待在一套公寓里。一个农民得干活,生孩子,早晨去下地,不能像一只动物似的给囚禁在笼中。这样下去,她会精神失常,而且,如果——但愿不会发生——你被捕了,那她会怎么样?"

"塔玛拉,她救过我的命。"

"所以你要毁了她吗?"

赫尔曼没有回答。天渐渐地亮了。他可以辨认出塔玛拉的脸。从黑暗中,她的脸慢慢呈现出来——这儿一块,那儿一块,就像一张正在画的肖像似的。她眼睛睁得很大,凝视着他。突然,窗对面的墙上投下一点阳光,像一只红色的耗子。赫尔曼开始感觉到屋子里很冷。"躺下,你会死的。"他对塔玛拉说。

"魔鬼不会这么快就把我带走的。"

然而她还是躺了下来,赫尔曼把毯子盖在他俩身上。他搂着塔玛拉,她也没有拒绝。他俩一起躺着,默不作声,两人都听凭复杂的纠纷和肉体的矛盾要求摆布。

墙上那只火红色耗子的颜色越来越淡,尾巴消失了,很快全都消失了。一会儿，夜又回来了。

4

　　赎罪日前的那个白天和黑夜赫尔曼是在玛莎家过的。希弗拉·普厄买了两只献祭鸡，一只给她自己，另一只给玛莎；她想为赫尔曼买一只公鸡，可是他不要，赫尔曼已经有好一阵子想成为一个素食者。一有机会，他就指出，人现在对动物的所作所为和当年纳粹对犹太人的所作所为一样。一只家禽怎能免除一个人所犯的罪行呢？具有同情心的上帝为什么要接受这样的祭品？这回玛莎赞同赫尔曼的意见。希弗拉·普厄发誓说，如果玛莎不做完赎罪仪式，她就离开这个家。玛莎只得勉强同意，把那只母鸡在她头的上方快速转动，念着规定的祈祷词，干完这一套以后，她拒绝把鸡送到献祭品屠宰者那儿去。

　　两只鸡，一只白的，一只棕色的，放在地上，鸡脚绑在一起，金黄色的眼睛看着一旁。希弗拉·普厄只得自己把鸡送到屠宰者那儿去。她母亲一离开家，玛莎就号啕大哭起来。她满脸泪水，脸扭歪着。她倒在赫尔曼的怀里，叫着："我再也受不了这个了。受不了！受不了！"

　　赫尔曼给了她一块手绢，让她擤鼻子。玛莎走进浴室，他可以听见她捂住嘴发出的低沉的哭声。后来她走进房间，手里拿着一瓶威士忌，瓶里的酒她已喝掉了一部分。她像一个给宠坏了的孩子似的，带着淘气的神情又是笑又是哭，赫尔曼觉得她是因为怀孕才变得孩子气起来。她的做作的举动完全像个小姑娘，咯咯地笑着，甚至天真得有点儿调皮了。他想起了叔本华讲过的话，女性永远不会真正完全成熟。生孩子的人自己还是个孩子。

"在这种世界上，只留下一样东西——威士忌。来，喝一口。"玛莎说着，把酒瓶放到赫尔曼的嘴唇上。

"不，我不行。"

这天晚上，玛莎没有到他房间来。晚饭后，她吃了一片安眠药就睡了。她和衣躺在床上，醉得不省人事。赫尔曼关上他房里的灯。那两只鸡——玛莎和希弗拉·普厄为它们争吵过——早已泡过，洗净，放入了冰箱。一个快要变圆的月亮从窗外照进来。月光照亮了黄昏的天空。赫尔曼睡着了，梦见了一些跟他的心境毫无关系的事情。他正莫名其妙地从一座冰山上滑下来，使用的是一个新发明的玩意儿——冰鞋、雪橇和滑雪板的混合体。

第二天早饭后，赫尔曼告别了希弗拉·普厄和玛莎，到布鲁克林去。在路上他给塔玛拉打了个电话。谢娃·哈黛丝已经替她在他们的会堂里买了一个妇女席座位，因此她可以去参加午夜祈祷。塔玛拉像一个虔诚的妻子似的祝赫尔曼如意，然后又说："不管发生什么事，对我来说，没有哪一个人比你更亲密了。"

雅德维珈没有举行旋转母鸡的仪式，但是在赎罪日前一天，她已经准备了面包、蜂蜜、鱼、小肉丸子和鸡。她厨房里的味儿跟希弗拉·普厄家里的一模一样。雅德维珈在赎罪日斋戒。她用日常开销中节省下来的十美元买了一张会堂的座位票。她现在滔滔不绝地发泄着她对赫尔曼的怨恨,指责他跟别的女人一起转悠。他竭力为自己辩护,却无法隐瞒他的烦恼。最后他甚至推她,踢她,他知道在波兰她的村子里,妻子挨丈夫打是爱情的证明。雅德维珈哭泣起来:她救过他的命,而他对她的报答却是在一年最神圣的节日前夕打她。

白天过去,黑夜降临。赫尔曼和雅德维珈吃着斋戒前的最后一顿饭。雅德维珈照邻居劝说她的喝了十一口水,以防在斋戒期间口渴。

赫尔曼斋戒,但是不去会堂。他不能使自己像一个同化的犹太人,他们只在主要的节假日做祈祷。有时,在他不跟上帝交战的时候,他也向他祈祷的;但是要他站在会堂里,手里拿着一本节日祈祷书,按照规定的习惯赞美上帝——这他可做不到。邻居们知道,犹太人赫尔曼待在家里,而他的异教妻子却去做祈祷。他可以想象出,他们一提到他的名字,就要吐唾沫。他们按照他们的方法把他逐出了教门。

雅德维珈穿了一件新上衣,这是她在清仓大拍卖中买的便宜货。她用一块方头巾包住头发,戴了一根假珍珠项链。赫尔曼买给她的结婚戒指在她的手指上闪闪发光,尽管他并没有和她一起在结婚华盖下站过。她带了一本节日祈祷书去会堂。这本书在对页上印着希伯来文和英文这两种文字，雅德维珈都不会念。

上会堂前，她吻了赫尔曼，像母亲似的说道："求上帝保佑新年幸福。"

接着，她就像一个真正的犹太女人那样号啕大哭。

邻居们正在等雅德维珈下楼，她们渴望她加入她们的圈子，教给她各种从她们母亲和祖母那儿传下来的犹太教风俗习惯，在美国的这些年里，这些习俗已经被冲淡和歪曲了。

赫尔曼在屋子里踱来踱去。往常当他发现独自一人待在布鲁克林时，他会马上给玛莎去电话，但是在赎罪日这天，玛莎不在电话里讲话也不抽烟。然而他还是试着给她打电话，因为他看到天上三星还没有出现，可是电话中没有声音。

一个人待在公寓里，赫尔曼觉得自己好像跟三个女人待在一起，玛莎、塔玛拉和雅德维珈。像一个读心术者，他能够知道她们的想法。他知道，或者说至少他认为自己知道，她们每个人的内心活动。她们把对上帝的怨恨和对他的怨恨混合在一起。他的几个女人为他的健康祈祷，但她们也祈求全能的上帝让赫尔曼走正道。这一天上帝受到那么多的尊敬，可赫尔曼无意对上帝暴露他的灵魂。他走到窗前。街上空荡荡的。树叶窸窸窣窣地随着每一阵风往下掉。海滨木板道上行人稀少。在美人鱼大道上，所有的店铺都上了门板。这是赎罪日，科尼岛上一片寂静——静得出奇，他在家中都能听到海浪的咆哮。也许这天也是大海的赎罪日，它也在向上帝祈祷，不过它的上帝似乎是大海自己——永远流动，无比聪慧，无限冷淡，它无比的威力令人敬畏，受那些不变的规律的束缚。

赫尔曼伫立着，试图给雅德维珈、玛莎和塔玛拉传递精神感应信息。他安慰她们三人，祝愿她们新年愉快，答应给她们爱情和忠诚。

赫尔曼走进卧室，摊手摊脚地和衣躺在床上。他不想承认，但在一切害怕的事情中他最最害怕的是重新做父亲，他害怕有个儿子，更害怕有个女儿，她将更有力地证实他已经摒弃的实证主义，没有希望摆脱的束缚，不承认盲目的盲目性。

赫尔曼睡着了，雅德维珈把他叫醒，她告诉他，在会堂里，领唱者唱了柯尔尼德拉，拉比为了给圣地[1]的犹太法典学院和其他犹太事业筹集资金布了道。雅德维珈捐了五美元。她忸怩地对赫尔曼说，她不希望他在这天晚上碰她。这是禁止的。她俯身凝视赫尔曼，他在她眼睛里看到了过去在重要节日期间在母亲脸上经常看到的一种神情。雅德维珈的嘴唇颤抖着，似乎想说什么，可是没有说出来。后来她悄没声儿地说："我要成为一个犹太人。我要生个犹太孩子。"

---

1 指巴勒斯坦。

第六章

1

住棚节[1]头两天,赫尔曼是在玛莎那儿过的;现在,他已回到布鲁克林的家里,准备在这儿度过节日的中间几天。

他吃完了早饭,坐在起居室的一张桌子前,写着《〈布就筵席〉和〈答疑集〉[2]中的犹太人生活》中的一章,美国和英国的出版商早

---

[1] 住棚节(Succoth),又名结茅节,一般为七天,从提斯利月十五日(公历九十月间)开始,有时加上圣会节(提斯利月二十二日,为结茅节第八天,这天要举行纪念仪式和求雨祈祷仪式)和西赫托拉节(提斯利月二十三日,为结茅节第九天,亦即最后一天,要举行欢庆节日结束的仪式),共为九天。《圣经》上记载那是纪念水果的秋收的,后来成为欢乐和举行特殊礼拜仪式的节日,举行仪式时要搭棚,最初过节的人就住在棚内。后来这个节日被认为是对以色列人在旷野里流浪的纪念。

[2] 《答疑集》(Responsa),犹太法学家对有关犹太法律和礼仪的释疑解答。

就接受了这本书,兰珀特拉比还将和法国的出版商签订合同。赫尔曼将会得到部分版税。这本书大约有一千五百页,原先打算分几册出版。但是,兰珀特拉比已经安排好作品先以一套专题著作出版,声称每一册都是完整的,不过做好准备,以后只要略加改动,就可以合订成一大册出版。

赫尔曼写了几行就停住了。他一坐下工作,他的"神经"就开始跟他捣蛋,他想睡觉,眼睛几乎睁不开。他得喝水,他要小便,他觉得在两颗稀松的牙齿中间有一粒面包屑,他先是用舌头后来又用一根从笔记本上扯下的装订线想把它弄出来。

雅德维珈到地下室去洗衣服,她从赫尔曼那儿拿了一枚二角五分的硬币放进洗衣机里。厨房里,沃伊图斯正在给栖息在它身边的玛里安娜上课。玛里安娜内疚地低垂着脑袋,就像是犯了不可饶恕的罪行之后在受训一样。

电话铃响了。

"她现在想干吗?"赫尔曼感到奇怪。半小时前他刚跟玛莎讲过话,她对他说,她要去特里蒙特大道买东西,为节日的最后两天——圣会节和西赫托拉节——做准备。

他拿起听筒,说:"喂,玛莎尔。"

赫尔曼听到一个低沉的男人声音,他的声音变成了犹豫的喉音;这是一个刚要说话,却被人打断了思路的声音。赫尔曼想说对方打错了电话,而那声音却说要找赫尔曼·布罗德。赫尔曼拿不定是不是要把电话挂断。他是不是警察局里的侦探？难道是他的重婚罪被发现了？最后他说："是谁啊？"

对方咳嗽了一下，清了清嗓子，然后又咳了一下，像一个演说家在准备做报告。"对不起，请你听我说，"他用意第绪语说，"我叫里昂·托特希纳，是玛莎原来的丈夫。"

赫尔曼觉得口干舌燥。这是他第一次直接和里昂·托特希纳接触。他说话的声音深沉，说的意第绪语跟赫尔曼和玛莎的不同，他的话带有波兰一个小地方——位于拉多姆[1]和卢布林之间——的特别口音。每个字的结尾都略带颤音，像钢琴上的低音。

"是啊，我知道，"赫尔曼说，"你是怎么知道我的电话号码的？"

"这有什么关系呢？我反正知道了，这就行了嘛。如果你一定要知道，告诉你，我是在玛莎的笔记本里看到的。我对数字记得特别牢。我不知道那是谁的电话号码，但是最后，按他们的说法，我猜出来了。"

"我明白了。"

"我希望我没吵醒你。"

"没，没有。"

托特希纳停了一下才继续往下说，从他的停顿中，赫尔曼估计他是个审慎的人，深思熟虑，行动起来不慌不忙。"我们能碰个

---

[1] 拉多姆（Radom），波兰中东部一城市。

头吗？"

"有什么事吗？"

"有点个人的事。"

"他不怎么聪明。"这个想法在赫尔曼脑子里一闪而过。玛莎过去常讲里昂是个傻瓜。"我肯定你能理解，这对我来说太不愉快了，"赫尔曼听到自己结结巴巴地说，"我不明白这有什么必要。你已经离婚了，而且……而且……"

"我亲爱的布罗德先生，如果对咱俩都没必要，我就不给你打电话了。"

他边咳嗽边哈哈大笑，声音中流露出高兴的厌烦和胜利的欢乐交织在一起的心情，这是战胜了对手的人的心情。赫尔曼觉得自己的耳朵尖在发热。"也许我们可以在电话里谈吧。"

"有些事必须当面谈。告诉我你的地址，我到你这儿来，或者我们可以在某个自助餐厅见面。我请客。"

"你至少得告诉我要谈的是什么事。"赫尔曼坚持说。

从声音听起来，好像里昂·托特希纳正在咂嘴，而且正在和要漏出来的话进行搏斗似的。

声音终于变成了说话。"除了谈玛莎，还能谈什么别的？"托特希纳说，"她可以说是我们之间的纽带。我确实和她离了婚，但是我们曾经是夫妻，任何人都不能否认这一点。在玛莎告诉我之前我就知道了你的一切。别问我是怎么知道的。我有，按他们的说法，我的情报来源。"

"你现在在哪儿？"

"在弗拉特布什。我知道你住在科尼岛那一带，如果你到我这儿来不方便，那我就到你那儿去。俗话是怎么说的？穆罕默德不去就山，山就来就穆罕默德。[1]"

"浪花大道上有一家自助餐厅，"赫尔曼说，"我们可以在那儿见面。"他费了好大劲才说出话来。他把自助餐厅的确切位置告诉了托特希纳，还告诉他乘什么地铁去那儿。托特希纳让他说了好几遍。他详细介绍了一切情况，把话一再重复，好像这种谈话能使他感到快乐似的。托特希纳在赫尔曼心中引起的确实不是厌恶，而是他对被迫陷入这样的困境感到的恼火。赫尔曼还满腹猜疑。谁知道呢？这样下流的人也许会带一把刀，或是一支左轮手枪，这并不是不可能。赫尔曼匆匆忙忙地洗脸、修面。他决定穿一套较好的衣服，他不想在这个人面前露出一副寒酸相。"一个人必须使人人高兴，"赫尔曼嘲讽地想，"哪怕他情妇的前夫。"

他走到地下室，透过洗衣机上的玻璃看到他的内衣在洗衣机里旋转。水泛着泡沫，四处飞溅。赫尔曼有个奇怪的想法，这些无生命的物体——水啦，肥皂啦，漂白剂啦，在对人和人用来支配它们的力量发怒。雅德维珈看到赫尔曼吃了一惊。他以前从不到地下室来。

---

[1] 这里托特希纳颠倒了一句西方谚语："山不来就穆罕默德，穆罕默德便去就山。"

"我得去浪花大道的一家自助餐厅会一个人。"他告诉她。尽管雅德维珈没问他什么,他还是把自助餐厅的地址详细地讲了一番,想着如果托特希纳袭击他,雅德维珈会知道他在哪儿,而且如果需要的话,她还能出庭作证,他还把里昂·托特希纳的名字重复了好几遍,雅德维珈带着乡下人的顺从态度张开了嘴凝视着他。她早已不想去理解这个城市居民和他的生活方式了。然而她的一双眼睛里还是流露出一丝不相信的神色。甚至在和她一起生活的日子里,他都要找出种种理由出去。

赫尔曼看看手表,计算一下时间,免得到达自助餐厅的时间太早。他自信像里昂·托特希纳这样的男人至少得迟到半个小时,他决定在海滨木板道上走走。

今天阳光灿烂,天气暖和,但是所有的游乐场都已关闭。除去上了锁的门和褪色脱落的广告之外,什么也没有。表演的人都走了:蛇身人头的姑娘,拉断铁链的壮汉,没有手脚的游泳者,招魂的巫师,那块通知在民主俱乐部礼堂举行的重要节日礼拜仪式的告示板,已经因日晒雨淋而凹凸不平,破旧不堪了。海鸥在海洋上空翱翔,尖叫。

海浪涌向海岸,激起浪花,哗哗作响,然后像往常一样退回去——像一群只会叫不会咬的狗。远处海面上一艘挂着灰帆的船只在摇晃。船和海洋本身一样,既在移动又停在原地不动,像一具在水面上行走的缠着裹尸布的尸体。

"什么事情都发生过了,"赫尔曼沉思着,"创世,洪水[1],所多玛[2],授予《托拉》[3],希特勒的大屠杀。"像法老梦中的瘦牛[4]那样,现在已经吞没了永恒,没有留下任何痕迹。

2

赫尔曼走进自助餐厅,看到里昂·托特希纳坐在靠墙的一张桌子旁。他在玛莎的照相簿里看到过托特希纳的照片,尽管现在老了许多,他还是认出了他,他五十来岁,大骨骼,方脑袋,一头浓密的黑发一看就知道染过了。他的脸很阔,下巴突出,高颧骨,阔鼻子,大鼻子。他的眉毛很浓,一双棕色的眼睛像鞑靼人那样倾斜着。他额头上有一个疤,看起来像是老的刀疤。波兰犹太人和蔼的神情使他那稍微有点儿粗俗的外表变得温和起来。"他

---

1 上帝创造世界后,看到世界上的人败坏了,决心毁灭世界。他命挪亚造方舟,将挪亚家人和其他各类动物的一公一母安置在方舟内,然后使暴雨连降四十昼夜,洪水泛滥,所有的生命全都毁灭。典出《圣经·创世记》。
2 所多玛(Sodom),城市名,典出《圣经·创世记》。因该城市的居民罪恶重重,耶和华将硫黄和火降于该城,毁灭了它。
3 典出《圣经·出埃及记》第二十四章:"耶和华对摩西说:'你上山到我这里来住在这里,我要将石版并我所写的律法和诫命赐给你……'"
4 典出《圣经·创世记》第四十一章:"……法老做梦:梦见自己站在河边。有七只母牛从河里上来,又美好又肥壮,在芦荻中吃草。随后,又有七只母牛从河里上来,又丑陋又干瘦,与那七只母牛一同站在河边。这又丑陋又干瘦的七只母牛,吃尽了那又美好又肥壮的七只母牛。"

不会谋害我。"赫尔曼想。这个土里土气的男人曾经是玛莎的丈夫,这似乎难以令人相信。想到这一点他就感到可笑。但是事实就是这样。它们刺穿一切想象的泡影,粉碎理论,毁灭信念。

托特希纳面前放着一杯咖啡。烟灰缸上搁着一支雪茄,烟头上的烟灰足足有一英寸长。他的左面有一只盘子,盘里有一块吃过的蛋糕。看到赫尔曼,托特希纳似乎想站起来,但是又靠在椅子上了。

"赫尔曼·布罗德?"他问,伸出一只粗大的手。

"肖洛姆·阿莱哈姆。"

"坐,坐,"托特希纳说,"来点儿咖啡吧。"

"不,谢谢。"

"那么来点茶?"

"不,谢谢。"

"我要给你来杯咖啡,"里昂·托特希纳决定说,"既然是我邀请你,你是我的客人。我得注意自己的体重,所以我只吃一块蛋糕,不过你可以来一块奶酪饼。"

"说实在的,这不必了。"

托特希纳站起身。赫尔曼看着他,他拿起一个托盘,排到柜台前的队伍里。他的身体宽阔,相比之下,他的个子显得太矮了一些,手脚也太大,长着一副大力士的肩膀。在波兰长大的人就是这样:阔度超过高度。他穿着一身棕色的条子服装,显然是想尽量显得年轻些。他手里端着一杯咖啡和一块奶酪饼走回座位。他赶紧拿起快要熄灭的雪茄，使劲儿吸着，喷出一大口烟。

"我想象中的你完全不是这样，"他说，"玛莎把你说成是个十足的唐璜。"他显然并不存心想贬低他。

赫尔曼低下头。"女人的见识。"

"我考虑了很长时间，到底要不要来拜访你。你知道，一个人要做这样一件事并不容易。我有一切理由成为你的敌人，可是我要直截了当告诉你，我来这儿是为了你好。至于你是否相信我——像他们说的，那是另一码事。"

"是啊，我明白。"

"不，你并不明白。你怎么会明白？玛莎告诉我，你算个作家，可我是个科学家。一定要掌握事实，而且要了解全部情况，才能明白。根据推理，我们是一无所知的，只知道一加一等于二。"

"事实是什么？"

"事实是，玛莎以任何一个诚实的女人——哪怕是跟她的生命有关——都不会付的代价换取了我的离婚，"里昂·托特希纳用深沉的嗓音说着，不慌不忙，似乎毫无怒气，"我想你应该了解这一点，因为一个女人如果可以付出这样的代价，那么你就根本不能相信她的忠诚。她在认识我之前，跟我一起生活的时候，就有情夫。这是确凿的事实。所以我们分开了。我会毫无保留地告诉你。按照正常的情况，我没有理由要对你这么热心。但是我结交了一个朋友，他认识你。他并不知道我们的关系，如果你想把它称为关系的话，他偶然把你的情况告诉了我。干吗要保密呢？这个人叫兰珀特拉比。他告诉我，你在战争期间受了很多罪，在一个草料棚里躲了好几年，等等。我知道你在为他工作。他把这种工作称作'研究'，不过你不必为我详细解释。你是个《塔木德》研究者，而我的专业是细菌学。

"你知道，兰珀特拉比正在写一本书，证明所有的知识都来源于《托拉》，他希望我能帮助他完成关于科学的那一部分。我坦率地告诉他，现代知识不可能在《托拉》中找到，在那里头找现代知识是毫无意义的。摩西对电或维生素一无所知。况且，我也不想为了几块钱就浪费我的精力。我宁肯少花些钱。当然拉比没有提到你的名字，但是他说到有一个人躲在草料棚里，正如他们所说，我就猜到，这个人是你。他把你捧上了天。自然他并不了解我所知道的情况。他是个怪人。他一下子就熟不拘礼地叫我的名字，我并不习惯这样，事情得按自然规律进行。甚至人与人之间的关系也得有个发展过程。跟他谈话也不可能，因为电话铃总是响个不停。我敢说他同时进行着无数项的交易。他干吗需要这么多钱？好了，我要说正题了。

"我想让你知道，玛莎是个烂货。一个地地道道的烂货。如果你想跟这种人结婚，这是你的权利，但是我想在你落入她网中之前，提醒你一下。当然，我们的会面得保守秘密。我就是根据这个想法打电话给你的。"里昂·托特希纳拿起雪茄，吸着，可是雪茄已经灭了。

托特希纳说话的时候，赫尔曼一直坐着，低着头看桌子。他感到很热，想解开领子。他觉得耳朵后面烧得慌。汗水沿着脊骨从他的背上往下淌。在托特希纳忙着点烟的时候，赫尔曼用压抑的嗓音说："什么代价？"

里昂·托特希纳把手做成杯子状，放在耳朵上。"我听不见，请说响一点。"

"我是说，'什么代价'？"

"你知道是什么代价。你不怎么幼稚。你可能认为，我并不比她好，从某种意义上说，我能理解这种想法。首先，你爱她，玛莎是个能使人坠入情网的女人。她使男人发疯，她差不多也使我发疯。她虽然头脑简单，却有一种弗洛伊德、阿德勒[1]和荣格合而为一的敏锐感觉，甚至还要敏锐一点。她还是个高明的演员。她想笑就笑，想哭就哭。我直截了当地告诉过她，如果她不把自己的才能浪费在愚蠢的举动上，她可以成为莎拉·伯恩哈特[2]第二。所以，你看，你跟她纠缠在一起，我丝毫也不觉得奇怪。我并不想否认这点——我仍然爱她。即使一个一年级的心理学系学生都懂得，一个

---

[1] 阿德勒（Alfred Adler，1870—1937），奥地利精神病学家，个体心理学创始人。
[2] 莎拉·伯恩哈特（Sarah Bernhardt，1844—1923），法国著名女演员。

人可以同时爱和恨。你可能在问自己,我干吗要把这些秘密告诉你?我欠你什么?你要明白,就得耐心听我把话说完。"

"我听着呢。"

"别让咖啡冷了。吃一块奶酪饼吧。得了,别这么坐立不安。全世界毕竟正在经历一场革命,一场精神上的革命。希特勒的毒气室是够糟的了,但是当人失去了一切价值的时候,那就比肉体上受折磨更糟。你肯定出身于一个宗教家庭。你在哪儿学的《革马拉》[1]?我的父母亲并不是宗教狂,不过他们都是信仰坚定的犹太人。我父亲只有一个上帝和一个妻子,而我母亲只有一个上帝和一个丈夫。

"玛莎也许告诉过你,我是在华沙大学念书的。我的专业是生物学,我和沃尔考基教授一起工作,协助他做出了一项重大发现。其实这是我自己发现的,尽管荣誉归他。事实是,他们也没有赞赏他。人们以为只有在华沙的克鲁齐玛尔纳街[2]和纽约的包厘街[3]才能看到小偷。然而在教授、艺术家中间,在各行各业最伟大的人物中间都有小偷。普通的小偷一般都不互相偷窃,但是许多科学家确实靠剽窃为生。你可知道爱因斯坦从一个协助他工作的数学家那儿——没有一个人真正知道他的名字——剽窃他的理论吗?

---

1 《革马拉》(Gemara),《塔木德》的后半部分,为历代学者对律法所做的注释。
2 克鲁齐玛尔纳街(Krochmalna Street),华沙街名,街上居民大多是贫苦的犹太人,作者辛格童年时曾住在那里。
3 包厘街(Bowery),纽约街名,街上多廉价的旅馆、商店等。

弗洛伊德也是剽窃者,还有斯宾诺莎。当然,这跟我要谈的问题实在毫无关联,但是我也是这种剽窃的受害者。

"纳粹占领华沙时,因为我有德国最伟大的科学家写给我的信,我能够为他们工作,连我是犹太人这样的事实他们也不追究了。可是我并不想利用这种特权,我穿过整个矶汉拿[1]。后来我逃往俄国,知识分子在那儿起了极大的变化,居然开始互相打小报告。那都是当局管理者的需要。他们被送往劳改营。我本人曾经赞成过共产主义,可是在真的要我当共产党员时,我又开始对整个制度感到厌倦了。我坦率地把看法告诉了他们。你可以想象他们是怎么对待我的。

"不管怎样,我总算经受住了战争、劳改营、饥饿和虱子,一九四五年我在卢布林混日子。我在那儿遇到了玛莎。她是一个红军逃兵的情妇或是妻子,这个逃兵在波兰成了走私犯和黑市商人。显然,她从走私犯那儿得到了足够的食物。我不太清楚他们之间发生了什么纠纷。他骂她偷汉子,上帝知道还有什么。我不用告诉你她是个很有魅力的女人——几年以前,她是个美人。我一家人都死光了。她一听到我是个科学家,就对我产生了兴趣。那个走私犯,我想,另外还有一个或是六个女人。你一定要记住,

---

[1] 矶汉拿(Gehenna),即耶路撒冷附近的欣嫩谷。为古时倾倒垃圾的地方,常火烧以防疫,后借喻为地狱。

在各行各业中，都是好人少，坏人多。

"玛莎找到了她母亲，我们一起到德国去。我们没有证件，只得偷渡进去。路上每一步都充满着危险。如果你想活下去，你就得违法，因为所有的法律都判处你死刑。你自己也是个受难者，因此你知道是怎么个情况，尽管每个人的经历不同。要跟难民们理智地谈话是不可能的，因为不管你说什么，总有人会说发生的事情刚好完全相反。

"不过，让我们回过来说玛莎吧。我们到了德国，他们'有礼貌'地把我们拘留在一个难民营里。男女一般不举行结婚仪式就住在一起。在那种时候，谁还需要这种仪式？但是玛莎的母亲坚持要我们按摩西和以色列的法律结婚。那个走私犯可能和她离了婚，也许她原来就没跟他结过婚。我才不关心。我希望能及早开始我的科学工作，而且我不信宗教。她希望举行婚礼，我同意了。难民营里的其他人立即开始做起生意来——走私。美国军队把各种物资带到德国，由他们来经销。犹太人到处做生意，甚至在奥斯威辛也不例外。如果有地狱，他们也会在那儿做生意的。我说这些话并无恶意。他们还能干别的什么呢？救济组织的供给只够维持生命。经过那些饥饿难忍的岁月，人们都想吃得好些，穿得体面些。

"可是我生性不会做生意，我能干什么呢？我待在家里，靠同乡会的配给过日子。德国人不许我接近大学或实验室。周围还有一些像我这样闲混的人，我们看看书，打打牌。这让玛莎不高兴。她和那个走私犯一起生活过，已经过惯了奢华的生活。她遇上我的时候，因为我是个科学家，才给她留下了深刻的印象，但是过不多久她就不满意了。她把我看得一文不值，跟我大吵大闹。她母亲，我得告诉你，可是个圣人。她吃了很多苦，但是仍然很纯洁。我很爱她的母亲。一个人需要多久才能找到一个圣人？玛莎的父亲也是个好人，他大概是个作家，用希伯来语写作。我不知道玛莎到底像谁。不管在什么地方，她总是忍不住要放荡地寻欢作乐。走私犯们经常举行晚会、舞会。在俄国他们已习惯于喝伏特加和每一次由伏特加带来的热闹的场面。

"我在卢布林遇见玛莎的时候，我的印象是，她对那个走私犯很忠诚。但是没过多久就可以看出，她的风流韵事显然不少。衰弱的犹太人已经杀光，留下的都是体格强健的人，可是到头来他们也是虚弱的人。现在，他们的麻烦事正显露出来。在一百年之内，犹太人居住区将会被理想化，还会产生那种印象：只有圣人才能在那儿居住。不可能再有更大的谎言了。首先，在任何一代人中间究竟有多少圣人？其次，大部分真正虔诚的犹太人都死了。在那些千方百计幸免于难的人中，有一个重要的动力，那就是不惜一切代价活下去。在有的犹太人居住区，他们甚至经营有歌舞表演的餐馆。你可以想象是什么样的歌舞表演！你得跨过死尸才能进去。

"我的看法是，人类不是越来越好，而是越来越坏。我认为，可以这么说，人总是在退化。地球上最后一个人将既是罪犯又是疯子。

"我想玛莎对你说了许多我的坏话。事实是，是她破坏了婚姻。她在外面到处转悠，我像个傻瓜似的和她母亲两人坐在家里。她母亲害着眼病，我要大声给她读《摩西五经》和美国的意第绪语报纸。可是这种生活我能过多久呢？现在我还不老，那时我正是壮年。我也开始结识别人，和科学界的人接触。从美国来的女教授经常来参观访问——这儿受过教育的妇女相当多——她们开始对我感兴趣。我岳母希弗拉·普厄公开对我讲，只要玛莎整天、半夜地让我一个人待着，我不欠她什么。直到今天，希弗拉·普厄仍很爱我。有一回我在街上碰到她，她拥抱我，吻我。她仍然叫我'我的儿'。

"当我获得去美国的护照时，玛莎突然又跟我和好了。我不是作为一个难民而是作为一名科学家而获得护照的。是我，而不是她，拿到了护照。她是应该去巴勒斯坦的。美国两所著名大学争着要我。后来，因为两家钩心斗角，先是一家不要我了，接着另一所大学也不要了。现在我也不愿到大学去，因为大学跟我的研究项目毫无关系。我创立的理论，做出的发现，那些大公司并不赏识。有一位大学校长坦率地对我说，'我们可经不起第二次华尔街危机'。我的发现不是别的，而是新的能源。原子能？不完全是原子能。我想把它们叫作生物能。如果洛克菲勒[1]不插手,那么原子弹就会比现在早许多年出现。

"美国的亿万富翁们雇用盗贼,偷窃你眼前的这个人。他们正在寻找我花了几年时间亲手制作的一套装置。如果这套装置投入使用——这只差一步了——美国的石油公司就会破产。但是,没有我,那机器和化学药品对那些盗贼来讲毫无价值。那些公司想收买我。直到现在,我的入籍问题还有麻烦,我知道是他们在后面捣鬼。你在山姆大叔[2]的脸上一天啐上十次,他都会龇牙咧嘴地忍受。但你要是想触及他的资产,他就会变成一只猛虎。

"我在哪儿?噢,对,是在美国。玛莎在巴勒斯坦会干些什么呢?她会落在一个难民营里,那儿并不比德国的难民营好多少。她母亲有病,那儿的气候会使她送命。我倒不是想把自己说成圣人。我们到这儿以后不久,我就跟另一个女人勾搭上了。她希望我和玛莎离婚。她是个美国人,一位亿万富翁的遗孀,她准备让我在一个实验室里工作,这样我就不必靠大学了。但是,不知怎么,我并不想离婚。任何事物都得等到成熟,即便是癌症也是如此。是的,我不再相信玛莎了,事实是,我们到这儿不久,她一

---

1 洛克菲勒(John Davison Rockefeller,1839—1937),美国石油大王及慈善家。
2 山姆大叔(Uncle Sam),意为美国政府或人民。山姆大叔被描绘成一个高而瘦的人,长有满面胡髭,穿红、白、蓝色燕尾服和条子裤,戴高顶帽。此名称源于1812年美英战争时纽约州的特洛伊(现为纽约州东部工业城市)和奥尔巴尼(现为纽约州首府)两区。特洛伊有一名督察员叫塞缪尔·威尔逊(Samuel Wilson),当地人称他"山姆大叔"。

切又重新开始了。但是,没有信任的爱情似乎是可能的。我有一次偶然碰到一个老同学,他公开告诉我,他老婆跟别的男人一起生活。我问他怎么受得了,他简单地回答我说:'人能战胜妒忌。'人能战胜一切,除了死亡。

"再来杯咖啡怎么样?不要?是啊,人能战胜一切。我不太清楚她是怎么遇上你的,这个我也不在乎。这有什么关系呢?我并不责怪你。你从未发誓说要忠于我,况且,在这个世界上,能捞到什么,我们就捞。我捞你的,你捞我的。在美国这儿,在你之前,玛莎还有一个男的,这事儿我知道得很清楚,因为我碰见过那个男的,他对我也毫不隐瞒。她只是在遇到你之后才提出要跟我离婚;可是,她既然毁了我的一生,我觉得自己对她并没有什么义务。按世俗的手续离婚,她很容易办到,因为我们已分居多时。但是任何人都不能强迫我和她按犹太教规定离婚,就是最伟大的拉比也不能。我到现在生活还不安定,这都是她的过错。我们的婚姻破裂后,我想重新搞我的专业,可是我心神不定,无法集中心思进行严肃的工作。我开始怨恨她,尽管我生来不会怨恨人。我是作为一个朋友和你坐在这儿的,我只是希望你顺利。我的理由很简单:这件事如果不是你,那就会是别的人。如果我真像玛莎说的那么坏,她母亲怎么会在犹太新年时送给我一张亲笔签名的贺年片呢?

"现在我要说正题了。几个星期前,玛莎给我打了个电话,要我跟她见见面。'出了什么事？'我问她。她哼哼哈哈支吾着，最后我告诉她到我的住所来。她穿着盛装来了，按他们的说法是打扮得花枝招展。我听说过你了，不过她把整个事情从头讲给我听，好像这事儿就发生在昨天似的。讲得详详细细。她爱上了你，她怀孕了。她想生个孩子。为了她母亲，她想找一位拉比来主持结婚仪式。'你从什么时候起变得这么关心起你母亲来了？'我问她。我的心情很痛苦。她坐下，架着腿，像一个演员摆好了姿势要照相。我对她说：'你跟我在一起时，你的行为像个妓女，现在付出代价吧。'她并没表示反对。'我们还是夫妻，'她说，'我想这事还是允许的。'直到今天，我不知道我干吗要这么做。也许是出于虚荣。后来我碰到兰珀特拉比，他把有关你的情况：你的学问和躲在草料棚里那几年的事，都告诉了我，于是一切我都明白了，痛苦地明白了。我明白她就像使我落入网中那样使你落入了她的网中。她怎么对知识分子这么有吸引力？这倒是个有趣的问题，虽然她显然和粗人也混在一起。

"总之，情况就是这样。我在决定把情况告诉你以前，犹豫了很久。不过，我最终认为一定要提醒你。我希望，这孩子至少是你的。看起来她好像是真的爱你，但是和这种人在一起，人可能永远不明白。"

"我不会和她结婚的。"赫尔曼说。他说得很轻，里昂只得把手放在耳朵上做成杯状倾听。

"什么？瞧，有一件事我得说清楚。别告诉她咱们见过面。其实我该早些跟你碰头，可是你知道我是个不切实际的人。我做各种事情，使自己陷入各种麻烦之中。如果她知道我把发生的事都告诉了你，我就有性命危险。"

"我不会告诉她的。"

"你知道你不一定要跟她结婚。她就是那种生私生子的女人。如果要同情谁的话，该同情的是你。你妻子——她死了吗？"

"是的，她死了。"

"你孩子也死了？"

"是的。"

"兰珀特拉比告诉我你跟一个朋友住在一起，那儿没有电话，可是我记得在玛莎的小本儿上看到过你的电话号码。她有个习惯，喜欢在一些重要的电话号码四周画上圈圈和一些花或动物，在你的电话号码周围，她画了一个长满树和蛇的公园。"

"你住在曼哈顿，今天怎么会在布鲁克林？"赫尔曼问。

"我这儿有朋友。"里昂·托特希纳说，显然是在说谎。

"好吧，现在我得走了，"赫尔曼说，"非常感谢。"

"干吗这么着急？先别走。我只是想为你好。在欧洲，人们习惯于过秘密生活。也许在那儿还有点意义，可是这儿是个自由国家，你不必瞒着别人。在这儿你可以做个共产主义者，也可以做个无政府主义者，想做什么都行。因为《诗篇》中的某节诗，有一些教派确实在祈祷时拿着毒蛇[1]。其他有些教派的信徒裸露着跑来跑去。玛莎也有一大堆秘密。麻烦的是，那些有秘密的人总是泄露自己的秘密。人是他自己的告密者。玛莎把一些并不是不得不告诉我的事对我说了，否则，这些事我是永远也无法知道的。"

"她告诉了你些什么？"

"凡是她告诉我的事，她也会告诉你的，这只是时间问题。人们喜欢炫耀任何事情，甚至疝气。我不必告诉你她晚上不睡觉。她抽烟，说话。我总是请求她让我睡觉。但是她心中的魔鬼不让她安宁。她如果生活在中世纪，肯定会成为一个女巫，在星期六晚上骑在扫帚柄上飞去赴魔鬼的约会。但是在布朗克斯，就连魔鬼都会烦死。她妈妈也是个有自己性格的女巫，不过她是个好心的女巫：既有点像拉比老婆，又有点像算命的。每一个女人像一只蜘蛛似的坐在自己的网中编织着。当一只苍蝇刚巧飞过时就给逮住了。如果你不逃走，她们会吸干你身上最后一滴血。"

"我要想法逃走的，再见。"

"我们可以交个朋友嘛。拉比是个粗暴的人，可是他对人很好。他交游广阔，他会对你有用的。他生我的气，因为我不愿把电和电视塞进《创世记》的第一章里，不过他会找到愿意干的人

---

[1] 典出《圣经·诗篇》第九十一篇第十三节："你要踹在狮子和虺蛇的身上，践踏少壮狮子和大蛇。"

- 197 -

的。他基本上是个美国佬,尽管我知道,他生在波兰。他的真名不是米尔顿而是梅莱赫。不管是什么事情,他都开出一张支票。等他到了来世,不得不结账时,他会拿出他的支票簿来的。[1]但是,正如我祖母雷齐经常说的:'裹尸布上没有口袋。'"

3

电话铃响了,可赫尔曼不去接。他数着铃响的次数,然后回到《革马拉》上来。他坐在一张铺着节日台布的桌子旁,像他过去在齐甫凯夫的习经室里那样,研究着,吟诵着。

《密西拿》[2]上写道:"这些都是妻子对丈夫所要履行的义务。她要碾磨,烤面包,洗涮,烹调,给孩子喂奶,铺床叠被,纺织羊毛。如果她带来一个仆人,她就不碾磨,不烤面包,或是不洗涮。如果她带来两个仆人,她就不烹调,或是不给孩子喂奶;如果带来三个仆人,她就不铺床叠被,或是不纺织羊毛;如果带来四个仆人,她就坐在客厅里。埃利泽[3]拉比说,即使她给他带来一大群仆人,他也该强迫她纺织羊毛,因

---

[1] 这是一句俏皮话。犹太教徒同基督徒一样,认为人死后,他一生的罪恶都将得到清算。托特希纳讥讽那个拉比会以金钱赎罪。
[2] 《密西拿》(Mishnah),《塔木德》的前半部,是犹太人的口传律法汇编,用古希伯来语写成。
[3] 埃利泽(Elizer, 1700?—1760),犹太拉比,哈西德教派的创建者,全名为伊斯雷尔·本·埃利泽,被人称为巴尔·谢姆·托夫。

为懒惰会引起疯狂。"

《革马拉》上写道:"她碾磨?不过碾是水力碾的嘛——这话的意思是说她把要碾的粮食准备好。否则,这可能是指一个手推磨。在这一点上《密西拿》和齐亚拉比意见不同,齐亚拉比说,要妻子只是为了她长得美,为了要有孩子。他还说:谁要女儿漂亮,只要在她成年前给她吃童子鸡、喝牛奶……"

电话铃又响了,这回赫尔曼没有数铃响的次数。他要和玛莎一刀两断。他已经发誓要摒弃一切世俗的欲望,抛弃放荡的生活,过去他陷在那种生活中背离上帝,背离《托拉》和犹太主义。前一天晚上他整宿没睡,试图分析现代犹太人和他自己的生活方式。他又一次得出同样的结论:一个犹太人,只要离开《布就筵席》一步,他就会发现自己精神上处于一切卑鄙的事情中——法西斯主义、凶杀、通奸和酗酒。有什么能制止玛莎像现在这样呢?有什么能使里昂·托特希纳改变呢?有谁,有什么能控制格柏乌、犯罪集团头目、窃贼、投机倒把者和告密者中的犹太人呢?有什么能把赫尔曼救出他正在越陷越深的泥坑呢?不是哲学,不是贝克莱[1]、休谟、斯宾诺莎,不是莱布尼茨[2]、黑格尔、叔本华、尼

---

1 贝克莱(George Berkeley, 1685—1753),英国哲学家。他认为"存在即被感知",存在的只是我的感觉和我自己,并宣传外界事物只是"感觉的组合",同时还认为万物都存在于上帝的心中。主要著作有《视觉新论》《哲学对话三篇》等。
2 莱布尼茨(Gottfried Wilhelm von Leibnitz, 1646—1716),德国哲学家、政治家和数学家。

采,也不是胡塞尔[1]。他们都宣扬某种道德,但是这种道德不能帮助抵制诱惑。一个人可以是一个斯宾诺莎主义者,也可以是个纳粹分子;一个人可以精通黑格尔的现象学,也可以是个斯大林主义者;一个人可以相信单原子元素,相信时代精神、盲目的意志和欧洲文化,然而还是犯下暴行。

晚上,他仔细地审视了下自己。他在欺骗玛莎,玛莎也在欺骗他。两人的目标是同样的:在黑暗——最终的死亡,一个没有奖赏、没有惩罚、没有意志的永恒世界——来临之前的不多几年内,尽量享受生活。在这种世界观后面,欺骗和"强权即公理"的原则越来越猖獗了。人只有求助于上帝,才能摆脱这些。他能求助于什么宗教呢?不能去求助那种以上帝的名义组织过宗教法庭、十字军东征和流血战争的宗教。对他来说,唯一的出路是,回到《托拉》《革马拉》和各种犹太教的著作中去。他的怀疑怎么办呢?即使一个人会对氧气的存在表示怀疑,他仍然不得不呼吸。一个人可以否认地球引力,可他仍然不得不在地面上行走。既然他离开上帝和《托拉》就感到窒息,那他就必须尊崇上帝,钻研《托拉》。他前后摇晃着,吟诵起来:"她给孩子喂奶。因此,我说《密西拿》并不赞同沙买[2]学派。沙买学派说:'如果她发誓不喂她

---

[1] 胡塞尔(Edmund Husserl,1859—1938),德国哲学家,现象学的创始人。主要著作有《现象学的观念》等。

[2] 沙买(Shammai,前50—30),犹太教师,创立沙买派。

的孩子，她就把奶头从孩子嘴里拉出来，'希勒尔[1]学派说：'丈夫逼迫她，她必须给孩子喂奶。'"

电话铃又响了。雅德维珈从厨房走进来，一手拿着熨斗，一手端着一盘水。

"你干吗不接电话？"

"我以后再也不在节日里听电话了。如果你想做个犹太人，别在圣会节熨衣服。"

"你在安息日写东西，我可没写。"

"我再也不在安息日写东西了。如果我们不想成为纳粹分子那样的人，我们必须做犹太人。"

"你今天跟我一起去参加科福思吗？"

"应该念哈加福思[2]，不是科福思。好吧，我跟你一起去。如果你想做犹太人，你还得去举行沐浴仪式。"

"我什么时候能做个犹太人？"

"我会跟拉比去谈的。我会教你读祈祷文。"

"我们会生孩子吗？"

"如果是上帝的旨意，我们就会生一个。"

---

1 希勒尔（Hillel），相传约公元前110年生于巴比伦，青年时移居巴勒斯坦，是希勒尔学派创始人，被认为是《圣经》的权威性的解释者。
2 哈加福思（Hakaffoth），结茅节犹太人在会堂举行的一个仪式：手拿《托拉》，围着放置读经台的讲坛走七圈，同时唱赞美诗，庆祝节日的结束。

雅德维珈的脸变得绯红。她似乎非常高兴。

"那这熨斗怎么办呢？"

"把它搁在一边，过了节再用。"

雅德维珈在那儿站了一会儿，然后回到厨房去。赫尔曼捏紧下巴。他没有刮脸，胡子开始长起来了。他已经决定不能再为拉比干活了，因为这是一种骗人的工作。他得去谋个教师的职位或是干别的什么工作。他要和塔玛拉离婚。在他之前的几百代犹太人怎么干，他就怎么干。忏悔吗？玛莎是永远不会忏悔的。她完完全全是个现代妇女，具有现代妇女的一切向往和幻想。

对他来说，最明智的是离开纽约，到偏远的一个州去居住。否则，他总是要被勾引到玛莎身边去的。甚至一想到她的名字，他就会很兴奋。在响个不停的电话铃声中，他能听出她的痛苦、她的淫荡和她对他的爱慕。读着拉什对《塔木德》的注释，玛莎那些尖刻的话语仍然不断闯入他的心灵——她那取笑人的言语，她对那些渴望得到她的人的蔑视，他们像一群猎狗追逐一只母狗那样追求她。毫无疑问，对自己的行为她总会有解释。她能声称一头猪是洁净的，还能提出一种貌似有理的理论来证明。

他坐在《革马拉》面前，盯着书上的字母、词句。这些都是叙述家庭的篇章。在这些篇幅中论述他的父辈、祖辈和所有的祖先。这些话只能解释，永远不可能恰当地翻译出来。在文中，就连"一个女人为了长得美"这样的短语都有深刻的宗教意义。它使人想起习经室、会堂内的妇女区、祈祷文、对殉道者的哀悼和以圣名献出的生命,而不会使人想到化妆品和轻浮。

这一点能对局外人解释清楚吗?犹太人从市场、工场和卧室中吸取词汇,然后再把这些词汇神圣化。在《革马拉》中,用在小偷和强盗身上的词汇也别有风味,引起的联想和波兰语、英语的同义词引起的不同。《革马拉》中的罪犯偷窃和诈骗,只是为了使犹太人可以吸取一个教训——为了使拉什能做出注释,为了使托萨福思能对拉什的注释做出伟大的篇幅浩瀚的注释,为了使萨缪尔·艾德利什、卢布林的梅尔和所罗门·卢里亚[1]那样学识渊博的教师能探索更明确的答案,找出新的微妙的意义和新的见解。甚至被提到的那些偶像崇拜者崇拜邪神,也是为了使一本研究《塔木德》的小册子能陈述盲目崇拜的危害。

电话铃又响了,赫尔曼想象他通过电话铃听到了玛莎的说话声:"至少也该听听我这方面的意见呀!"根据任何公正的法律,双方的意见都应该听。尽管赫尔曼知道,他又要违反自己的誓言了,可是他无法克制自己不站起来,拿起听筒。

"喂。"

电话那头没有声响。显然玛莎不愿说话。

---

[1] 所罗门·卢里亚(Solomon Luria, 1534—1572),希伯来的神秘学家和犹太教神秘哲学家。

"谁啊?"赫尔曼问。

没人应声。

"你这个婊子!"

赫尔曼听到一声喘气声。"你还活着?"玛莎问道。

"是的,我活着。"

又沉默了好长时间。

"你怎么了?"

"我怎么了,我发现你是个卑鄙的人!"赫尔曼吼叫着。他几乎喘不过气来。

"我想你是疯了吧!"玛莎回答。

"我诅咒我碰到你的那一天!你这贱货!"

"我的天哪!我怎么了?"

"用卖淫换取了离婚!"赫尔曼觉得,这似乎不是他的声音在喊叫。过去,他父亲总是这么咒骂一个不忠实的犹太人:异教徒,魔鬼,叛教者!这是古代犹太人强烈反对那些违反戒律的人的喊叫。玛莎咳嗽起来。听声音她似乎哽住了。"谁对你说的?里昂?"

赫尔曼答应过里昂·托特希纳不说他的名字。不过,他现在不能说谎。他没有回答。

"他是个恶鬼,而且……"

"他可能恶毒,可他说的是实话。"

"事实是他要求我的,我把唾沫啐在他脸上。如果我瞎说,让我活不到早晨醒来,而且让我在坟墓里也永远不得安宁。让我和他对质。如果他再敢说出这样恶毒的谎话,我就杀了他,再自杀。啊,在天的上帝啊!"

玛莎尖声大叫,她的声音也不像是她的,好像是古代一个被诬陷做坏事的犹太女人发出的声音。赫尔曼觉得,他似乎听见了一个几世纪前的声音。"他不是个犹太人,他是个纳粹分子。"

玛莎号啕大哭,声音之响使赫尔曼只得把听筒挪离耳朵。他站着听她哭泣。哭声非但没小下去,反而越来越响。赫尔曼的怒火又上来了。

"你在美国有个情夫!"

"如果我在美国有个情夫,让我生癌。愿上帝听到我的话,惩罚我。如果是里昂胡诌的,让他遭受灾祸。在天上的上帝啊,看看他们对我干的事吧!如果他告诉你的是事实,让我肚子里的孩子死掉!"

"别说了!你发起誓来就像泼妇骂街。"

"我不想活了!"

玛莎哭得浑身抽搐。

第七章

1

下了一整夜的雪——像盐那么干燥,那么粗。赫尔曼居住的那条街上,埋在雪下的几辆车的轮廓几乎看不出来。赫尔曼想象,在维苏威火山[1]爆发后,埋在火山灰下的庞贝[2]的双轮战车看起来就是这样的。夜空转成紫色,似乎由于奇迹或天上的变化,地球已进入一个不知名的星座。赫尔曼想着自己的童年:修殿节[3],为即将

---

1 维苏威火山(Vesuvius),位于意大利西南部,是活火山。
2 庞贝(Pompeii),位于意大利西南部维苏威火山下的古城,公元79年因火山爆发而埋入地下。
3 修殿节(Hanukkah),又名光明节,为纪念公元前165年犹太民族在马加比家族的领导下,从塞琉古王朝国王安条克四世手上夺回耶路撒冷,并重新将第二圣殿献给上帝的日子。在公历十一、十二月间。

来临的逾越节熬鸡油,玩德列台尔[1],在冰冻的水沟里溜冰,朗读每周要念的《托拉》中以"雅各住在他祖辈的土地上"为首句的那一部分。过去还存在着!赫尔曼对自己说。即使时间只是像斯宾诺莎坚决主张的那样是一种思想方法,或是像康德认为的那样是一种感觉形式,事实总是无可否认的:隆冬时节,在齐甫凯夫,火炉是烧木柴取暖的;他父亲,感谢他的记忆力,研究着《革马拉》和它的注释,他母亲在烧杂和糁[2],里面有大麦、豌豆、土豆和香菇。赫尔曼能尝到食物颗粒的香味,听到他父亲读书时的咕哝声、他母亲在厨房跟雅德维珈的说话声和一辆农夫从森林里运木头来的雪橇的铃儿叮当声。

赫尔曼穿着浴衣、拖鞋,坐在他的公寓里。虽然是冬天,但他还是把窗户开了一条缝,放进了一种像无数蟋蟀在积雪下面唧唧乱叫的声音。屋里太热了,管房子的看门人通宵供应暖气。散热器中的水汽发出的单一的咝咝声里充满着不可言喻的渴望。赫尔曼觉得暖气管内的水汽声是痛哭声:坏啊,坏啊,坏啊;伤心啊,伤心啊,伤心啊;出毛病啊,出毛病啊,出毛病啊。雪把天空映得很亮,屋里没有点灯,但是充满着反射进来的白光。赫尔曼觉得这种光和他在书中读到的北极光很相似。他对书橱和竖在

---

1 德列台尔(dreidl),一种玩具,犹太孩子常在修殿节旋转着玩的骰子,每一面上写有一个不同的希伯来字母。
2 一种糊糊,里面掺杂有各种颗粒状食物。

那里的几卷《革马拉》注视了一会儿,这几卷书又好久没人去碰了,书上满是灰尘。雅德维珈一向是不敢碰这些圣书的。

这一阵赫尔曼老是失眠。在一位拉比的主持下,他和玛莎结了婚;根据他的推算,她已经有六个月的身孕了,尽管看起来不太明显。雅德维珈也停经了。

赫尔曼想起了一句意第绪语俗话:十个对头伤害一个男人及不上他自己伤害自己。然而他明白他的这种情况不全是他一个人惹下的;老是有隐藏的对头,他的魔鬼对头。他的对头并不一下子毁掉他,而是不断地想出迷惑人的新办法来折磨他。

赫尔曼呼吸着从海洋和雪地上吹来的冷空气。他眺望窗外,很想祈祷,但是对谁祈祷呢?眼下,他怎么敢向神说话呢?再说,他干吗要祈祷呢?过一会儿,他回到床上,挨着雅德维珈躺下。这是他们在一起的最后一晚。明天一早他又要出一趟门,也就是说,他要到玛莎那儿去。

他和玛莎结了婚,他把一枚戒指戴在玛莎的食指上,自那以后,玛莎一直忙着改善那套公寓房间的状况,她重新装饰了赫尔曼住的那间。晚上她再也不必因为母亲而偷偷地到他房间去。她答应过不为雅德维珈跟他吵架,但是她违反了自己的誓言。她利用一切机会咒骂雅德维珈,甚至还漏出话来,说她真想杀了她,玛莎希望自己的婚姻会平息她母亲的不满,但是落空了。希弗拉·普厄抱怨说,赫尔曼的婚姻观念是胡闹。她不许他叫她"岳母"。除了非讲不可的话，他俩根本不说话。希弗拉·普厄越来越专心于祈祷，翻阅各种著作，看意第绪语报纸和希特勒受害者的回忆录。大部分时间她都待在自己那间黑乎乎的卧室里，要想知道她究竟是在思考还是在打盹是困难的。

雅德维珈怀孕了，这又是一大灾祸。雅德维珈在赎罪日去过的那个会堂的拉比接受了她十美元，一个妇女把她带去举行沐浴仪式，现在雅德维珈皈依了犹太教。她遵守涤罪和吃洁净食物的规定。她不断向赫尔曼提出问题。如果冰箱里有一瓶牛奶，是否还允许在里面放肉？吃完水果后吃奶制品，这样做对吗？她是否可以给她母亲——根据犹太教的法律，不再是她的母亲了——写信？她的邻居们经常按照欧洲犹太小镇的迷信向她提出各种冲突的建议，把她弄得稀里糊涂。一个年长的犹太移民小贩想教她意第绪语的字母。雅德维珈不再听无线电中的波兰语节目，只听意第绪语节目。在这些电台中，总是听到哭泣声和叹息声；就是歌曲也带有哽咽的情调。她要求赫尔曼用意第绪语跟她说话，尽管她只略微懂一点儿。她越来越多地责备他的行为不像其他犹太人。他既不去会堂，也没有祈祷巾和护经匣[1]。

---

1 护经匣（Phylactery），犹太人在平时晨祷时头上和左臂上须各佩戴一小皮匣，中藏羊皮纸，上写《圣经·出埃及记》第十三章第一节至第十六节、《申命记》第六章第四节至第九节和第十一章第十三节至第二十二节。典出《出埃及记》第十三章："这要在你手上作记号，在你额上作纪念，使耶和华的律法常在你口……"

他总是关照她别多管闲事,或者说:"你不必躺在地狱里我的钉床上。"要不就说:"帮帮忙,别管犹太人了。没有你,我们的麻烦就够多了。"

"我可以佩戴玛里安娜给我的纪念章吗?那上面有十字架。"

"可以,可以。别来打搅我。"

雅德维珈不再疏远邻居们了。她们来看望她,交换心里话,跟她聊天。这些女人——没有别的事可做——教她犹太教的风俗习惯,告诉她怎么买便宜货,警告她在受她丈夫的剥削。美国的一个家庭主妇得有一台吸尘器、一台电动搅拌机和一个电气熨斗,如果可能的话,还得有台洗碗机。自己的住房一定要买防火险、防盗险;赫尔曼必须买人寿险;她得穿戴得好一些,别穿着农民的破衣烂裙到处转悠。

邻居们在教雅德维珈学哪一种意第绪语的问题上发生了争吵。波兰来的女人想教她波兰意第绪语,立陶宛来的想教她立陶宛意第绪语。她们还不断地向雅德维珈指出,她丈夫出门的时间太多了,如果她不注意着点儿,他可能跟别的女人跑掉。在雅德维珈心目中,保险单和洗碗机是犹太人生活习惯中必需的两个方面。

赫尔曼睡着,醒来,又打起盹来,又醒来。他的梦跟他醒来后的生活一样错综复杂。他跟雅德维珈商量过,她是否可以流产,可雅德维珈不愿听。她难道连要一个孩子的权利都没有了?难道她一定要死后连卡迪什[1]（她已经从邻居那儿学会了这个词）也没人念吗？嗯，那他怎么样呢？他干吗要像一颗枯萎的树那么活着？她会成为他的好妻子，她愿意在足月前去干活，她可以替邻居们洗衣服、擦地板，为家庭开支贴补些钱。有一个邻居，他的儿子刚刚开了一家超市，愿意给赫尔曼在那里安排个工作，这样他就不必跑遍全国去推销书了。

赫尔曼应该给塔玛拉去电话，她已经搬到一间带家具出租的房间里去了，但是一天天过去，他还是没打电话。他像平常一样，又把拉比的工作拖下来了。每天他都害怕收到税务部门的来信，因为不付税而重罚他。任何一种调查都可能把他的一切纠纷暴露出来。他不该继续住在这套公寓里，因为里昂·托特希纳知道他的电话号码。托特希纳可能会预先不通知就闯进来。赫尔曼想，很可能是托特希纳在搞鬼，想搞垮他。

赫尔曼把手放在雅德维珈的臀部。她的身体散发出一种动物般的温暖。相比之下，他的身体是冷的。雅德维珈似乎在睡梦中感觉到了赫尔曼对她的欲望，嘟嘟嚷嚷地应付着，没有完全清醒过来。"根本就没有睡着这种事，"赫尔曼想，"全是假的，装出来的。"

他又打起盹来，等他睁开眼睛已是大白天。阳光下，白雪闪

---

[1] 卡迪什（Kaddish），犹太人哀悼死者的祈祷文。

着耀眼的光芒。雅德维珈在厨房里,他能闻到咖啡的香味。沃伊图斯啾啾哢鸣。它一定是在对玛里安娜唱小夜曲,玛里安娜几乎不怎么唱歌,只是整天修饰,整理着翅膀下的绒毛。

赫尔曼计算自己的开支足有一百次了。他欠着这儿和布朗克斯的房租,得付雅德维珈·普赖克兹和希弗拉·普厄·布洛克名下的电话账单。两处公寓的公用事业费他都没付过,煤气和电有可能停止供应。他忘了把账单搁在哪儿了。他的文件和证件经常找不见,也许他还遗失过钱。"唉,现在太晚了,什么也干不成了。"他想。

过了一会儿,他走进浴室去刮脸。他注视着镜子中那张涂满肥皂泡沫的脸。双颊上抹的肥皂泡沫就像白胡须。肥皂泡沫堆中,露出了他白惨惨的鼻子和一双淡色的眼睛,眼睛里流露出一种疲惫然而充满着青春活力的渴望的神情。

电话铃响了。他走过去拿起听筒,听见一位老妇人的声音。她结结巴巴,话也讲不清。他正打算把电话挂断,这时她说:"我是希弗拉·普厄。"

"希弗拉·普厄?出了什么事?"

"玛莎……病了……"她说着抽噎起来。

"自杀,"赫尔曼心里闪过这一念头,"告诉我出了什么事!"

"请……快来吧!"

"什么?"

"请快来吧！"希弗拉·普厄重复说了一遍。她挂断了电话。

赫尔曼想打个电话过去详细地了解情况，可他知道，希弗拉·普厄在电话里讲不清楚，而且她耳背，听不清。他回到浴室。脸颊上的肥皂泡沫已经干了，正一小块一小块往下掉。不管发生什么事，他总得刮完脸，洗个澡。"只要你活着，你身上就不能有臭气。"他又重新在脸上抹了一遍肥皂。

雅德维珈走进浴室。平常她总是慢慢地打开门，请求允许进来，这回她可毫不客气地走进来。"刚才是谁来的电话？你的情妇？"

"让我安静会儿！"

"咖啡都快凉了。"

"我来不及吃早饭了。我马上得出去。"

"上哪儿去？情妇那儿？"

"对，到情妇那儿去。"

"你让我怀了孕，自己却跑去找妓女。你不是在卖书。你这个骗子！"

赫尔曼大吃一惊。她从来没这么恶声恶气地说过话。他火了。"回到厨房去，要不我把你扔出去！"他大声吼叫道。

"你有个情妇。你和她一起过夜。你这条狗！"

雅德维珈冲着他晃晃拳头，赫尔曼把她推出门外。他听到她用农民的语言咒骂他："骗子，得霍乱的，下流东西，生疥疮的。"他赶紧洗澡,可是莲蓬头里出来的只有冷水。他笨手笨脚但尽快穿好衣服。雅德维珈出去了,也许去告诉邻居赫尔曼打了她。赫尔曼拿起厨房桌上的杯子,喝了一口咖啡,就急匆匆出了门。他马上退回来,他忘了穿毛衣和套鞋。外面,白雪亮得眼睛都睁不开。有人在两堵雪墙之间挖出一条小路。他走到美人鱼大道。街上,店主们正在扫雪,用铲子把雪一堆堆堆起来。寒风吞噬着他,再多的衣服都无法抵御这样的寒风。他睡眠不足,饿得也有点头晕。

他走上梯子到露天车站等火车。科尼岛,岛上的月亮公园和障碍赛马场,荒凉地躺在冬天的冰天雪地里。火车隆隆地驶进站台,赫尔曼跨进车厢。透过车窗他可以隐约地看到海洋。寒风怒吼,海浪汹涌澎湃,海浪迸溅。有一个男子沿着海滩缓慢地走着,可是,想象不出他在严寒中干什么,除非他想跳海自杀。

赫尔曼在暖气管上面的一个位子上坐了下来,他感到一股热气穿过藤椅。车厢内的座位有一半空着。一个酒鬼摊手摊脚躺在地板上。他穿着夏天的衣服,没戴帽子。他不时地发出一声嚎叫。赫尔曼从地上捡起一张脏兮兮的报纸,他看到一则新闻,讲一个疯子杀死了自己的老婆和六个孩子。火车行驶得比平时慢。有人说铁轨都让积雪覆盖住了。火车驶入地下后速度加快了,终于到了时报广场,赫尔曼在这儿换乘去布朗克斯的快车。在差不多两个小时的途中,赫尔曼看完了那张脏兮兮的报纸:专栏文章、广告,就连登赛马消息和讣闻的那两版他都看了。

2

他一走进玛莎的公寓,看到希弗拉·普厄、一个年轻的矮胖男子——他是医生,还有一个皮肤黝黑的女人——可能是邻居。这个女人长着一头鬈发,身材小巧,相比之下,脑袋显得太大了。

"我以为你再也不来了。"希弗拉·普厄说。

"坐地铁到这儿挺久的。"

希弗拉·普厄的头上包着一块黑色的方头巾。她的脸色看起来蜡黄,脸上的皱纹比平时也更多。

"她在哪儿?"赫尔曼问道。他不知道自己问的这个人是活着还是死了。

"她睡着了。别进去。"

那位医生长着一张圆脸,眼睛水汪汪的,头发鬈曲;他朝赫尔曼点了点头,用嘲弄的声调说:"是丈夫?"

"是的。"希弗拉·普厄说。

"布罗德先生,你妻子没有怀孕。谁告诉你她怀孕了?"

"她自己。"

"她大出血,可是没有孩子。有没有请医生给她做过检查?"

"我不知道。我都拿不准她是否找医生看过。"

"你们这些人以为自己生活在哪儿——在月球上？你们还在波兰的犹太小镇上。"医生半用英语、半用意第绪语说着,"在这个国家,一名妇女怀孕后要有一名医生不断地照顾。她的怀孕全在这儿！"医生说着,用食指指了指他的太阳穴。

希弗拉·普厄早已知道他的诊断,她却好像刚听说似的,把双手交叉紧握在一起。

"我不明白,我不明白。她的肚子渐渐大起来。孩子在肚子里踢她。"

"那全是神经质。"

"神经质！我一直祈祷,别变得这样神经质。上帝啊,她刚才开始尖叫和阵痛了。啊,我是多么苦命啊！"希弗拉·普厄放声大哭。

"布洛克太太,我听说过这样一个病例,"那位邻居说,"我们难民什么样的事儿都会遇到。在希特勒统治下,我们受尽折磨,大家都有点疯了。我听说的那个妇女肚子大极了。人人都说她怀了双胞胎。但是在医院里,他们发现她的肚子里只有气。"

"气？"希弗拉·普厄问道,像一个聋子似的把手放在耳朵上,"可是,我跟你说,这几个月她一直没有月经。嗯,魔鬼在和我们开玩笑。我们走出了地狱,可地狱却跟着我们到了美国。希特勒跟踪着我们。"

"我得走了,"医生说,"她会睡到今天深夜——也许明天早晨。她醒后给她吃药。还可以给她吃点东西,但是别给她吃烤肉菜。"

"谁会在一星期的当中几天吃烤肉菜?"希弗拉·普厄问道,"就是在安息日我们也不吃烤肉菜。你在煤气烤箱里做出来的烤肉菜没什么味儿。"

"我只是说着玩的。"

"你还来吗,医生?"

"明天早晨我去医院上班,顺路再来一下。一年后你就可以当外婆了。她的子宫完全正常。"

"我活不了那么久了,"希弗拉·普厄说,"只有在天的上帝知道,这几个小时消耗了我多少精力和生命。我原以为她怀孕六个月,至多不超过七个月。突然她尖叫起来,肚子痛死了,接着就是大出血。经历了这些事情,我居然还活着,双脚还站在地上,这可真是个上帝的奇迹。"

"嗯,毛病全出在这儿。"医生再一次指了指他的前额。他走出去,但是在过道里停了一下,用手招呼那个邻居,她跟在他后面。希弗拉·普厄默不作声,怀疑地等待着,只怕那个女人在门口能听到她的话。后来,她说:"我多么想有个孙儿啊。至少有个人可以按照被屠杀的犹太人起名字。我希望他是个男孩,起名叫梅耶。可是我们什么也办不到,因为我们的命不好。啊,我真不该从纳粹的统治下逃生出来!我真该和那些快要没命的犹太人一起待在那儿,不要逃到美国来。但是我们想活下去。我的命对我还有什么用?我羡慕那些死者。我整天羡慕他们。我连死都死不成。我希望我的尸骨能葬在巴勒斯坦,但是命里注定我得躺在美国的墓地中。"

赫尔曼没有回答。希弗拉·普厄走到桌子那儿,拿起桌上的祈祷书。然后她又把它放下。"你要吃点东西吗?"

"不,谢谢。"

"你怎么耽搁了这么长时间?嗯,我想我得念祈祷文了。"她戴上眼镜,在一把椅子上坐下,两片没有血色的嘴唇开始嘟哝起来。

赫尔曼小心翼翼地打开通往卧室的门。玛莎在希弗拉·普厄平时睡觉的那张床上睡着了。她看起来脸色苍白,神色安详。他凝视了她好长时间。他的内心充满了对她的爱,他自己也感到惭愧。"我能做些什么?我使她遭受了这一切痛苦,我怎么才能补偿她呢?"他掩上门,走到自己的房间里。透过部分已结冰的窗户,他可以看见院子里的那棵树,前不久它还绿叶繁茂。现在树上已满是积雪和冰柱。在东一小堆、西一小堆废铁和金属栅栏上覆盖着厚厚的一层发蓝的雪。雪把人的垃圾变成坟场。

赫尔曼躺在床上,睡着了。当他睁开眼睛的时候,已经是黄昏。希弗拉·普厄站在他身旁,唤他醒来。

"赫尔曼,赫尔曼,玛莎醒了。去看看她吧!"

过了一会儿，他才明白自己在哪儿，才想起发生过的事。卧室里只亮着一盏灯。玛莎像原先那么躺着，不过眼睛睁着。她注视着赫尔曼，什么也不说。

"你觉得怎么样？"他问道。

"我什么感觉都没有了。"

3

又下雪了。雅德维珈在炖杂烩，过去在齐甫凯夫是经常炖这种杂烩的——麦片、白扁豆、干蘑菇和土豆，上面撒有辣椒粉和欧芹。无线电里播送着一出意第绪语小歌剧中的一支歌，雅德维珈认为那是一首宗教赞美诗。长尾小鹦鹉以它们自己的方式对音乐做出了反应。它们尖叫，唪鸣，啁啾，满屋子乱飞。雅德维珈只得把锅盖起来，以免——但愿不会——鹦鹉掉入锅内。

赫尔曼在写作，感到疲惫不堪。他放下钢笔，把头往后靠到扶手椅上，想打个盹。在布朗克斯，玛莎还很虚弱，没有去上班。她变得很冷淡。赫尔曼对她讲话，她回答得简明扼要。不过，这么一来，他俩就没什么好谈的了。希弗拉·普厄整天祈祷，好像玛莎还病得很危险似的。赫尔曼知道，没有玛莎的工资，他们连最低的生活也无法维持，然而他也没钱。玛莎提到一个贷款协会，他可以去那儿借一百美元高利贷，但是这笔贷款能用多久呢？也许他还需要一个共同担保人。

雅德维珈从厨房走进屋。"赫尔曼,炖菜已经做好了。"

"我也好了,经济上、肉体上和精神上都好了。"

"说我听得懂的。"

"我以为你希望我对你说意第绪语。"

"像你妈妈那样对我说。"

"我不能像妈妈那样说话。她是个信徒,我甚至不是个无神论者。"

"我不知道你叽里呱啦在说什么。去吃吧。我做了个齐甫凯夫的麦片炖菜。"

赫尔曼刚要站起身,门铃响了。

"可能是你的一位太太给你上课来了。"赫尔曼说。

雅德维珈去开门。赫尔曼划去了他写的最后半页,咕哝着:"嗯,兰珀特拉比,这个世界有篇短一些的说教也可以了。"他突然听到一阵压抑的哭声。雅德维珈奔回房间,砰的一声把门关上了。她脸色煞白,眼睛似乎在朝上翻。她浑身颤抖地站着,手抓住门把手,似乎有人硬要闯进来似的。"大屠杀?"这个念头在他心中一闪而过。"是谁?"他问道。

"别去!别去!啊,上帝啊!"雅德维珈想挡住赫尔曼的去路,嘴唇上全是唾沫。她的脸都扭歪了。赫尔曼朝窗子瞥了一眼。太平梯离这间屋子不远。他朝雅德维珈跨近一步,她一把抓住他的手腕。就在这时,门开了,赫尔曼看到塔玛拉站在门口。她穿着旧皮大衣，戴着帽子，蹬着皮靴。赫尔曼一见，立即明白了。

"别哆嗦了，傻瓜！"他冲雅德维珈大叫一声，"她是活人！"

"耶稣，马利亚！"雅德维珈的脑袋抽搐似的乱动。她用尽全力朝赫尔曼扑去，几乎把他撞翻在地。

"我没想到她会认出我。"塔玛拉说。

"她是活人！她是活人！她不是死人！"赫尔曼大吼大叫。他和雅德维珈搏斗，想让她平静下来，同时也想推开她。可她粘在他身上，号啕大哭。听起来就像一只动物在嚎叫。

"她是活人！她是活人！"他又吼叫了一遍，"静一静！傻头傻脑的乡下人！"

"啊，圣母啊，我的心哪！"雅德维珈在自己胸前画着十字。可她立即意识到，犹太妇女是不画十字的，于是她把两手交叉着紧握在一起。她的双眼从眼眶里暴出来，她的嘴都哭歪了，她无法说话。

塔玛拉往后退了一步。"我根本没想到她会认出我来。我自己的母亲都认不出我了。安静点，雅德齐亚。"她用波兰语说。

"我没死，我不是来纠缠你的。"

"啊，亲爱的上帝啊！"

雅德维珈用两只拳头朝自己头上乱捶一气。赫尔曼对塔玛拉说："你干吗要这么干？她可能会被吓死的。"

"对不起，对不起。我以为自己的模样已经大大改变，和原来不像了。我想看看你的住处和你的生活。

"你至少应该先打个电话。"

"啊,上帝啊!啊,上帝啊!现在怎么办呢?"雅德维珈叫道,"我已经怀孕。"雅德维珈把手搁在肚子上。

塔玛拉看起来很惊讶,但同时又想笑出来。赫尔曼注视着她。"你是疯了,还是喝醉了?"他问道。

这句话刚出口,他马上闻到了一股酒精的味道。一星期前,塔玛拉就对他说过,已经安排她去一家医院动手术,取出臀部的子弹。"你爱上烈酒了吗?"他说。

"一个人在生活中得不到温柔就爱喝烈酒。你住在这儿挺舒服,"塔玛拉的声调变了,"你和我一起生活时,总是弄得一团糟。你的稿件和书扔得到处都是。这儿倒挺干净整齐。"

"她把屋子拾掇得干干净净,你总是到处奔走给锡安工人党演讲。"

"十字架在哪儿?"塔玛拉用波兰语问道,"这儿怎么没挂个十字架?既然没有门柱圣卷,那一定得有十字架。"

"这儿有个门柱圣卷。"雅德维珈回答。

"那也得有个十字架,"塔玛拉说,"别以为我是来打搅你们的幸福生活的。我在俄国学会了喝酒,一杯酒下肚,我就变得有好奇心了。我想亲自来看看你们怎么生活。毕竟我们还是有些共同之处的。你们俩都还记得我活着的时候。"

"耶稣!马利亚!"

"我没有死,我没有死。我不是个活人,可没有死。事实上,我不会对他提出什么要求的,"塔玛拉指着赫尔曼说,"他当时并不知道我在什么地方苦苦挣扎着活下去,而且他可能一直是爱你的,雅德齐亚。在他跟我睡觉前肯定已跟你睡过觉了。"

"没有,根本没有!我是个清白的姑娘。跟他结婚时我是个处女。"雅德维珈说。

"什么?祝贺你,男人喜欢处女。如果按照男人的心意来,女人躺下去是妓女,起来又变成处女了。好吧,我知道,我是个不速之客,我走了。"

"塔玛拉太太,请坐。你吓着我了,所以我才尖声大叫。我去拿咖啡,上帝可以作证,如果我当时知道你还活着,我不会跟他待在一起的。"

"我并不怪你,雅德齐亚。我们的世界是个贪婪之地。不过,你跟他待在一起也没有多大好处,"塔玛拉说,指的是赫尔曼,"可是,这怎么都比孤零零的一个人强。这套公寓也不错。我们从来没住过这么好的公寓。"

"我去拿咖啡。塔玛拉太太,要吃点什么吗?"

塔玛拉没有回答。雅德维珈到厨房去了,脚上的拖鞋笨拙地拍打着地板。她没有关上门。赫尔曼注意到,塔玛拉的头发乱蓬蓬的,眼睛下出现了淡黄色的眼袋。

"我一直不知道你喝起酒来了。"他说。

"你不知道的事多着呢。你以为一个人可以穿过地狱,出来丝毫不受损伤。嗯,这是不可能的!在俄国有一种能治百病的药——伏特加。你喝个够,然后躺在稻草中或是光秃秃的地上,这样,什么也不想了。让上帝爱干什么就干什么吧。昨天,我去拜访了一个人,他是卖酒的,就在布鲁克林这儿,不过是在另一个片区。他给了我满满一购物袋的威士忌酒。"

"我以为你要到医院去了。"

"约好是明天去的,可是现在我自己也拿不准到底是去还是不去。这颗子弹,"塔玛拉说着,把手放在她的臀部,"是我最好的一件纪念品。它使我想起我曾经有过家,有过父母和孩子。如果把它取出来,我就什么也没留下了。这是一颗德国人的子弹,但是这么多年一直待在一个犹太人体内,它已成了犹太人的了。它可能决定某一天爆炸,可在这段时间里它安静地待着,我们相处得不错。如果你愿意,来,摸摸它。这也有你的一份啊。可能是同一支左轮手枪杀死了你的孩子……"

"塔玛拉,我求求你……"

塔玛拉做了个恶狠狠的鬼脸,冲他伸出了舌头。

"塔玛拉,我求求你!"她学着他的腔调说,"别害怕,她不会跟你离婚的。就是她跟你离了婚,你还可以到另一个那儿去。她叫什么来着?如果她也赶你出来,你就到我这儿来。你看,雅

- 225 -

德齐亚端着咖啡来了。"

雅德维珈端着一只托盘走进屋,托盘上有两杯咖啡、奶油和白糖,还有一盘自制的小甜饼。她已围上围裙,看起来就跟她原来当女佣时一样。战前,赫尔曼和塔玛拉从华沙回家时,她就是这么侍候他们的。她的脸刚才还是白惨惨的,现在已变得红彤彤、汗津津的,她的前额上冒出了小汗珠。塔玛拉注视着她,觉得又奇怪又好笑。

"放下吧,给你自己也拿一杯来。"赫尔曼说。

"我在厨房里喝。"

雅德维珈走回厨房,她的拖鞋一路拍打着地板。这回她随手把门关上了。

4

"我跌跌撞撞地闯进来,就像一头公牛闯进一家瓷器店,"塔玛拉说,"事情出了错,要想纠正是困难的。是啊,我是喝了杯酒,可离喝醉还早着呢。请叫她进来,我得给她解释一下。"

"我自己会给她解释的。"

"不,叫她进来。她可能以为我是来抢走她丈夫的。"

赫尔曼走进厨房,随手关上了门。雅德维珈站在窗前,背对着房间。他的脚步声吓了她一跳,她迅速转过身来。她的头发乱蓬蓬的，眼泪汪汪，脸又红又肿。她好像一下子老了。赫尔曼还没开口说话，她就把双拳举到头旁，伤心地大哭起来："现在我上哪儿去？"

"雅德齐亚，一切还是像过去一样。"

雅德维珈的喉咙里发出一声刺耳的叫声，就像是鹅发出的急叫。"你干吗告诉我她已经死了？你不是在推销书，你是跟她在一起。"

"雅德齐亚，我对上帝起誓，没这回事。她是最近才到美国来的。我根本不知道她还活着。"

"我现在怎么办？她是你妻子。"

"你是我妻子。"

"她先跟你结的婚。我得离开这儿，我回波兰去。要是我没怀孕那多好啊，"雅德维珈像农民悼念死者那样痛哭着，左右乱摇，"啊……"

塔玛拉打开门。"雅德齐亚，别这样哭。我不是来抢走你丈夫的。我只是想来看看你们的生活。"

雅德维珈东倒西歪地往前走，好像要倒在塔玛拉的脚旁。

"塔玛拉太太，你是他的妻子，而且以后也是。如果上帝允许你活着，这是天赐的权利。我会让开的。这是你的屋子。我要回家去。我母亲不会赶我走的。"

"不，雅德齐亚，你不要那么做。你正怀着他的孩子，我已经像他们说的是一棵不结果子的树了。上帝亲自把我的孩子带走了。"

"啊，塔玛拉太太！"雅德维珈感动得热泪盈眶，双掌拍打自己的双颊。她前后摇动，弯下身去好像在找一块可以倒下的地方。赫尔曼朝门瞥了一眼，担心邻居们会听见她的声音。

"雅德齐亚，你一定得安静下来，"塔玛拉坚决地说，"我虽然是活人，可是跟死人完全一样。他们说死人有时候要回来看看，在某种程度上，我就是这样的来客。我来看看情况怎么样，不过别担心，我不会再来了。"

雅德维珈把双手从脸上移开，她的脸色红得像生肉的颜色。

"不，塔玛拉太太，你留在这儿吧！我是个头脑简单的乡下人，没受过教育，不过我有良心。这是你的丈夫，你的家。你吃够了苦。"

"别说了！我不想要他。如果你想要回波兰去，你回去好了，但是这跟我没关系。即使你走了，我也不会跟他一起生活的。"

雅德维珈安静下来了。她斜视着塔玛拉，心中疑惑不定。"那你上哪儿去？这儿是你现成的家和家庭。我来做饭、打扫。我还当女佣。这是上帝的旨意。"

"不，雅德维珈。你的心肠真好，不过我不能接受这种牺牲。喉咙切开后是缝不起来的。"

塔玛拉准备走了，她整整帽子，理了理几绺蓬松的头发。赫尔曼朝她走近一步。"别走，既然雅德维珈知道了，咱们都可以做朋友嘛。我可以少说些谎。"

正在这时，门铃响了。铃声又长又响。一直栖息在笼顶上倾听他们谈话的两只长尾小鹦鹉受了惊，开始满屋子乱飞。雅德维珈从厨房跑到起居室里。"谁啊？"赫尔曼问。

他听到低沉的说话声，但是分辨不出究竟是男人还是女人的声音。他打开门，站在走廊里的是一对小个子男女。那个女的脸色蜡黄，满脸皱纹，长着黄眼睛、红头发。她额头和两颊上的纹儿看起来好像是雕刻在黏土上的线条。然而，她似乎并不老，最多四十来岁。她身穿家常便服和拖鞋。她带着绒线活，在外面等开门的这会儿正在编织。她身旁站着一位小个子男人，头戴毡帽，上面插着一根羽毛，穿一件格子夹克衫——在这严冬的日子里，这种颜色太淡了，一件粉红色的衬衫、条子裤、棕黄色的皮鞋，系一条夹杂有黄、红、绿三色的领带。他看起来滑稽可笑，不像当地人，好像刚从一个气候炎热的地方飞回来还没来得及换装。他的脑袋又长又窄，长着一只鹰钩鼻，双颊凹陷，尖下巴。他的黑眼睛里含有一种诙谐的神情，似乎他此刻的来访不过是开开玩笑而已。

那个女人说着一口带波兰音的意第绪语："你不认识我，布罗德先生，可我认识你。我们住在楼下。你妻子在家吗？"

"她在起居室里。"

"一个可爱的人。她皈依犹太教的时候，我跟她在一起。是我带她去举行沐浴仪式，告诉她怎么做的。生来就是犹太人的妇女应该像她这么热爱犹太教。她很忙吗？"

"嗯，有点儿忙。"

"这是我的朋友佩谢莱斯先生。他不住这儿。他在海门有房子。他，但愿不会遭到白眼，在纽约和费城也有房子。他来看我们，我们跟他说起了你，说你推销书、写作，他想跟你谈谈生意。"

"不谈生意，根本不谈生意，"佩谢莱斯先生打断了她，"我的生意不是书，而是不动产，而且不动产的生意我也不做了。一个人到底需要做多少生意呢？即便是洛克菲勒一天最多也就吃三餐。我只是喜欢阅读，不管是报纸、杂志，还是书，拿到什么都爱看。如果你有时间，我很愿意跟你聊聊。"

赫尔曼犹豫了一下。"真是太抱歉了，我实在很忙。"

"要不了多长时间——十分钟或十五分钟就行，"那个女人劝说道，"佩谢莱斯先生每六个月来看我一次，有时六个月还不止。他是个有钱人，但愿他别遭到白眼，如果你们要找套公寓，他可能会优待你们的。"

"优待什么？我从来不优待谁。我自己都得付房租。这儿是美国。不过，如果你们需要一套公寓，我可以向你介绍一套，不会让你吃亏的。"

"嗯,进来吧。原谅我在厨房里接待你们。我妻子身体不舒服。"

"在哪儿不都一样?他又不是上这儿来接受荣誉的。他获得过,但愿他别遭白眼,许许多多荣誉。他们刚请他就任纽约最大的养老院院长。全美国都知道诺森·佩谢莱斯是谁。他在耶路撒冷建了两所犹太法典学院——不是一所,而是两所,几百个青年男子可以在那儿学习《托拉》,费用由他开支……"

"对不起,斯奇雷厄太太,我不需要任何宣传。如果我需要宣传员,我会雇一个的。他根本不必知道这些事情。我做这些不是为了要赞扬。"佩谢莱斯说得很快。这些话就像干豆似的从他嘴里蹦出来。他的嘴很瘪,好像没有下嘴唇。他世故地微微一笑,具有一种有钱人在访问穷人时流露出的自在的神情。他俩一直站在门口,现在,走进厨房,赫尔曼还没来得及把塔玛拉介绍给他们,塔玛拉就说:"我得走了。"

"别走,不要因为我就走啊,"佩谢莱斯先生说,"你是个漂亮的女人,可我不是熊,不会吃人的。"

"坐下,坐下,"赫尔曼说,"别走,塔玛拉,"他又说,"我知道这儿椅子不够,不过我们一会儿就可以到另一间屋子去。一秒钟!"

他走进起居室。雅德维珈不哭了。她带着乡下人害怕陌生人的神情,站在那儿提心吊胆地注视着门口。"谁来了?"

"斯奇雷厄太太。她带了个男人来。"

"她想干吗?现在我谁也不愿见。啊,我都快疯了。"

赫尔曼拿了一把椅子回到厨房。斯奇雷厄太太已经在厨房桌子旁坐下了。沃伊图斯停在塔玛拉的肩头上,拉着一只耳环。赫尔曼听到佩谢莱斯对塔玛拉说:"只来了几个星期?你一点都不像是新来的。在我刚来那会儿,一英里外你都能认出一个移民。你看起来像个美国人,完全像个美国人。"

5

"雅德维珈身体不好,我想她不会出来了,"赫尔曼说,"很抱歉,这儿不太舒适。"

"舒适!"斯奇雷厄太太打断他说,"希特勒教会我们怎么在不舒服的情况下过日子。"

"你也是从那儿来的?"赫尔曼问。

"是啊,从那儿来的。"

"从集中营来的?"

"从俄国。"

"你在俄国什么地方?"塔玛拉问。

"在亚姆布尔。"

"在劳改营里?"

"是的。我住在纳布罗兹纳亚街。"

"老天爷,我也住在纳布罗兹纳亚街,"塔玛拉叫起来,"跟齐科夫去的一个拉比老婆和她儿子住在一起。"

"嗯,世界真小,世界真小。"佩谢莱斯先生拍着双手说。他十指尖尖,指甲刚修剪过。"俄国是个幅员辽阔的国家,但是两个难民刚见面,他们就发现是亲戚或是在同一个劳改营中待过。你们知道怎么办吗?我们都到楼下你家去吧,"他指着斯奇雷厄太太说,"我叫人去买些面包圈、熏鲑鱼,也许还得买一些干邑白兰地。你们俩都是从亚姆布尔来的,你们会有许多话要谈的。走,下去,呃——呃——布罗德先生。我能记住人,可记不住人名。有一次我忘了我老婆的名字……"

"这所有的男人都会忘记。"斯奇雷厄太太眨眨眼睛说。

"遗憾的是我不能去。"赫尔曼说。

"为什么不去?带着你妻子一起下去。现在,一个异教徒皈依犹太教可不是件小事。我听说她把你藏在一个草料棚里,藏了好几年。你推销什么书?我对旧书很感兴趣。有一回我买到一本有林肯亲笔签名的书。我喜欢到拍卖行去。我听说你还写点东西。你写些什么?"

赫尔曼正要回答,电话铃响了。塔玛拉抬起头来看,沃伊图斯又满屋子乱飞起来。电话装在厨房附近一间通往卧室的小休息室里。赫尔曼对玛莎生起气来。她干吗来电话?她明知道他就要去的。也许他不该去接电话的吧?他拿起听筒说:"喂。"

他突然想到,可能是里昂·托特希纳来的电话。自从他们在自助餐厅里见面以来,赫尔曼一直认为他会来电话。赫尔曼听到一个男人的声音,但不是里昂·托特希纳。这是一个深沉的男低音,用英语问道:"是赫尔曼·布罗德先生吗?"

"是的。"

"我是兰珀特拉比。"屋里寂静无声。厨房里,他们停止了说话。

"噢,拉比。"

"你原来是有电话的,不过不是在布朗克斯而是在布鲁克林。第二广场是在科尼岛那一带。"

"我的朋友搬走了。"赫尔曼咕哝着,明知这个谎话会引起新的麻烦。

拉比清了清嗓子。"他搬走了,电话就装起来了?啊,是啊,我就是个大傻瓜,可不像你想的那么傻,"拉比提高了嗓门,"你这些隐瞒完全没必要。一切事情,所有的一切我都知道。你结了婚,可你却不告诉我,不让我来祝贺你。谁知道呢?我可能会送你一份精彩的结婚礼物。不过,你如果想这么做,这是你的权利。我给你打电话,是因为你在关于卡巴拉神秘主义哲学的那篇文章里犯了好几个严重的错误,这对咱俩没任何好处。"

"什么错误?"

"我现在不能告诉你。莫斯考威茨拉比打电话给我,是关于桑德尔芬或梅塔特隆天使的。文章已经付型。他们正要开印，发现了错误。他们只好把这几面抽出来，重新安排整本杂志。这是你给我干的好事。"

"我感到很抱歉。既然这样我还是辞职吧，干的工作你也不必付报酬了。"

"这对我有什么好处？我是信赖你的，你干吗不检查一下？我雇用你是为了做研究工作，这样我就不会在世人的眼睛里显得像个笨蛋。你知道，我很忙，而且……"

"我不知道我犯了哪些错误，不过既然有错，我不应再做这份工作了。"

"我现在到哪儿去另外找人？你什么事情都瞒着我，为什么？如果你爱一个女人，那又不犯罪。我把你当成朋友看待，对你推心置腹，可你却胡编出一个同乡，一个希特勒的受害者的故事。干吗我不能知道你有妻子？至少我还可以恭喜你吧。"

"那当然，非常感谢。"

"你干吗说得那么轻？是嗓子痛还是怎么了？"

"没有，没有。"

"我一直跟你讲，我不能跟一个不肯将地址和电话告诉我的人一起工作。我必须马上见你，告诉我你的地址吧。如果我们修改错处，他们就等到明天再开印。"

"我不住在这儿，我住在布朗克斯。"

赫尔曼几乎是没声儿地对着话筒讲话。

"还是布朗克斯？在布朗克斯哪儿？说实话，我捉摸不透你。"

"我会把一切都告诉你的。我只是暂时在这儿住住。"

"暂时？你怎么啦？难道你有两个老婆？"

"可能是吧。"

"那好吧，你什么时候在布朗克斯？"

"今天晚上。"

"把地址告诉我。把这件事彻底解决！结束这种乱糟糟的情况。"

赫尔曼很勉强地将玛莎的地址告诉了拉比。他用手捂住嘴巴，不让厨房里的人听见他的声音。

"你什么时候在那儿？"

赫尔曼告诉了他时间。

"这回是肯定的吧，还是又在骗人？"

"不是骗人，我会在那儿的。"

"那好，我会去的。你不必这么紧张，我不会偷你老婆的。"

赫尔曼回到厨房，看到雅德维珈。她已经走出起居室。她的脸和眼睛还是红红的，她两手握拳，放在臀部，注视着他站的地方。显然，她一直在听他打电话。赫尔曼听到斯奇雷厄太太在问塔玛拉："他们是怎么把你送到俄国去的，随特勤部队去的吗？"

"不是，我们是偷越国境去的。"塔玛拉回答。

"我们坐的是装牛的火车，"斯奇雷厄太太说，"坐了三个星期，就像桶里的鲱鱼似的挤在车里。如果要大小便——请你原谅——只得从一个小窗口里排泄。想象一下，男男女女都挤在一起。我怎么也弄不明白，我们是怎么活下来的。有些人没能活下来。他们站着就死了。尸体就给扔出了车外。我们来到一个冰天雪地的森林里，我们先得砍树，再用来建造工房。我们在冰冻的地上挖沟，我们就睡在这些沟里……"

"这些情况我知道得太清楚了。"塔玛拉说。

"你在这儿有亲戚吗？"佩谢莱斯先生问塔玛拉。

"有一个叔叔和婶婶。他们住在东百老汇。"

"东百老汇？他是你什么人？"佩谢莱斯先生指着赫尔曼问。

"哦，我们是朋友。"

"嗯，到下面斯奇雷厄太太家去，我们都会成为朋友的。尽是听你们谈挨饿，我感到饿了。我们一边吃喝，一边聊天吧。走吧，呃——呃——布罗德先生。今儿这么冷，谈谈心里话真是太好了。"

"我想我现在得走了。"赫尔曼说。

"我也得走了。"塔玛拉说。

雅德维珈好像突然醒了过来。

"塔玛拉太太，你上哪儿去？请留下吧，我去做晚饭。"

"不了,雅德维珈,我改日再来。"

"嗯,看起来你们不打算接受我的邀请了,"佩谢莱斯先生说,"走吧,斯奇雷厄太太,这回咱们没请成。如果你有什么旧书,我们可以另找个时间做笔小小的生意。我说过,我也算是个藏书家。不同的是……"

"咱们以后再谈,"斯奇雷厄太太对雅德维珈说,"也许佩谢莱斯先生以后会常来做客的。他为我干过的事,只有上帝知道。别人满足于抱怨犹太人的命运,可是他送来护照。我跟他完全不认识,给他写了一封信——就因为他父亲曾跟我父亲合伙过,他俩都经营农产品——四个星期后,我收到了一份宣誓书。我们到领事馆去,他们已经知道佩谢莱斯先生。他们都知道。"

"好了,别说了。别夸我,别夸我。宣誓书算什么?一片纸而已。"

"有了这样的纸,他们可以拯救成千上万的人。"

佩谢莱斯站起身。"你叫什么名字?"他问塔玛拉。她疑惑地看看他,又看看赫尔曼和雅德维珈。

"塔玛拉。"

"是小姐还是太太?"

"你爱叫什么就叫什么。"

"塔玛拉什么?你总有个姓吧。"

"塔玛拉·布罗德。"

"也姓布罗德？你们是兄妹吗？"

"堂兄妹。"赫尔曼代塔玛拉回答。

"嗯，世界真小。非常时代。有一次，我在报上看到一个故事，讲一个难民正和新婚的妻子一起吃晚饭，突然门打开了，他原来的妻子走了进来，他以为她已死在犹太人居住区。这种乱七八糟的情况是希特勒和他的余党造成的。"

斯奇雷厄太太的脸上突然绽放出了笑容。她那蜡黄的眼睛里闪耀着讨好的笑意。脸上的皱纹变得更深了，就像是刺在原始部落的人脸上的花纹。

"这个故事有什么意思，佩谢莱斯先生？"

"嗯，实际上没什么意思。在生活中什么事都可能发生。尤其是在目前，一切都混乱不堪的时候。"

佩谢莱斯先生垂下右眼睑，像要吹口哨似的噘起嘴。他把手伸进胸袋，拿出两张名片给塔玛拉。

"不管你是谁，让我们做个朋友吧！"

6

两位客人刚走，雅德维珈又失声痛哭起来。她的脸一下子又扭歪了。"你现在上哪儿去？你干吗要离开我？塔玛拉太太！他不是在推销书，他在说谎。他有个情妇，他到她那儿去。别人都知道。邻居们都笑话我。而我救过他的命呢！我从自己嘴里省下最后一口食物，给他在草料棚里吃。我把他的粪便端出去。"

"请求你，雅德维珈，别说了。"赫尔曼说。

"赫尔曼，我得走了。我只想告诉你一件事，雅德齐亚，他不知道我还活着。我是前不久才从俄国到这儿来的。"

"她，他的情妇，每天都来电话，他以为我不明白，其实我明白。他跟她一起过几天，回来时精疲力竭，身无分文。房东老太太每天来问我讨房租，威胁说要在这么冷的冬天把我们赶出去。如果我没有怀孕，我可以去工厂做工。在这儿，你还得预约一家医院和一个医生，在这儿没有人在家里生孩子。我不让你走，塔玛拉太太。"雅德维珈跑到门口，张开双臂挡在那儿。

"雅德齐亚，我得走了。"塔玛拉说。

"如果他想再跟你在一起，我可以把孩子送人。这儿人们可以把孩子送掉，他们还付钱……"

"别说傻话，雅德齐亚。我不会再跟他在一起的，你也不必把孩子送掉。我会给你请医生，联系一家医院的。"

"啊，塔玛拉太太！"

"雅德齐亚，让我出去。"赫尔曼说。他已穿上了大衣。

"你不能走。"

"雅德齐亚，有一个拉比正在等我。我是给他工作的。如果我现在不去见他，我们就无法糊口了。"

"你在说谎！不是拉比，而是一个妓女在等你。"

"嗯，我知道这儿的情况了，"塔玛拉半对她自己，半对雅德维珈和赫尔曼说，"现在我真的得走了。如果我改变主意，决定去医院的话，我总得洗洗东西，做些准备。让我走，雅德齐亚。"

"你最后还是决定去了？准备去哪家医院？医院的名字是什么？"赫尔曼问。

"到哪家医院去有什么关系？假如我活着，我会出院的；假如死了，他们总会安葬我的。你不必来看我。如果他们发现你是我丈夫，他们会要你付钱的。我告诉他们说我没有亲属，一定要维持这种情况。"

塔玛拉走到雅德维珈跟前，吻了吻她。雅德维珈的脑袋在塔玛拉肩上贴了一会儿。她号啕大哭，吻了塔玛拉的额头、双颊和双手。她几乎要跪下来，嘴里咕咕哝哝地说着乡下土话，可是听不出她到底在说些什么。

塔玛拉一走，雅德维珈马上又用身体挡住门。"你今天不能走！"

"咱们过一会儿瞧。"

赫尔曼等待着，直到他听不见塔玛拉的脚步声。然后他抓住雅德维珈的手腕，默不作声地跟她扭打在一起。赫尔曼推了她一把，她砰的一声跌倒在地上。他打开门奔了出去。他一步跨两级台阶，匆匆忙忙地奔下高低不平的楼梯，他听到一声既像是哭又像是呻吟的声音。他想起自己曾经学过的一种说法：你违反十诫中的一诫，就等于违反了十诫。"我最终成了一个凶手。"他对自己说。

他没有注意暮色已经降临。楼梯上早已黑了。门都敞开着，但他没有转回身。他走到外面。塔玛拉站在一个个被风吹起来的雪堆中间等他。

"你怎么不穿套鞋？你可不能就这么去！"她叫起来了。

"我得去。"

"你想自杀？回去拿套鞋，要不你想得肺炎。"

"我随便得什么病都跟你无关。滚开——你们都给我滚！"

"嗯，还是原来的赫尔曼。等着，我到楼上去给你拿套鞋。"

"不，你别去！"

"这样世界上就会少一个呆子了。"

塔玛拉穿过一个个被风吹起来的雪堆，择路向前走着。这些雪堆看起来亮晶晶的，闪着蓝光。街灯已经亮了，不过现在还是黄昏时分。天上覆盖着泛黄的铁锈红云彩，风很猛，天色阴沉。寒风从海湾吹过来。突然，楼上有一扇窗户打开了，掉下一只套鞋，接着又掉下一只。雅德维珈把赫尔曼的套鞋扔了下来。他抬头看看窗户，可是她马上把窗户关紧，还拉上了窗帘。塔玛拉朝他走来，哈哈大笑。她冲他眨了眨眼，晃了晃拳头。他穿上套鞋，但他的皮鞋里已塞满了雪。塔玛拉一直等到他赶上自己。

"最坏的狗得到最好的骨头，为什么呢？"

她挽着他的胳膊，他俩像一对上了年纪的夫妻似的一起在雪地里小心而缓慢地走着。大块的冰雪从屋顶上往下掉。美人鱼大道上堆着高高的雪堆。一只死鸽子躺在雪地里，它的红脚直挺挺地伸着。"嗯，神圣的动物啊，你已经度过了自己的一生，"赫尔曼思忖，"你是幸运的，"他心里感到悲哀，"如果这就是它的结果，你干吗要创造它？上帝啊，你这虐待狂，你还要沉默多久？"

赫尔曼和塔玛拉朝车站走去，他俩在那儿上了火车。塔玛拉只要乘到第十四街，赫尔曼要到时报广场。车厢内，除了角落里一个小长凳还空着，其余的座位上都有人，赫尔曼和塔玛拉朝着长凳挤过去。

"你决定去动手术了？"赫尔曼说。

"我会失去什么呢？只是痛苦的生活。"

赫尔曼垂下脑袋。列车行驶到联合广场的时候，塔玛拉向他告别。他站起身，他们互相吻别。

"有时想着我点儿。"她说。

"原谅我。"

塔玛拉急匆匆地下了火车。赫尔曼又在灯光昏暗的角落里坐了下去。他似乎听到了父亲的说话声："嘿，我问你，你都干了些什么啊？你把自己和其他人都弄得很痛苦。我们在天堂也为你感到羞愧。"

赫尔曼在时报广场下了车，穿过马路去坐纽约市内地铁区间快车。他从车站走到希弗拉·普厄住的那条街。拉比的凯迪拉克牌汽车果真已经停在满是积雪的街上了。屋里所有的灯都亮着，汽车似乎在黑暗中闪闪发光。赫尔曼脸色苍白，浑身冻僵，鼻子通红，衣着寒碜，他这样走进这套灯光通明的屋子，感到羞愧。在黑洞洞的入口处，他抖掉身上的雪，搓红双颊。他把领带系整齐，用手绢擦去额头上的雪水。赫尔曼想到，拉比可能根本没有在文章里找到什么错误。他的电话可能只是他想干预赫尔曼私事的借口。

赫尔曼一进门，首先注意到的是插在梳妆台上花瓶里的一大束玫瑰花。铺着台布的桌上放着小甜饼和橘子，中间是一大瓶香槟。拉比和玛莎正在碰杯，他们显然没有听见赫尔曼进屋。玛莎已经有些醉意。她高声说话，哈哈大笑。她穿了一件宴会服。拉比的声音响得像打雷。希弗拉·普厄在厨房里炸薄煎饼。赫尔曼听到油吱吱作响，闻到烤土豆的焦香。拉比穿一套浅色衣服，在这套低矮而拥挤的房子里，他似乎显得出奇的高大、魁梧。

拉比站起身，一大步跨到赫尔曼面前，一边拍手，一边大声地说："恭喜，新郎！"

玛莎放下酒杯。"他终于来了！"她指着赫尔曼，笑得摇摇晃晃。然后她也站起身来,走到赫尔曼跟前。"别站在门口。这是你的家。我是你的妻子。这儿的一切都是你的!"

她投入他的怀抱,吻着他。

第八章

1

雪一直下到第二天。希弗拉·普厄住的公寓里没有暖气。住在地下室的看门人躺在他自己的屋里,醉得不省人事。锅炉坏了,没有人去修。

希弗拉·普厄穿着沉重的长筒皮靴,蜷缩在一件从德国带来的破旧的皮大衣里,头上包着羊毛围巾。她在屋子里徘徊着,又是冷又是恼火,脸色暗黄。她戴上眼镜,边踱来踱去边读祈祷书。她时而祈祷,时而咒骂那些骗人的房东,他们让可怜的房客在冬天挨冻。她的嘴唇都冻得发紫了。她大声地读完一节诗,接着说道:"好像我们到这儿来之前还没吃够苦似的。现在我们可以把美国也算在内了。这儿可不比集中营好多少。就差没有纳粹走进来揍我们了。"

玛莎这天没去上班,因为她要准备去兰珀特拉比家赴晚宴,她斥责着母亲:"妈妈,你应该感到羞愧!在施图特霍夫那会儿,如果你有现在的一切,你会高兴得发疯。"

"一个人有多少力量?在那儿至少还有个希望支撑着我们。我浑身都冻僵了。也许你能买个火罐吧。我的血都要凝住了。"

"在美国你上哪儿去买火罐?我们以后从这儿搬出去。等春天一到咱们就搬。"

"我可活不到春天。"

"老巫婆,你会活得比我们都长!"玛莎不耐烦地尖叫着。

拉比这次请赫尔曼和玛莎去赴宴,害得玛莎发了狂。起先她拒绝参加,争辩说,这次邀请可能是里昂·托特希纳在背后出的主意,他心里在耍什么花招。玛莎怀疑,拉比的来访和她给香槟灌醉,是里昂·托特希纳想把她和赫尔曼拆散的阴谋的一部分。玛莎一直看不起拉比,称他是无脊椎动物、吹牛的人、伪君子。在她和里昂离婚后,她把他说成是疯子、骗子和奸细。

玛莎自从那次假孕以后,晚上一直无法入睡,即使吃药也无济于事。她好不容易睡着了,噩梦又会惊醒她。她父亲穿着尸衣出现在她面前,在她耳边大声背着《圣经》上的章节。她看到长着弯角和尖鼻的怪兽。它们长着肚袋、乳头,全身是伤。它们咆哮着，怒吼着，口水流到她身上。她每两个星期就要痛苦地来一次月经，流出许多血块。希弗拉·普厄劝她去看医生，但玛莎说她不相信医生，还咒骂那些医生毒害病人。

后来玛莎又突然变了主意，决定去参加宴会。她干吗要害怕里昂·托特希纳呢？她已经跟他按照犹太教的规定和法律手续离了婚。假如他跟她打招呼，她可以转过身去不理他；假如他耍什么花招，她完全可以把唾沫啐到他脸上。

赫尔曼又一次看见玛莎从一个极端走向另一个极端。她越来越起劲地着手准备去赴宴。她猛地打开壁橱门，拉开梳妆台的抽屉，拽出一件件连衣裙、短衫和皮鞋，这些东西大多是她从德国带来的。她决定把一件衣服改一下。她缝着，拆着绷线，一支接一支地抽烟，拉出一大堆长筒袜和内衣。这当儿，她的嘴讲个不停，讲男人们怎么追求她——在战前、战时、战后，在集中营和同乡会的办公室里，还坚持说希弗拉·普厄可以作证。有一会儿她还放下手中的缝纫活，找出以前的信和照片作为证据。

赫尔曼明白，她渴望的是在晚宴上获得成功，凭她雅致的风度和漂亮的容貌压倒其他女人。他从一开始就知道，尽管她开始时不愿去，但她最终会决定去的。任何事情到了玛莎身上就一定会变成戏剧。

暖气出人意料地咝咝响了起来——锅炉已经修好了。屋里水汽弥漫，希弗拉·普厄抱怨说，那个醉醺醺的看门人一定是想让大楼着火。他们会不得不逃到外面的冰天雪地之中去。空气中闻着有一股烟味儿和煤味儿。玛莎在浴缸里放满热水。她同时做着许多事：准备洗澡，用希伯来语、意第绪语、波兰语、俄语和德语唱歌。她以惊人的速度将一件旧衣服改成了一件新的，找出一双和衣服相配的高跟鞋和一条披肩，这条披肩是她在德国时别人送给她的礼物。

傍晚时分，雪停了，但是寒气逼人。东布朗克斯的街道可能成了莫斯科或古比雪夫[1]冬天的街道。

希弗拉·普厄不赞成举行晚宴这种想法，嘟嘟囔囔地说，大屠杀以后，犹太人没有权利再设宴享乐，但是她检查玛莎的打扮，提出改进的意见。玛莎一心只想着晚宴都忘记吃饭了，她母亲为她和赫尔曼准备了牛奶、米饭。拉比的妻子已经给玛莎来过电话，告诉她到他们住的穿过七十到七十九街的西区大道怎么走。希弗拉·普厄一定要玛莎穿一件毛衣或一条保暖的内裤，但玛莎根本不听。每隔几分钟，她用嘴凑着酒瓶喝一口干邑白兰地。

赫尔曼和玛莎出门的时候，夜幕早已降临。一阵寒风向赫尔曼的肩膀袭来，刮走了他头上的帽子；他在半空中接住了它。玛莎赴宴的衣服飘动着鼓起来，像个气球。她正要挪步，一只靴子

---

[1] 古比雪夫（Koybishev），俄罗斯伏尔加河中游一城市，即俄罗斯萨马拉州首府萨马拉（Samara）。

陷入很深的雪中，她穿着袜子的脚湿了。她精心梳理的头发——帽子只遮住一部分——盖满雪花而变白了，好像一下子她就老了。她用一只手按住帽子，另一只手压住衣服的边。她朝赫尔曼喊着什么，但是风把她的声音吹走了。

到高架铁路那段路，平时只需走几分钟，现在却成了一件主要的事情。当他们终于走到车站时，一列火车刚好开走。坐在一间小屋里烤火的售票员告诉他们说，铁轨上盖满了积雪，火车都陷住了，没有消息说下一趟车什么时候到。玛莎冻得直打哆嗦，她蹦着，跳着，暖和一下她的脚。她的脸像病人一样惨白。

十五分钟过去了，火车还没来。站上等车的人已经来了一大群：男人们穿着套鞋和高筒套鞋，拿着饭盒；妇女们穿着厚外套，包着头巾。每一张脸似乎都按各自的方式表达了呆滞、贪婪和忧虑。低低的额头、惊慌的眼神、鼻孔很大的大蒜鼻、方下巴、丰满的乳房和宽大的臀部，驳斥了一切乌托邦的幻想。进化论的大汽锅仍在沸腾。在这儿，一声尖叫就可以引起一场暴乱。只要适当地煽动一下，这群人就可以成为发动大屠杀的暴徒。

一声汽笛响起来，火车冲进站台。车厢有一半是空的。车窗因为结冰都变成了白色。车厢内很冷，地上尽是雪水、脏兮兮的报纸和口香糖。"还有什么能比这列火车更叫人恶心的？"赫尔曼想着，"这儿的一切都阴沉得好像是有意造成的。"一个醉鬼开始演讲，唠唠叨叨地谈着希特勒和犹太人。玛莎从手提包里取出一面小镜子，她使劲地望着水汽蒙蒙的镜面中她自己的面容。她弄湿指尖试图把头发捋捋平，而等他们下了车，头发还会被风吹乱的。

火车在地面上行驶的那会儿，赫尔曼一直透过一小块他擦去水汽的车窗玻璃向外眺望。报纸在风中飘扬。一个杂货店老板在他店旁的人行道上撒盐。一辆汽车正设法爬出一个坑，但是车轮毫无用处地在原地空转。赫尔曼突然想起他要做一个好犹太人，按照《布就筵席》和《革马拉》的规矩做人。这样的决心他已经不知下过有多少回了！他有多少回想冲着世俗的欲念啐唾沫，可每次都禁不起诱惑而放弃。然而，他眼下是在赶去参加一个宴会。他的半数同胞受尽折磨，遭到杀害；而另外的半数正在举行宴会。他对玛莎充满了怜悯。她看起来消瘦、苍白，面有病色。

玛莎和赫尔曼下火车来到街上时，已经很晚了。一阵狂风从结成冰的哈德逊河上吹来。玛莎紧紧地挽住赫尔曼。他不得不用尽全力倾身顶住狂风，以免被吹得倒退。他的眼睑上全是雪花。玛莎喘着粗气，大声朝他喊着什么。他的帽子想挣开他的脑袋。他的衣服后摆和裤子给风吹得直拍他的大腿。他们居然能认出拉比家的门牌号码，也真是奇迹。他和玛莎上气不接下气地跑进门厅。门厅里既静谧又暖和。墙上挂着装有金框的画，地板上铺着地毯，枝形吊灯射出柔和的灯光，沙发和安乐椅在等待客人。

玛莎走到一面镜子前想弥补一下她的衣服和打扮受到的损害。"这回我如果能不送命，我就再也不会死了。"她说。

2

她把最后一个发卷儿卷好,然后朝电梯走去。赫尔曼整了整领带。他觉得脖子周围的衣领松了些。一面穿衣镜照出了他身材和衣着上的缺点。他伛偻着背,看起来形容憔悴。他瘦了许多,因此大衣和那套衣服似乎都显得太大了。开电梯的男子踌躇了一下,才打开电梯门。当他在拉比住的那一层停下时,他怀疑地看着赫尔曼按门铃。

没有人应门。赫尔曼能够听见屋内的喧闹声、交谈声和拉比的大嗓门。过了片刻,一个围着白围裙、戴着白帽的黑人女仆开了门。拉比的妻子站在她身后。她是个雕像一样的高个子女人,比她丈夫还高。她有一头鬈曲的金发,翘鼻子,穿一件金色的衣服。她戴着不少珠宝。这个女人身上的一切都显得骨棱棱的、尖尖的、长长的,都像是非犹太人的。她往下看着赫尔曼和玛莎,她的眼睛闪闪发光。

突然拉比来了。

"他们来了!"他大声叫道。他伸出双手,一手伸向赫尔曼,一手伸向玛莎,同时吻了吻玛莎。

"她真是个美人!"他喊叫起来,"他可逮着了美国最漂亮的女人。艾琳,快来看!"

"把你的大衣给我。天很冷,是吗?我担心你们可能来不了。

我丈夫告诉过我许多你的事情。我真是有幸……"

拉比用他的胳膊挽着玛莎和赫尔曼,把他们带进起居室。他从人群中挤过去,一路走一路介绍他俩。透过烟雾,赫尔曼看见胡子刮得很干净的男人,他们浓密的头发上戴着很小的便帽;还看到有的男人没戴便帽,留着山羊胡子或络腮胡子。妇女头发的颜色跟她们的衣服颜色一样丰富多彩。他听到英语、希伯来语、德语,甚至还听到法语。屋里有一股香水、酒精和碎肝的味道。

一个管供应酒菜的男仆走到新来的客人面前,问他们要喝些什么。拉比撇下赫尔曼,把玛莎带到酒吧那儿。他把手放在玛莎的腰上带着她走,好像他俩在跳舞。赫尔曼希望他能在什么地方坐下,但他找不到空位子。一个女仆递给他一个什锦拼盘,有鱼、冷肉、鸡蛋和薄脆。他试着用牙签戳起半只鸡蛋,可鸡蛋滑掉了。人们高声喧哗,他的耳朵都要被吵聋了。有一个女人在尖声大笑。

赫尔曼从未参加过美国人的晚宴。他原以为客人都会被邀请入座,晚餐会端上来。可是这儿既没有哪一间屋子能坐,也没人端来饭菜。有人用英语跟他说话,但是一片闹声,他听不清那人说的是什么。玛莎到底在什么地方?她仿佛被人群淹没了。他站在一幅画前仔细端详着,并没有什么特别的理由。

他走进一间放着几张扶手椅和长沙发的房间,靠四面墙壁全放着一排排书,从地上直排到天花板。有一群男女围坐在那儿,手中都拿着一杯酒。角落里有一张空椅子，赫尔曼一屁股坐了下去。那一群人正在议论一位教授，他接受了一笔五千美元的资助写一本书。他们在讥讽他和他的作品。赫尔曼听到在谈大学，基金会，奖学金，资助，关于犹太文化、社会主义、历史和心理学的出版物，等等。"这都是些什么人？他们的消息怎么这么灵通？"赫尔曼暗暗思忖。他对自己的寒酸相感到忸怩，担心他们可能要拉他一块闲聊。"我不是属于这儿的。我还是应该继续做一个《塔木德》的研究者。"他把椅子挪到离这群人远一些的地方。

为了找点事做做，他从书橱里拿出一本柏拉图的《对话集》。他随手翻到《斐多篇》，读着这些话："那些真诚关心哲学的人，事实上只是在研究怎么去死，怎么做死人，这听起来似乎是不可能的。"他翻回去几页，翻到《申辩篇》，他的眼光落在这几行上："因为我认为，一个较好的人竟然受到一个较差的人伤害，这是违反天理的。"真是如此吗？纳粹杀害了几百万犹太人，这是违反天理的吗？

一个仆人来到门口，通知了些什么，赫尔曼没听清楚。所有的人都站起身离开了房间，只留下赫尔曼一个人。他在想象纳粹就在纽约市内，可是有人——也许就是这个拉比——用木板把他封在这个图书馆里。他的食物从墙上的一个口子里送进来。

有一个面熟的人出现在门口。他个子很小，身穿晚礼服；他那带笑的眼睛表示出认识和嘲笑的神色。"我看到的是谁啊？"他用意第绪语说，"啊，真像他们说的，这世界真小。"

赫尔曼站了起来。

"你不认识我了？"

"我给弄糊涂了，所以……"

"佩谢莱斯！诺森·佩谢莱斯！几星期前我到你的公寓去过……"

"噢，对的。"

"你干吗一个人坐在这儿？你是上这儿来读书的？我不知道你认识兰珀特拉比。不过，谁不认识他呢？你干吗不去吃点什么？他们在另一间屋子里上菜，自助式的。你自己到餐桌上去拿。你妻子在哪儿？"

"她在这儿的什么地方吧。我找不到她了。"

赫尔曼刚说出这些话，马上意识到佩谢莱斯说的不是玛莎而是雅德维珈。赫尔曼一直担惊受怕的灾难降临了。佩谢莱斯挽起他的胳膊。

"走，我们一起去找她。我妻子今晚没来。她患流感。有些女人在一定要到哪儿去的时候偏偏生病了。"

佩谢莱斯带着赫尔曼走进起居室。人群站在那儿，他们手里拿着盘子，一面吃一面聊天。有的人坐在窗台上，有的坐在暖气片上，凡能坐人的地方都坐上了人。佩谢莱斯拉着赫尔曼朝餐厅走去。一大群人挤在一张上面放着各种食物的长餐桌周围,赫尔曼看到了玛莎。她跟一个矮个子男人在一起,那人挽着她的胳膊。他显然对她说了什么非常有趣的事,因为玛莎拍着双手,哈哈大笑。她一看到赫尔曼,马上抽出胳膊跑到他身边。她的同伴也跟了过来。玛莎脸色通红,双眼闪烁着兴奋的光彩。

"我丢了好久的丈夫来啦。"她大声说道。她一下子伸出双臂搂住了赫尔曼的脖子,吻他,好像他刚出门回来似的。她的呼吸中有一股冲鼻的酒精味儿。

"这是我丈夫。这位是雅夏·科蒂克。"玛莎指着刚才跟她说话的那个男子说。他穿着一件欧洲式的晚礼服,翻领已经破旧了,裤子的两侧都装饰着一条很宽的缎带。他梳着分头,乌黑的头发上抹了好些润发油,又光又亮,他长着一个鹰钩鼻,下巴中间凹下去。他的年轻的体形和他尽是皱纹的前额和嘴形成古怪的对比,他一笑就露出满口假牙。在他的凝视、微笑和举止中流露出某种嘲弄和精明的神情。他站在那儿,胳膊弯着,好像等待着再次陪伴玛莎离开。他皱起嘴唇,使脸上的皱纹更深了。

"原来这就是你丈夫?"他问道,滑稽地扬起一条眉毛。

"赫尔曼,雅夏·科蒂克就是我跟你说过的那个演员。我们一起在集中营待过。我不知道他在纽约。"

"有人告诉我她到巴勒斯坦去了,"雅夏·科蒂克对赫尔曼说,"我以为她是在哭墙[1]或是拉结[2]墓附近的什么地方。我四下一瞧——她站在兰珀特拉比的起居室里喝威士忌。哈,这是你的美国,发疯的哥伦布!"

他用大拇指和食指比画着手枪的样子,做了个射击的姿势。他身上各个部位像演杂耍那么灵敏地活动着。他的脸也不断地活动着,同时做怪相和模仿别人。他抬起一只眼睛,假装惊奇;而另一只眼睛却低垂着好像在哭。他张大鼻孔。赫尔曼听玛莎说过许多他的情况。据说他一面给自己掘坟墓一面讲笑话,把纳粹都给逗乐了,于是他们就放了他。在和布尔什维克相处时,他的插科打诨同样给他带来了好处。由于他在生死关头还能谈吐幽默和动作滑稽,使他度过了无数次险境。玛莎曾对赫尔曼炫耀过,说雅夏爱她,但是她拒绝了他。

"那就是说,你是丈夫她是妻子?"雅夏对赫尔曼说,"你是怎么把她搞到手的?我走遍了半个世界,一直在寻找她,你就这么跟她结了婚。谁给你的权利?这是,请你原谅,十足的帝国主义……"

"你仍然是个小丑,"玛莎说,"我好像听说过你在阿根廷。"

---

1 哭墙(Wailing Wall),耶路撒冷城中一所犹太教庙宇的残壁,相传该墙由所罗门圣殿之石块所砌,后在公元70年为罗马人灭犹太国时所毁。犹太人于星期五在此墙前相聚,做祈祷及哀悼。
2 拉结(Rachel),雅各的爱妻。拉结墓位于伯利恒附近。

"我在阿根廷待过。我哪儿没去过？得感谢飞机啊。你坐下来，匆匆喝上一杯荷兰杜松子酒，还没打鼾和梦见克娄巴特拉[1]，就已经来到南美了。这儿过五旬节[2]，人们在科尼岛游泳；那儿过五旬节，你在一套没有暖气的公寓里冻得发抖。外面都结冰了，五旬节奶酪食，还怎么尝得出它的味儿有多美？在修殿节你热得都要融化了，人人都去马德普拉塔[3]纳凉。但是只要一进入赌场，输掉几个比索，就又热起来了。你跟他结婚看中了他什么？"雅夏·科蒂克对玛莎说，他夸张地耸起双肩，表示强调他的问题，"比如说，他具有哪些我没有的东西？我想知道。"

"他是个严肃的人，而你是个讨厌的家伙。"玛莎回答。

"你知道你在这儿有什么？"雅夏·科蒂克指着玛莎对赫尔曼说，"她不光是个女人。她还是个煽动者，究竟是来自天堂还是地狱我还拿不准。当时她的智慧一直鼓舞我们大伙儿。莫谢·费费尔怎么样了？"雅夏转向玛莎问道，"我想你是跟他一起离开的……"

"和他？你胡说些什么呀！你是喝醉了，还是想在我和丈夫之间制造纠纷？我一点都不知道莫谢·费费尔的事情，再说我也

---

1 克娄巴特拉（Cleopatra，前69—前30），古埃及最后一位女王，以其艳丽博得恺撒及安东尼的欢心，得拯救其国。她死后，埃及即变为罗马之一省。
2 五旬节（Shevuot），逾越节的第二天后的第五十天，故名五旬节，犹太人的庄严节日，在公历五六月间。
3 马德普拉塔（Mar-del-Plata），阿根廷东部城市，著名的海滨度假胜地。

不想知道。你这样说,别人可能会以为他是我的情人。他有妻子,这是人人知道的。如果他俩还活着,他俩肯定生活在一起。"

"嗯,我什么也没有说。你完全不必嫉妒,先生,你叫什么?布罗德?就叫布罗德吧。战争期间,我们都不是人。纳粹拿我们做肥皂,做犹太肥皂。同时,我们也是革命的肥料。你能指望从肥料中得到什么?如果轮到我做主,我会把那些日子从日历中划去。"

"他醉得像罗得[1]一样。"玛莎喃喃说道。

3

这几个人说话的当儿,佩谢莱斯一直站在他们后面一步远的地方。他惊愕地扬起眉毛,耐心地等着那个知道他手中有一张王牌的牌友[2]。一丝微笑凝结在他那张没有嘴唇的嘴上。惊慌之中,赫尔曼已经把他给忘了,这会儿赫尔曼转向他。"玛莎,这位是佩谢莱斯先生。"

"佩谢莱斯?我好像碰到过一个佩谢莱斯。在俄国还是波兰,

---

[1] 罗得(Lot),罗得和两个女儿逃出所多玛后,住在一个山洞里,他的两个女儿为了要从罗得那里存留后裔,连续两夜让他喝酒,然后两个女儿分别进去与他同寝。罗得喝了酒后,女儿几时躺下,几时起来,他全然不知。见《圣经·创世记》第十九章。

[2] 指赫尔曼。

我现在记不清在哪儿了。"玛莎说。

"我老家人口不多。可能有个祖母叫佩谢或佩谢莱斯的。我在科尼岛见到过赫尔曼,在布鲁克林……我不知道……"

佩谢莱斯随口说出最后几个字,咯咯地笑起来。玛莎带着怀疑的神情看着赫尔曼。雅夏·科蒂克调皮地用小拇指指甲搔了搔头皮。

"科尼岛?我在那儿表演过,或者说试了一下——那地方叫什么来着?噢,对了,叫布莱顿。整个剧场里全是老太婆。在美国他们上哪儿弄到了这么许多老太婆?她们不但耳朵聋,就连意第绪语她们都忘了。如果观众听不见你说的话,如果听到了,又听不懂你的话,你怎么可能当个喜剧演员呢?那个经理,或随他自己怎么称呼吧,唠唠叨叨地说演出有多成功。在一个养老院里获得成功是了不起的!你知道,我从事意第绪语戏剧事业已有四十年。我十一岁就开始演戏。他们不让我在华沙演,我就到罗兹[1]、维尔纳[2]、伊希肖克去演。我还在犹太人居住区演出过。哪怕是一群挨饿的观众也比一群聋子观众强。我到纽约的时候,演员协会要求试听我念台词。他们要我表演克尼·莱姆尔,协会里的专家们一面看戏一面打牌。我没有成功——发音、语言不行。

---

[1] 罗兹(Lodz),波兰罗兹省首府。
[2] 维尔纳(Vilna),即维尔纽斯,今立陶宛共和国首都。

"总之，我碰到一个在地下室开一家罗马尼亚餐馆的人。他称它是'有歌舞表演的夜总会'。那些从前当货车司机的犹太人带着他们的非犹太姑娘光顾那里。男人们个个年过七十。他们都有妻子和孙子，孙子都已经当教授了。女人们穿着豪华的貂皮大衣，雅夏·科蒂克得逗她们发笑。我的专长是说一口蹩脚的英语，中间插入意第绪语单词。这是我逃过了毒气室，在哈萨克斯坦没有低头，没有为斯大林同志去死得到的结果。也算我倒霉，到美国我得了关节炎，心脏也不对头。你是干什么的，佩谢莱斯？你是做生意的吗？"

"这有什么关系呢？我没从你那儿拿走什么。"

"拿走！"

"佩谢莱斯先生是经营房地产的。"赫尔曼说。

"也许你能租间房子给我吧？"雅夏·科蒂克说，"我可以写一份保证书，我没有胡说。"

"咱们干吗站在这儿？"玛莎插嘴说，"咱们去吃点东西吧。雅夏尔，说真的，你还是一点没变。还是这么不合时宜。"

"你可变得美极了。"

"你们俩结婚有多久了？"佩谢莱斯问玛莎。

玛莎皱紧眉头。"久得都开始考虑离婚了。"

"你住在哪儿？也在科尼岛？"

"干吗老谈科尼岛？科尼岛有什么事？"玛莎怀疑地问道。

"嗯，到底来了！"赫尔曼对自己说。他觉得惊奇的是，他预料中的灾祸比实际情况要严重得多。他仍然站着。他没有失去知觉。雅夏·科蒂克闭上一只眼睛，动了动鼻子。佩谢莱斯向前走近一步。

"我还没讲完，太太——我怎么称呼你？我去过布罗德先生在科尼岛的家。在哪条街上？在美人鱼大道和海神大道之间？我以为那位皈依犹太教的女人是他的妻子。结果，他在这儿有一位娇小漂亮的妻子。我告诉你，这些新来的移民知道怎么生活。拿我们美国人来说，你结了婚，不管你喜欢还是不喜欢，你就得那么过下去，否则你得离婚，付赡养费，如果你不付，那你就去蹲监狱。那另一位娇小漂亮的女人是怎么回事？叫塔玛拉？塔玛拉·布罗德？我还把她的名字记在我的笔记本里呢。"

"这个塔玛拉是谁？你那死去的妻子叫塔玛拉，是她吗？"玛莎问道。

"我死去的妻子在美国。"赫尔曼回答。他说话的时候，双膝颤抖，他觉得胃很不舒服。他问自己，他会不会昏过去。

玛莎的脸沉了下来。"你妻子从死人堆里爬起来了吗？"

"好像是的。"

"你上次去东百老汇她叔叔家看望的就是她吗？"

"是的。"

"你对我说她又丑又老。"

"男人都是这么说他们的妻子的。"雅夏·科蒂克说着,哈哈大笑。他伸出舌头,转动着一只眼珠子。佩谢莱斯摸着自己的下巴。

"我现在都不知道到底是谁搞糊涂了,是我还是别人?"他转向赫尔曼,"我去看住在科尼岛的斯奇雷厄太太,她告诉我住在楼上的一个女人皈依了犹太教,还说你是她的丈夫。她说你是作家、拉比,反正随你是什么吧,还说你推销书。我对文学作品有偏爱,不管是意第绪语的、希伯来语的,还是土耳其语的。她说这说那,把你捧上了天;既然我有藏书,零零碎碎地收藏一些。我想我可能从你这儿买点什么。好了,塔玛拉是谁?"

"佩谢莱斯先生,我不明白你想要什么,也不明白你干吗要干预别人的事情,"赫尔曼说,"如果你认为有什么事不对头,干吗不叫警察?"

赫尔曼说话的当儿,眼前出现了火红的光圈。这些光圈在他的视线内缓缓地来回移动。他记得从童年起就一直有这现象。这些光圈好像潜伏在眼睛后面,一到危急关头就出来了。有一个光圈移到了一边,可是又飘了回来。赫尔曼拿不准,一个人昏过去以后还能不能站着。

"什么警察?你都说些什么啊?我可不是像他们说的,是上帝的哥萨克。我倒是认为,你可以有许许多多女人。你不是生活在我的圈子里。我原来想我也许可以帮助你。你,不过是个难民,而一个波兰异教徒变成犹太人,是不应该受到轻视的。他们告诉我,你到处跑来跑去推销百科全书。我见到你后没几天,我碰巧到医院去看望一个妇女,她因为妇女病动手术。她是我一个老朋友的女儿。我走进病房,看到你的塔玛拉,她俩同住一间病房。她从臀部取出一颗子弹。纽约是座非常大的城市,一个完整的世界,但是它又是一个小乡村。她告诉我她是你的妻子——也许她是在谵妄的情况下讲的。"

赫尔曼刚张嘴想回答,拉比插进来了。他因为喝了酒,脸上闪闪发亮。

"我一直到处在找你们,原来你们在这儿,"他叫道,"你们互相都认识?我朋友诺森·佩谢莱斯认识每一个人,人人也都认识他。玛莎,你是晚宴上最漂亮的美人!我从来不知道在欧洲还留下了这么美丽的女人。这儿还有雅夏·科蒂克!"

"我认识玛莎可比你早。"雅夏·科蒂克说。

"嗯,我朋友赫尔曼把她藏起来,不让我认识她。"

"他藏着的可不止一个人呢。"佩谢莱斯暗示说。

"你这么认为?你一定很了解他。他跟我在一起,他总表现得像一只无罪的羔羊。我在想他是个太监……"

"但愿我是这样一个太监。"佩谢莱斯打断他说。

"你可瞒不住佩谢莱斯先生,"拉比哈哈大笑,"他到处都有侦探。你知道些什么?让我也听听内情。"

"我不揭别人的秘密。"

"去吃点儿吧。到餐厅去。咱们跟大伙儿一块儿排队去。"

"对不起,拉比,我马上要回去了。"赫尔曼突然说。

"你要到哪儿去?"

"我马上要回去。"

赫尔曼很快地走开了,玛莎急忙跟在他后面。他们不得不从人群中挤出去。

"别跟着我。我马上要回去。"赫尔曼坚持道。

"这个佩谢莱斯是谁?塔玛拉又是谁?"玛莎拽住赫尔曼的袖子。

"我求求你,让我走!"

"给我一个干脆的答复!"

"我要吐了。"

他挣脱开玛莎的手,奔跑着去找一间浴室。他撞在别人身上,他们又把他推开。一个妇女朝他哇哇乱叫,因为他踩着了她的鸡眼。他走到外面的过道里,透过烟雾弥漫的空气,看到一排写着号码的房门,可是他不知道哪扇门通往浴室。他的脑袋旋转起来。他脚下的地板像一条船似的摇晃着。有一扇门开了,一个人从一间浴室里走了出来。赫尔曼一头冲进去,跟另一个出来的人撞了个满怀,那人骂了他几句。

他奔到抽水马桶前,张嘴就呕吐起来。他的两耳嗡嗡直响,太阳穴上像有个锤子在咚咚地敲。他的胃里一阵阵痉挛,冒出他已记不得存在的又酸又苦的东西和臭气。每次他以为自己的胃里已经呕空了,用纸擦擦嘴,可是接下来又是一阵痉挛。他呻吟着,干呕着,身子越弯越低。他又最后吐了一次,然后站起身来,感到筋疲力尽。有人在砰砰地敲门,想用力把门砸开。他把瓷砖地弄脏了,墙上也溅到了脏东西,他只得把它们擦干净。他照照镜子,看到自己脸色惨白。他从架子上取下一块毛巾,擦了擦外套的翻领。他想打开窗子让臭气散发出去,但是他浑身无力,打不开窗子。他最后使了一把劲,终于打开了窗子。窗框上挂着变硬的雪和冰柱。赫尔曼深深地吸了口气,新鲜空气使他恢复了精神。他又一次听到有人在砰砰敲门,门的球形把手咯咯作响。他打开门,玛莎站在外面。

"你想把门砸开?"

"要不要我去叫医生?"

"不要,我们得走了。"

"你弄得那么脏。"

玛莎从手提包里拿出一块手绢。她一面替他擦,一面问:"你到底有几个老婆?三个?"

"十个。"

"但愿上帝让你丢脸,就像你让我丢脸一样。"

"我要回去了。"赫尔曼说。

"去吧，到你的乡下人那儿去，不要到我这儿来，"玛莎回答，"咱俩散伙了。"

"散伙就散伙。"

玛莎转身回到起居室，赫尔曼去找他的大衣、帽子和套鞋，但是他不知道上哪儿去找。这些东西都是拉比的妻子从他手里接过去的，可现在她不在。女仆人也不见了。他在门厅的人群中转来转去。他问一位男人，大衣挂在什么地方，那人听了只是耸了耸肩。赫尔曼走进书房，一屁股坐进一把扶手椅里。茶几上有半杯喝剩的威士忌和一块吃剩的三明治。赫尔曼把那块面包和气味强烈的奶酪吃了，把剩下的威士忌也喝了；他觉得房间在旋转，像旋转木马。他的眼睛前面有一张由点和线组成的网在摇晃，当他用指尖按住眼睑的时候，他有时会看到各种鲜艳的色彩。一切东西看起来似乎都在闪烁、抖动、变形。人们在门口探着脑袋，可是赫尔曼并没有真正看见他们。他们的脸模模糊糊地在周围晃来晃去。有人跟他说话，可是赫尔曼觉得两耳内好像全是水。他正在狂风暴雨的海上颠簸。奇怪的是，在一片混乱中居然还有某种规律，他看到的形状都是几何图形，尽管都是变了形的。色彩瞬息万变。玛莎走进来的时候，他认出了她。她手里拿着一杯酒走到他的面前，说："你还在这儿？"

他听着玛莎的声音好像是从远处传来的，对于这种听觉上的变化和他对自己的无动于衷，他感到惊奇。玛莎拉过一把椅子坐下来,她的膝盖几乎碰到他的膝盖。

"这个塔玛拉是谁?"

"我妻子还活着,她在美国。"

"咱俩散伙了,不过我想你还是应该最后对我说一次实话。"

"这是事实。"

"佩谢莱斯是谁?"

"我不知道。"

"兰珀特拉比给了我一份工作——在一所养老院里当管理员,一星期七十五美元。"

"那你母亲怎么办?"

"也给她在那儿安排了一个住的地方。"

赫尔曼完全明白这一切是什么意思,不过这已经无所谓了。赫尔曼似乎尝到了"四肢分离"的滋味,哈西德派对达到无我境界的形容。"但愿我能总是这样!"他想着。

玛莎等待着,然后她说:"你是希望这一切发生的。这都是你计划好的。我要把自己和那些老年人和病人关在一起。既然犹太妇女没有修道院,那里就是我的修道院——直到我母亲去世。这事完了以后,我就了结整个喜剧。要我给你拿点什么吗?你生来就是个骗子,这也不能怪你。"

玛莎走了,赫尔曼把头靠在椅背上。他唯一的愿望就是能在什么地方躺下。他听到说话声、笑声、脚步声和杯盘的叮当声。

他脑子里模模糊糊的感觉渐渐地减弱了,房间不转了;椅子又立在结实的地面上了。他的精神也重新振作起来了。他只觉得两腿发软,嘴里有一股苦味。他甚至还觉得有点儿饿了。

赫尔曼想起了佩谢莱斯和雅夏·科蒂克。事情是明摆着的,他即使能熬过这次折磨,他也不能再替兰珀特拉比干活了。在所有的混乱中,有一个计划是由掌握风流韵事的神灵安排的。显然,拉比想把玛莎从他身边拉走。对一个对这项工作从来没有受过专业训练又没有经验的女人,他根本不会每星期付七十五美元。他也不会另外再花七十五美元,如果不是更多的话,照顾玛莎的母亲。

赫尔曼突然想起雅夏·科蒂克说到的莫谢·费费尔。这个晚宴彻底打碎了他留恋玛莎的幻想。他等了很长时间,可是玛莎没有回来。"谁知道呢?她可能去叫警察了。"他幻想着。他想象着他们怎么来到这儿,怎么逮捕他,怎么把他送往埃利斯岛[1],然后把他遣送回波兰。

佩谢莱斯先生站在他面前。他注视着赫尔曼,歪着脑袋,用嘲弄的口吻说:"啊,你原来在这儿!他们在找你。"

"谁在找我?"

"拉比和他妻子。你的玛莎是个美人。有股劲儿。你在哪儿弄到她们的?请你原谅,我觉得你看起来倒很平常。"

---

[1] 埃利斯岛(Ellis Island),纽约港小岛,曾是移民管理局的所在地。

赫尔曼没有回答。

"你是怎么办成的？我很想知道。"

"佩谢莱斯先生，你不必羡慕我。"

"干吗不？在布鲁克林，一个非犹太女人为了你皈依了犹太教。在这儿，你有一个如花似玉的美人。而塔玛拉也是不可轻视的。我并无恶意，不过我把那位为你皈依犹太教的非犹太女人的事告诉了兰珀特拉比，这下他可完全搞糊涂了。他对我说你在为他写一本书。那个雅夏·科蒂克是谁？我一点也不知道他。"

"我也不知道。"

"他好像跟你妻子相当友好。这是个奇特的世界，是吗？你活得越久，见得也越多。可是，在美国这儿你需要小心一点。多年来平安无事，可一下子闯祸了。曾经有过一个诈骗犯，他都结交些上层人物：州长啦，参议员啦——就是这么回事。突然有人开始找他麻烦，现在他蹲在监狱里，不久就要给送回意大利去了，他是从那儿来的。我不是在做比较，但愿这样的事别发生，但是对山姆大叔来说，法律就是法律。我奉劝你，至少别让她们住在同一个州里。塔玛拉是个受尽苦难的女人。我原想给她介绍个对象，可她告诉我她是跟你结过婚的。当然这是个秘密，我决不会告诉任何人。"

"我当时不知道她还活着。"

"但是她告诉我，她从欧洲给同乡会或犹太人移民援助协会寄来一份告示,刊登在这儿的报纸上。也许你是不看报的?"

"你或许知道我的大衣在哪儿?"赫尔曼说,"我想走了,可我找不到大衣。"

"是吗?这些女人你都能找到,自己的大衣倒找不到?我敢说你是个相当不错的演员。别担心,没有人会偷你的大衣。我估计大衣都在卧室内。在纽约不管谁家举行宴会,都不可能有那么多衣橱挂大衣。可是,干吗那么急呢?不跟妻子一起走,你当然不会离开的。听说我们的拉比刚才答应给她安排个工作。你抽烟吗?"

"有时抽。"

"来,抽一支。让神经松弛一下。"佩谢莱斯先生拿出一只金烟盒,打火机也是金的。香烟是进口的,比美国香烟短,有金色的滤嘴。"哎,你干吗对将来忧心忡忡呢?"他说,"谁也不知道明天将会带来什么。不管是谁,他今天能拿的不拿,就什么也没有。欧洲的财富结果变成什么?一堆灰烬。"佩谢莱斯吸了一口烟,喷出一个个烟圈。他的脸一下子老了,神情忧郁。他看起来好像在思索某种得不到安慰的内心创伤。

"我还是到那边去看看外面有什么事。"他说着用手指指门。

4

屋里只剩下赫尔曼一个人,他坐着,脑袋低垂。他刚才注意到他座椅旁边的书架上有一本《圣经》,他探过身子,把它取了出来。他一页页翻过去,翻到《诗篇》:"耶和华阿,求你怜恤我。因为我在急难之中,我的眼睛因忧愁而干瘪,连我的身心也不安舒。我的生命为愁苦所消耗,我的年岁为叹息所旷废,我的力量因我的罪孽衰败,我的骨头也枯干。我因一切敌人成了羞辱,在我的邻舍跟前更甚,那认识我的都惧怕我,在外头看见我的都躲避我。"[1]

赫尔曼念着字句。这里的句子怎么对各种情况、各种年纪和各种情绪都适用呢?而宗教的文学作品,不管写得多么精彩,总有一天会不适用。

玛莎跟跟跄跄地走进来,显然她喝醉了。她一手拿着盘子,一手拿着一杯威士忌。她的脸色惨白,可她的双眼流露出嘲弄的神色。她摇摇晃晃地把盘子放在赫尔曼坐的椅子扶手上。

"你在干吗?"她问,"读《圣经》?你这卑鄙的伪君子!"

"玛莎,坐下吧。"

"你怎么知道我想坐下?也许我是想躺下呢。我还想要坐在你腿上呢。"

"不,玛莎,在这儿可不能这样。"

"干吗不能?我知道他是拉比,可是他的公寓并不是圣殿。在

---

[1] 见《圣经·诗篇》第三十一篇第九节至第十一节。

战争年代,即使是圣殿也阻止不了任何人。他们把犹太妇女赶进圣殿,然后……"

"那是纳粹干的。"

"纳粹是什么?他们也是男人。他们想干的事,你、雅夏·科蒂克,甚至拉比也想干。也许你会干出一模一样的事来。他们在德国跟许多纳粹妇女睡觉。他们用一包美国烟,或是一块巧克力收买她们。你应该见过那些统治民族的女孩子是怎么跟犹太人居住区的小伙子们一起上床的,是怎么拥抱他们吻他们的。其中有些甚至跟他们结了婚。所以嘛,干吗总要提纳粹呢?我们都是纳粹。全人类都是!你不仅是个纳粹,还是个懦夫,连自己的影子都害怕。"

玛莎想笑,但立即又变得严肃起来。"我喝得太多了。那儿有一瓶威士忌,我不停地倒来喝。走,去吃点东西,如果你不想饿死的话。"玛莎一屁股坐进一把椅子里。她从手提包里拿出一包烟,但是她找不到火柴。"你干吗那么看着我?我不会跟拉比睡觉的。"

"当时你和雅夏·科蒂克是怎么回事?"

"我的虱子跟他的虱子睡觉。谁是塔玛拉?告诉我,就这一回。"

"我妻子还活着,我一直想告诉你。"

"这是真的还是你又在耍弄我?"

"是真的。"

"可是他们向她开过枪。"

"她活着。"

"孩子们也活着?"

"没有,孩子们死了。"

"嗯,这么惨的事情连玛莎都受不了。你那个非犹太姑娘知道她活着吗?"

"塔玛拉来看过我们。"

"这跟我的情况一模一样。我以为到了美国就会跳出污泥,可是我好像陷入了最深的泥塘。这可能是我最后一次跟你谈话,我要告诉你,你是我有生以来认识的最坏的骗子。相信我,我认识许多下流坏。你那复活的妻子在哪儿?我想见见她。至少看她一眼。"

"她住在一间带家具出租的房子里。"

"把她的地址和电话号码告诉我。"

"干吗?好吧,我会给你的,不过现在我的通讯簿没带在身边。"

"如果你听到我死了,别来参加我的葬礼。"

5

赫尔曼走到外面,感到天气冷得难受,他内心有什么东西开始发笑——这笑声有时伴随着万分的悲痛。透骨的寒风呼啸着从哈德逊河上吹来。刹那间寒气穿透了赫尔曼全身。现在是凌晨一点钟。他没有力气长途跋涉回到科尼岛去。他靠在门上不敢挪动一步。要是他有钱到旅馆去住,那该有多好。可是他口袋里的钱还不足三美元,也许除了包厘街上的旅馆,其他没有哪一家旅馆的房费是三美元。他是否该回去向拉比借点儿钱?楼上那些有小汽车的客人肯定会送玛莎回家的。"不,我情愿死!"他喃喃自语。他开始朝百老汇走去。百老汇那儿风小了一些。寒气也不像在西区大道那么刺骨,灯光也比较亮。雪已经不下了,不过,偶尔从空中或是屋顶上飘下一片雪花。赫尔曼看到一家自助餐厅。他急急忙忙穿过马路,一辆出租车差一点把他撞倒。司机冲着他大声嚷嚷。赫尔曼摇摇头,挥挥手,表示歉意。

他磕磕绊绊地走进自助餐厅,浑身都快冻僵了,连气都透不过来。屋里又亮又暖和,已经在供应早餐。到处是碟子的叮当声。人们正在读晨报,吃着法式烤面包、香肠华夫饼,喝着奶油燕麦粥、牛奶麦片粥。光是食物的香味就使他感到昏昏沉沉。他找到一张靠墙的桌子,挂好衣帽。他发觉自己没有拿牌子,回到收银员那儿说明。

"好的,我看见你进来的,"收银员说,"你看起来全身都冻僵了。"

赫尔曼去食品柜那儿要了燕麦粥、鸡蛋、一个卷饼和咖啡。

这一顿花了五十五美分。当他端着盘子回到桌旁的时候,他的双腿颤抖着,几乎支撑不住自己的身体。不过一开始吃东西,他的劲儿又来了。咖啡的香味使人陶醉。眼下他只有一个愿望——自助餐厅最好通宵营业。

一个波多黎各人走到桌边收盘子。赫尔曼问他餐厅什么时候关门。那人回答:"两点。"

不到一个小时,他又得到外面寒冷的雪地中去。他不得不计划一下,最终做出个决定。他的对面有一间公用电话间。也许塔玛拉还没睡。现在她是唯一没跟他吵翻的人。

他走进公用电话间,塞进一枚硬币,然后拨了塔玛拉的电话号码。一个女人接的电话,她去叫塔玛拉。不到一分钟,他听到了塔玛拉的声音。

"我希望我没吵醒你,我是赫尔曼。"

"噢,赫尔曼。"

"你睡着了吗?"

"没有,我在看报。"

"塔玛拉,我在百老汇一家自助餐厅里。他们两点就要关门。我没地方去。"

塔玛拉犹豫了一下。"你的妻子们在哪里?"

"她俩都不睬我了。"

"这个时候你在百老汇干什么?"

"我刚才去参加拉比举行的晚宴。"

"我明白了。你愿意到这儿来吗？天气冷得够呛。我把毛衣袖子盖在腿上。屋里有一股风呼呼吹过，好像窗户上没装玻璃似的。你的妻子们干吗要和你吵架？还有，你干吗不马上就来？我正想着明天打电话给你。有些事我一定得跟你谈谈。唯一的麻烦是外面的大门让他们锁上了。你就是按两个小时门铃，看门人也不会来开门。你什么时候到这儿？我自己下来给你开门。"

"塔玛拉，这么打搅你，我感到惭愧。我实在没地方去睡觉，又没钱去旅馆住。"

"她一怀孕，就反对你了吗？"

"她一直受各方面的撺掇。我不想责怪你，可你干吗要把咱们的事告诉佩谢莱斯呢？"

塔玛拉叹了口气。"他来到医院，问了我成千个问题。我到现在都想不出他是怎么到那儿去的。他挨着我的床坐着，像个检察官似的盘问我。他还想给我介绍结婚对象。事情发生在我动手术后不久。这都是些什么样的人呢？"

"我已经走投无路，一切都没有希望了，"赫尔曼说，"我最好还是回科尼岛去。"

"现在回去？你要花一夜的时间才能到那儿。算了，赫尔曼，到我这儿来吧。我睡不着。反正我总是整宿不睡。"

塔玛拉正想说别的什么事，接线员插了进来，要赫尔曼再付一枚硬币,可他没有。他告诉塔玛拉他尽快赶到她那儿去,说完就挂断了电话。他离开自助餐厅,朝第七十九街的地铁站走去。空荡荡的百老汇大街在他面前伸展出去。街灯明亮,不知怎么具有一种冬天的节日气氛,幽雅而神秘。赫尔曼走下台阶来到车站,他在等一列慢车。站台上还有一个黑人。尽管天气冷得结冰,他没有穿大衣。赫尔曼等了十五分钟,火车仍然没来,也没有别人来。灯光炫目地照着。像面粉一样细的雪通过天花板的铁栅栏纷纷飘下来。

现在他后悔打电话给塔玛拉。可能回科尼岛去比较聪明。至少他可以暖暖和和地睡上几个小时——如果雅德维珈不跟他争吵的话。他知道,为了能听到门铃声,塔玛拉只得穿上衣服等在冰冷的入口处。

铁轨开始震动,一列火车隆隆地进站了。车厢里只坐着几个人。一个醉鬼咕咕哝哝,扮着鬼脸;一个男人拿着一把笤帚和铁道工人用的装信号灯的盒子;一个工人带着一只金属饭盒和一个木榔头。他们的鞋上全是脏兮兮的泥浆,他们的鼻子冻得又红又亮,他们的指甲很脏而且长短不齐。对这些把黑夜当作白天的人来说,空气中有一种特别的不平静的气氛。赫尔曼想象,车壁、灯光、窗玻璃、广告都对寒冷、喧闹声和刺眼的光亮感到厌烦。火车的警告的汽笛不断地呼啸、号叫,好像是司机失去了控制,或是闯了红灯后认识到了自己的错误似的。赫尔曼在时报广场上走了一长段路去乘到中央车站的区间车。

　　为了等去第十八街的慢车,赫尔曼又不得不等很长的时间。其他候车的人的处境好像跟他很相似:脱离家庭的男人;社会既不能吸收又不能排斥的流浪者,他们的脸上流露出失意、后悔和负疚的表情。这些人没有一个好好儿地修过面,也没有一个衣着整齐。赫尔曼观察着他们,他们并不理他,相互间也不理睬。他在第十八街下车,穿过马路来到塔玛拉的住处。一幢幢办公大楼耸立着,没有灯光,也没有人。很难相信,就在几小时前,一群群人聚集在那儿做生意。屋顶上空,天阴沉沉的,没有星星。赫尔曼走上滑溜溜的台阶来到塔玛拉住的那幢房子的玻璃门前。他看到里面塔玛拉穿着一件大衣在一盏电灯暗淡的灯光下等他。衣边下露出里面的睡衣,因为没有睡觉,她脸色灰白,头发乱蓬蓬的。她悄悄地给赫尔曼开了门,两人慢吞吞地走上楼,因为电梯已经停了。

　　"你等了多久?"赫尔曼问。

　　"有什么关系?我已经习惯等待了。"

　　他好像不大相信这就是他的妻子,就是大约他二十五年前在一个演讲会上第一次遇见的同一个塔玛拉,那次会上讨论的题目是"巴勒斯坦能解决犹太人的问题吗?"走到三楼,塔玛拉停了下来说:"啊,我的腿!"

　　他也感到自己小腿的肌肉绷得紧紧的。

塔玛拉缓了口气,这时问道:"她已经找好医院了吗?"

"雅德维珈?一切都有邻居们安排。"

"这毕竟是你的孩子啊。"

他想说:"那又怎么样?"可是他没说出口。

6

赫尔曼睡了一个小时就醒了。他没有脱衣服,穿着上衣、裤子、衬衫和袜子躺在床上。塔玛拉又把毛衣袖子盖在脚上。她把自己的旧皮大衣和赫尔曼的大衣压在毯子上面。

她说:"感谢上帝,我的苦还没受完。我现在仍在受苦。这多少有点像我们在亚姆布尔苦苦挣扎的情况。你不会相信我的话,赫尔曼,可是我确实在这种生活中找到了某种乐趣。我不想忘记我们过去的经历。屋子里一暖和,我就想象自己背叛了所有欧洲的犹太人。我叔叔觉得犹太人应该礼拜一个永恒的湿婆[1]。全体人民应该蹲在小板凳上读《约伯记》[2]。"

"没有信仰,人甚至不能哀悼。"

"没有信仰本身就是哀悼的理由。"

---

1 湿婆(Shiva),印度三大神中司破坏之神。
2 这里指的是约伯的不幸遭遇,所以要犹太人读《约伯记》,因为犹太人在第二次世界大战期间遭到了极大的不幸。

"你在电话里讲你原想打电话给我的,有什么事吗?"

塔玛拉沉思了一下:"啊,我不知怎么开始讲。赫尔曼,我不会像你那样总是撒谎。我叔叔和婶婶当面向我提出咱俩的事。既然我已经把事实真相告诉了一个外人——佩谢莱斯,对于我在世上仅存的亲人,我怎么还能隐瞒呢?我无意埋怨你,赫尔曼。这也是我的耻辱,可我觉得我一定得告诉他们。我以为在我告诉他们你娶了个异教徒时他们会吓坏的。但我叔叔只是叹了口气说:'不管你对谁动手术,术后都会有疼痛。'这还有谁比我知道得更清楚吗?疼痛是那天早晨动手术后开始的。当然,他希望咱俩离婚。他在心里给我找了十个而不是一个结婚对象——渊博的学者、好犹太人,都是在欧洲失去妻子的难民。我能说什么呢?我不想结婚的欲望就像你不想在屋顶上跳舞一样。可是我叔叔和婶婶坚决认为,你要跟雅德维珈离婚,回到我这儿,要不,咱俩离婚。从他们的观点来看,他们是对的。我的母亲,她已经去世了,曾经给我讲过一个故事,说死者并不知道自己已经死去。他们吃啊,喝啊,甚至结婚。既然咱俩曾经在一起生活过,有过孩子,现在又都漫游在幻想的世界里,那咱俩干吗要离婚呢?"

"塔玛拉,他们也可以把一具尸体放在监狱里。"

"没有人会来逮捕你。你干吗那么怕监狱?你可能会比你现在要好。"

"我不希望被他们驱逐出去。我不想葬在波兰。"

"谁会告发你呢？你的情妇？"

"可能是佩谢莱斯。"

"他干吗要告发你？他有什么证据？在美国你没有跟任何人结过婚。"

"我给了玛莎一张犹太人的结婚契约。"

"她要用它来干吗？我的意见是，回到雅德维珈那儿去，跟她和好。"

"你就是想跟我说这些吗？我不能再为拉比工作。肯定不行了。我欠着房租。我身上简直连明天的饭钱都没有。"

"赫尔曼，我想说件事，不过你别生气。"

"什么事？"

"赫尔曼，像你这样的人是没有能力为自己做出决定的。当然，我在这方面也不强，可是有时处理别人的事要比处理自己的来得容易。在美国这儿，有些人雇用所谓的经理人。让我来做你的经理人吧。把你完全交给我来管。譬如你在集中营里，叫你干什么你就得干。我来告诉你怎么干，你就照着干。我也给你找一份工作。你在目前这种情况下对自己是无能为力的。"

"你干吗要这么做？你怎么做呢？"

"这你就甭管了。我会做一些事的。从明天开始我会照料你所需要的一切，你得准备好按我的吩咐去做。如果我要你出去挖沟，你就得出去挖沟。"

"如果他们把我投进监狱,那会怎么样?"

"那我会给你送包裹到监狱里。"

"说真的,塔玛拉,这样做只是把你那很少的几块钱给我罢了。"

"不,赫尔曼,你不会从我这儿拿走什么的。从明天开始,你所有的事都由我管了。我知道自己刚到这个国家,不过我习惯于在陌生的地方生活。我看得出你事儿多得应付不了,你都快让这些负担压垮了。"

赫尔曼沉默着。然后他说:"你是天使吗?"

"可能是,谁知道天使是什么。"

"我刚才对自己说,深更半夜给你打电话,真是发疯了,可是有某种东西驱使我这么做。是啊,我得把自己交到你的手中。我已经筋疲力尽……"

"把衣服脱了,你这样把衣服都弄坏了。"

赫尔曼下了床,脱去上衣、裤子,解下领带,只穿内衣裤和短袜。黑暗中,他把衣服放在椅子上。在脱衣服的当儿,他听到蒸汽在暖气片里咝咝作响。

他重新上了床,塔玛拉朝他这边挪动了一下,把她的手放在他的肋骨上。赫尔曼打盹了。每过一会儿,他的一只眼睛就要睁开一下。天慢慢地亮了,他听到喧闹声、脚步声和过道里开门关门的声音。房客一定是劳动人民,他们很早起床去上班。即便住在这些蹩脚的房间里,人还得去挣钱。过了一会儿,赫尔曼睡着了。等他醒来,塔玛拉早就穿好衣服。她告诉他,她已经在公用浴室里洗了个澡。她打量着他,脸上露出坚定的表情。

"还记得咱俩的协定吗?去洗洗,这是毛巾。"

他披着外套走到外面的过道里。整个早晨,浴室外一直有人等,可是现在浴室的门敞开着。赫尔曼找到别人丢下的一块肥皂在水槽里洗起来。水不怎么热。"她的心肠怎么会这么好?"赫尔曼感到纳闷。他记得塔玛拉从前又执拗又忌妒。但是现在,尽管他撇下她娶了别人,她一个人还准备帮助他。这是什么意思呢?

他回到房间,穿好衣服。塔玛拉叫他走到下面一层去按电梯的铃。她不想让这幢房子里的人知道有个男人在她那儿过夜。她告诉他在外面等她。外面,耀眼的晨光使他一时什么都看不清。第十九街上停满了货车,正在一捆捆、一箱箱、一篓篓地卸货。在第四大道上,巨大的铲车在铲雪。人行道上尽是行人。熬过了黑夜的鸽子正在雪中觅食,麻雀跟在它们后面跳着。塔玛拉把赫尔曼带到一家在第二十三街上的自助餐厅。餐厅里散发出的香味跟昨天晚上东百老汇的餐厅一样,不过这儿还夹杂有一种通常用来洗地板的消毒液味。塔玛拉甚至没问他想吃什么。她让他坐在一张桌子旁,给他端来橘子汁、一份卷饼、煎蛋卷和咖啡。她看着他吃,过了会儿才给自己去端早餐。赫尔曼双手捧着那杯咖啡,他并不喝,只是用它取暖。他的头越垂越低。女人毁了他,可是她们也怜悯他。"没有玛莎,我也会凑合着活下去,"他安慰他自己,"塔玛拉说得对——我们不再是真正地活着。"

第九章

1

冬天过去了。雅德维珈挺着大肚子跑来跑去。塔玛拉已经为她在医院定了一个床位,每天还用波兰语跟她通电话。邻居们经常到她这儿来。沃伊图斯从早到晚唪鸣歌唱。玛里安娜下了个小蛋。尽管雅德维珈得到劝告,不要干太多的力气活,可她仍然不停地打扫、擦洗。地板闪闪发亮。她买了油漆,靠一个在欧洲当过漆工的邻居帮助,把四壁又漆了一遍。玛莎和希弗拉·普厄在新泽西的拉比的疗养院里和年老体弱者欢乐地共进了逾越节塞德餐[1]。塔玛拉帮

---

[1] 塞德餐(Seder),逾越节第一天夜晚,犹太人举行的家宴,纪念他们的祖先离开埃及。

着雅德维珈准备过节的东西。

邻居们被告知,塔玛拉和赫尔曼是堂兄妹。这一下又有新的东西可以供他们嚼舌头了;不过,如果一个男人愿意做个游民,而且找到了一个能容忍他行为的女人,那就没什么好说了。年纪大的房客们都很想和塔玛拉聊聊,问问她有关集中营的情况,有关苏俄的情况。这些人中大多数是反共产主义的,但其中有一位坚持认为,那些关于苏俄的报道都不是真的。他指责塔玛拉是在说谎。劳改营、饥饿、黑市、清洗——所有这一切都是她凭空想象出来的。只要听到塔玛拉开口,他都会说:"我仍要说,我赞美斯大林!"

"那你干吗不到那儿去呢?"

"他们会到这儿来的。"他因为妻子严格按照犹太教规做饭,强迫他每周五晚上对着葡萄酒祈祷,还坚持要他去会堂而抱怨不已。逾越节前,整幢大楼里弥漫着主妇们亲自制作的无酵饼和罗宋汤的香味,甜酒和辣根的香味,还有别的一些从故国传来的食物的香味,只是现在的香味中混着海湾和海洋的气味。

赫尔曼有点无法相信,塔玛拉已经给他找到了一份工作。雷布·亚伯拉罕·尼森·雅罗斯拉夫和他妻子已经决定要到以色列去很长时间了。雷布·亚伯拉罕·尼森甚至暗示,他可能要永久定居在那儿。他积攒了好几千美元,现在还能得到社会保险金。他希望葬在耶路撒冷的橄榄山上,不愿和那些刮胡子的犹太人一起埋在纽约的墓地里。他已经有一段时间想卖掉他的书店,但是人家出的价钱太低,就这样脱手,实在对不起那些他精心收集起来的书籍。再说,这种可能性始终是存在的:他也许不愿留在以色列。塔玛拉说服了她叔叔,把书店交给她。赫尔曼会帮助他经营的。不管赫尔曼在其他方面可能是个什么样的人,在钱的问题上他是诚实的。塔玛拉会住在她叔叔的那套公寓里,由她付房租。

雷布·亚伯拉罕·尼森把赫尔曼叫来,给他看了所有的藏书——都是旧书。雷布·亚伯拉罕·尼森一直没能把它们整理出来。书一堆堆乱放在地上,尽是尘土,有许多书的装帧已经脱落或封面已经撕坏。他在什么地方放着一份目录,可就是找不到。他从来不跟顾客讨价还价,人家给多少,他就拿多少。他和谢娃·哈黛丝需要什么?他们住的在东百老汇的那幢陈旧的大楼的租金是受到管制的。

尽管他了解赫尔曼的行为,还一再劝塔玛拉跟他离婚,可这个老人又想方设法为他找种种借口。他自己都被种种怀疑闹得心烦意乱,为什么应该希望这些年轻人有信仰呢?怎么可能要求那些经历过毁灭的人去信仰上帝和他的仁慈呢?雷布·亚伯拉罕·尼森打心眼儿里不同意正统派犹太教徒,他们设法颠倒黑白地说欧洲从未发生过大屠杀。

雷布·亚伯拉罕·尼森去以色列之前和赫尔曼进行了一次长谈。对他吐露了这些想法。他想在圣地定居,免得日后历尽艰难,穿越地下的大洞穴——死者到达圣地的必由之路;这样在弥赛亚来临之时,就能在那里复活。这位老人没有跟赫尔曼写书面合同。

他们口头上约定，只要赫尔曼生活需要，他可以用书店的收入。

自从玛莎接受养老院的工作以来，赫尔曼觉得自己不再受到任何事情的控制，而且他也不想受控制。他已经不但在理论上而且在实践上都成了一个宿命论者。他心甘情愿地让天意给他引路，不管这些天意是机缘、造物主还是塔玛拉。他唯一的问题就是会产生幻觉：坐地铁的时候，他会看到玛莎坐在对开的火车里。店里的电话铃一响，他就会听到玛莎的声音。过了好几秒他才意识到不是她。最经常来电话的是一些年轻的美国人，说他们有一批先人遗下的书籍，是不是能出售或捐赠。雷布·亚伯拉罕·尼森是从来不登广告的，那些年轻人怎么会知道他的书店，赫尔曼就不知道了。

赫尔曼始终猜不透，为什么雷布·亚伯拉罕·尼森相信他，为什么塔玛拉愿意帮助他，并且全心全意地关心雅德维珈。自从卡茨基尔山旅馆那一晚以后，塔玛拉再没和他有过肌肤之亲。他们的关系完全是精神上的。

塔玛拉身上一种潜在的经商意识觉醒了。在赫尔曼的协助下，她把书编好目，标上价，把撕坏的都送往装订所修理。逾越节前，塔玛拉办了各种货物：《哈加达》[1]、塞德餐盘、无酵饼盖布、各式各样的便帽，甚至有蜡烛和无酵饼盘。她弄到一批祈祷巾、护经匣、英语和希伯来语的祈祷书，还有男孩子们学习成人礼时用的教科书。

---

[1] 《哈加达》（Haggadah），《塔木德》中解释法律要点的注解和寓言等。

赫尔曼过去常常对雅德维珈说谎,他去卖书,现在成了现实。一天早晨,他带雅德维珈到商业区看了看书店。后来塔玛拉送她回家,因为她仍然害怕一个人乘地铁,特别是眼下,她已经快要临盆了。

和塔玛拉、雅德维珈一起坐在塞德餐桌边,和她俩一起默诵着《哈加达》,多么奇怪啊!她们坚持要他戴上便帽,举行整个仪式——对着酒背祝福词,象征性地同吃欧芹和掺和着核仁、肉桂、鸡蛋、盐水的苹果泥。塔玛拉问了"四问"[1]。对于他,也可能对塔玛拉来说,这完全是一种游戏,一种怀乡的表现。但是话又说回来,哪一样不是游戏呢?无论在哪里,就是在所谓的"精密的科学"里,他都无法找到"真的"事情。

根据赫尔曼的个人哲学,生存本身就是靠狡诈。从微生物到人,生命悄悄避开了各种嫉妒性的毁灭力量,一代一代延续下去。第一次世界大战中齐甫凯夫的走私犯就是这样,他们把烟草塞在靴子和外套里,全身暗藏着各种走私货,偷越国境,违反法律,贿赂官员——每一个原生质,或是原生质集合体都是这样悄悄地一代代传下去的。从第一个细菌在海边黏糊糊的泥土里出现以来,情况就是这样;等太阳变成灰烬,地球上最后一个生物冻死,或是以任何方式死亡,那得由生物的最后一幕戏剧来决定,情况仍

---

[1] "四问"(Four Questions),在逾越节塞德餐仪式开始、背诵《哈加达》时,由最年轻的参加者提出的有关塞德餐习俗的问题。

然是这样。动物已经接受这种生存的不安全性、逃走和偷偷摸摸活动的必要性；只有人在寻求必然性，然而，不但找不到，自己反倒沉沦了。犹太人总是设法通过犯罪和疯狂的行为偷偷地行进。他们偷偷地进入迦南，进入埃及。亚伯拉罕假称撒拉是他的妹妹[1]。整整两千年的流浪生活——从亚历山大、巴比伦、罗马开始，一直到华沙、罗兹、维尔纳的犹太人居住区为止——是一次伟大的走私行动。《圣经》《塔木德》和《注释》教导犹太人一个策略：避开罪行，躲过危险，回避摊牌，给予狂怒的宇宙力量尽可能宽阔的回旋余地。当军队在外面街上作战时，犹太人从来不会对偷偷溜进地窖或阁楼的逃兵侧目而视。

赫尔曼，这个现代犹太人，已经把这个原则又发展了一步：他甚至不再相信《托拉》可以作为信仰。他不仅在欺骗亚比米勒，还欺骗撒拉和夏甲。赫尔曼并没有跟上帝订过约，也不需要他。他并不希望他的后代像海滩上的沙子那样繁殖。他整个一生就是一场偷偷行动的游戏——给兰珀特拉比写布道稿，卖书给拉比和犹太法典学院的男孩子，同意雅德维珈皈依犹太教，接受塔玛拉对她的帮助。

赫尔曼读着《哈加达》，打起哈欠来。他举起酒杯，倒出十滴

---

[1] 典出《圣经·创世记》。犹太人始祖亚伯拉罕向南行至基拉耳，他欺骗基拉耳王亚比米勒说撒拉是他的妹妹。撒拉是亚伯拉罕的妻子，夏甲原是撒拉的使女，后成为亚伯拉罕之妾。

酒，表示降临于法老身上的十大灾难[1]。塔玛拉赞扬雅德维珈做的团子。哈德逊河或别的湖里的一条鱼献出了它的生命，使赫尔曼、塔玛拉和雅德维珈想起了出埃及的奇迹。为了纪念逾越节的圣餐，一只鸡献出了它的脖子。

在德国，甚至在美国，正在组织起新的纳粹政党。在慕尼黑的小酒馆里，那些曾玩弄过儿童颅骨的凶手们从高大的酒杯里喝啤酒，在教堂里唱着赞美诗。真理？不在这片丛林中，不在处于火热的熔岩上的地球上。上帝？谁的上帝？犹太人的，还是法老的？

赫尔曼和雅德维珈都真心地请求塔玛拉住一夜，可她坚持要回去，答应第二天早晨再来帮助准备第二顿塞德餐。她和雅德维珈洗盘子。她祝赫尔曼和雅德维珈节日愉快，接着就回家去了。

赫尔曼走进卧室，躺在床上。他不希望自己想到玛莎，可是思绪不住地转到她身上。她在干什么？她想他吗？

电话铃响了，赫尔曼跑过去拿起听筒，希望是玛莎，又害怕玛莎会改变主意。他几乎是跑步过去的，喘着气对着话筒大声叫

---

[1] 以色列人在埃及受到法老的虐待。为了使法老允许以色列人出埃及，耶和华重重地刑罚埃及。降下了十大灾难，水变血之灾、蛙灾、虱灾、蝇灾、畜疫之灾、疮灾、雹灾、蝗灾、黑暗之灾、击杀埃及地所有长子之灾。详见《圣经·出埃及记》第七章至第十二章。

道：" 喂。"

没有人应声。

"喂！喂！喂！"

这是玛莎玩弄的老花招：打个电话，可是一个字也不说。也许她只是想听听他的声音。

"别傻了，说话啊！"他说。

还是没有声音。

"是你离开的，不是我。"他发现自己在说话。

没有人回答。他等了片刻，然后说："我是不幸的，你不可能使我更不幸了。"

2

几周过去了。赫尔曼睡熟了，梦见了玛莎。电话铃响了，他掀起毛毯，跳下了床。雅德维珈还在打鼾。他奔向走廊，黑暗中膝盖磕得青肿。他拿起听筒，叫了声"喂"，可是没人答话。

"你再不说话，我就挂了。"他说。

"等等！"是玛莎在说话。她的声音听起来哽塞着，话说得很含糊。过了一会儿，声音才清晰起来。"我在科尼岛。"她说。

"你在科尼岛干什么？你在哪儿？"

"在曼哈顿海滩旅馆。整个晚上，我一直想到你那儿去。你在哪儿？我决定再试一下，可后来我睡着了。"

"你在曼哈顿海滩旅馆里干吗？你是一个人？"

"我一个人。我回到你身边来了。"

"你妈妈在哪儿？"

"在新泽西的疗养院里。"

"我不明白。"

"我已经安排好了，把她留在那儿。拉比可能会给她生活津贴。我把一切都告诉了他——没有你我没法活下去，唯一的障碍就是我母亲。拉比想劝我别这样，可是逻辑毫无用处。"

"你知道雅德维珈就要生产了。"

"拉比也会照顾她的。他是个伟大的人，尽管有点疯疯癫癫。他指甲缝里的那点好心就超过你全身的好心。我是多么希望我能爱他。但是，我办不到。他只要碰碰我，我就厌恶得浑身发抖。他会亲自跟你谈的。他希望你能完成你已经开始替他做的工作。他爱我，只要我同意跟他结婚，他就跟他妻子离婚，不过他理解我的感情。我以前一直不信他的心有这么好。"

赫尔曼等了一下，才开始说话。

"这些事情你完全可以在新泽西打电话告诉我。"他声音颤抖地说。

"如果你不想要我，我不会赖上你的。我发誓，如果这回你打发我走开，我就再也不见你的面。事情已经达到高潮。这是最后一次，我想知道，你是答应还是不答应？"

"你放弃了你的工作？"

"我放弃了一切，我只拿了一只手提箱，我回到你身边来了。"

"你的那套公寓怎么样了？你也放弃了吗？"

"我们要把一切东西都处理掉。我不想在纽约住下去了。兰珀特拉比给了我一份极好的介绍信，随便到哪儿我都能找到工作。养老院里的人都非常喜欢我。我确实使他们恢复了生机。拉比在佛罗里达有一家养老院，如果我愿意在那儿为他工作，我一开始每星期就可以拿一百美元。如果你不喜欢佛罗里达，他在加利福尼亚还有一家养老院。你也可以为他工作。他就像从天上来的天使一样好。"

"我现在不能撇下雅德维珈。她随时有可能分娩。"

"等她生了孩子，你会有别的理由了。我已经下定决心了。明天我就乘飞机去加利福尼亚，你再也不会听到我的音讯。我以死去的父亲的名义发誓。"

"等一下！"

"为什么？找新的借口吗？我给你一小时收拾行李，到我这儿来。兰珀特拉比会给你那个乡下人付住院费和照料其他一切的。他是一家妇产科医院的董事长——我忘了那家医院的名字了。我把什么都告诉了他。他大吃一惊，但是他理解。他可能粗俗，但他仍然是一个圣人。要不你找到了新情人？"

"我没有什么新情人,不过我倒有了一家书店。"

"什么?你有一家店?"

赫尔曼简略地把情况告诉了她。

"你又回到塔玛拉身边去了?"

"当然不是。不过她也是个天使。"

"把她介绍给拉比。两个天使可能生出一个新的上帝。咱俩都是魔鬼,只会互相伤害。"

"深更半夜,我没法动手整理东西。"

"别拿什么了。再说你有什么呢?按照我的工作,拉比给了我一笔贷款,或者说是预付款吧。把什么都留下,像《圣经》中的那个奴隶那样。"

"什么奴隶?这样会要了雅德维珈的命。"

"她是个身强力壮的乡下人。她会另外找个人,会幸福的。她可以把孩子给别人收养。拉比和一家介绍的机构也有联系。他什么事情都有份。如果你愿意,我们可以生个孩子。谈话的时间已经到了。如果亚伯拉罕可以牺牲以撒[1],你就可以牺牲以扫。也许咱们以后可以把她的孩子领来和咱们一起生活。你到底怎么说?"

"你到底要我干些什么?"

---

[1] 以撒(Isaac),亚伯拉罕和撒拉之子,下文的以扫是以撒的长子。

"穿好衣服,上我这儿来。这种事情你每天都在做。"

"我害怕上帝。"

"如果你害怕,那就和她待在一起吧。永别了!"

"等等,玛莎,等等!"

"来还是不来?"

"来。"

"我把我的房间号码告诉你。"

赫尔曼挂了电话。他注意倾听。雅德维珈还在打鼾。他待在电话机旁。他一直没意识到自己是多么渴望和玛莎在一起。他站在黑暗中,成了一个放弃自己意志的人,默默地顺从。过了一会儿,他才能行动。他记得在抽屉里什么地方有一只手电筒。他找到后,打开它照在电话机上,这样他可以拨电话。他得跟塔玛拉说一下。他拨了雷布·亚伯拉罕·尼森家的电话号码。电话铃响了好几分钟,他终于听到了塔玛拉瞌睡懵懂的声音。

"塔玛拉,原谅我,"他说,"我是赫尔曼。"

"嗯,赫尔曼,怎么了?"

"我要离开雅德维珈。我要和玛莎走了。"

塔玛拉沉默了一会儿。"你知道你这是在干什么吗?"她终于问道。

"我知道,我正在这么做。"

"一个要求你这样牺牲的女人是不值得为她这么做的。我想你没有完全对自己失去控制力吧。"

"这是事实。"

"那书店怎么办呢?"

"那完全是由你掌管的。我过去替他工作过的那个拉比想为雅德维珈出点力。我把他的地址和电话告诉你,跟他联系一下。"

"等一下,我去拿纸笔。"

他拿着电话听筒等着,周围沉静无声。雅德维珈的鼾声停止了。

"现在不知几点了。"赫尔曼思忖着。平时他对时间极其敏感。他经常能准确地猜出几点,甚至几分。可现在,这种本领似乎消失了。他违背上帝的教导在犯罪,不让他把雅德维珈叫醒,但是他在向那个上帝乞求。

"号码是多少?"

赫尔曼把兰珀特拉比的名字和电话号码告诉了她。

"你是不是至少能等她生了孩子?"

"我没法等。"

"赫尔曼,书店的钥匙由你管着。你早晨能不能去开一下店门?我十点钟到那儿。"

"到时候我去。"

"好吧,你自己铺的床你只能自己去睡。"塔玛拉说完,挂断了电话。

他站在黑暗中，倾听着自己的内心深处。然后他到厨房去看了看钟。他奇怪地发现现在才两点十五分，他才睡了个把小时，尽管他觉得自己似乎已经睡了一夜了。他找到一只手提箱，准备带些衬衫和内衣。他小心翼翼地打开抽屉，拿出几件衬衫、内衣和睡衣。他感觉到雅德维珈已经醒了，只是假装睡熟罢了。谁知道呢？她可能想摆脱他吗？也许她对于这一切已经感到厌烦？也可能要等到最后一刻她才会大吵大闹一番。在把衣服塞进手提箱的当儿，他想起了拉比的稿子。稿子在哪儿呢？他听到雅德维珈起来了。

"怎么回事？"她说。

"我得出门。"

"去哪儿？啊，随你吧。"雅德维珈又躺了下去。他听到床发出嘎吱嘎吱的声响。

他在黑暗中穿好衣服，尽管觉得挺冷，可还是在出汗。一些零钱从裤兜里掉出来。他不时地磕碰在家具上。

电话铃响了，他急忙过去接。又是玛莎。"你来呢还是不来？"

"来。你不让我选择。"

3

赫尔曼担心，雅德维珈可能会改变主意，拉住他不让他出门，可是她静静地躺着。在他整理东西的这段时间里,她一直醒着。她干吗什么也不说?自他认识她以来,她的举止第一次使人难以捉摸。她似乎已经成了一个反对他的阴谋的一部分,而且知道一些他不知道的事情。要不,她真的达到默默忍受的最后阶段了?这件事实在费解,他为此感到不安。她可能到最后一刻才手持刀子向他扑来。临走前,他走进卧室说:"雅德维珈,我走了。"

她没有吱声。

他想把门轻轻地带上,不料门砰的一声关上了。为了不吵醒邻居,他蹑手蹑脚地走下楼梯。他穿过美人鱼大道,沿着海浪大道往前走。在这凌晨时分,科尼岛是多么宁静而黑暗啊!娱乐场所都关着,漆黑一团。在他面前伸展出去的大道上没有人影,像乡间的小路似的。他可以听到从木板道后面传来的海浪冲击声。空气中弥漫着鱼和其他海洋生物的气味。赫尔曼能分辨出天上的一些星星。他看到一辆出租车,叫住了它。他身上一共只有十美元。他打开汽车的一扇窗子,让车内香烟的烟雾散发出去。一阵微风吹拂着,可他的额头上仍然是汗津津的。他深深地吸了口气。尽管夜间凉飕飕的,可是已经有迹象表明接下来的大白天挺暖和的。他心中闪过一个想法:一个要去杀人的凶手一定也是这样的。"她是我的冤家!我的冤家!"他嘟哝着,指的是玛莎。他有一种离奇的感觉,他已经在从前什么时候经历过这样的事了。可是什么时候呢?可能是在梦中吧?他有一种强烈的渴望,难道他这是在渴望玛莎？

出租车在曼哈顿海滩旅馆门前停下。赫尔曼担心十美元的钞票司机可能找不开，没想到司机默默地把钱数给他。门厅里静悄悄的，侍者正在钥匙箱前、柜台后面打盹。赫尔曼确信开电梯的人会问他，在这种时候他要上哪儿去，可是那个男人一句话也没说就把他送到他要停的那一层。赫尔曼一会儿就找到了房间。他敲了敲门，玛莎立即把门打开。她穿着一件长睡衣、一双拖鞋。房间里只有街灯照进来的一点亮光。他们互相投入对方的怀抱，无言地搂在一起，默默地紧紧扭作一团。赫尔曼几乎没注意到，太阳升起来了。玛莎挣脱他的搂抱，走过去把窗帘放下来。

他们几乎没说话就睡着了。他睡得很沉，醒来时内心充满了新的欲望和恐惧，这是一个遗忘了的梦造成的。他能记起的只是混乱、尖叫和某种可笑的事情。即使这个糊涂的记忆也很快就忘了。玛莎睁开双眼。"几点了？"她问了一声，然后又睡着了。

他把她叫醒，告诉她他十点钟得到书店。他们走进浴室去梳洗。玛莎说话了。"咱们必须做的第一件事是到我的公寓去，我还有东西在那儿，我得把房子封起来。我妈不会回那儿去的。"

"那需要好几天呢。"

"不，只要几小时。咱们不能再在这儿待下去了。"

尽管他刚从她的身体上得到满足，他不能想象，这么长的分离，他怎么忍受得了。在过去几个星期内，她变得丰满了些，显得年轻了些。

"你那个乡下人有没有大吵大闹？"她问道。

"没有，她一句话也没有说。"

他们很快穿戴整齐，玛莎结了旅馆的账。他俩走到羊头湾的地铁站。海湾内阳光明媚，挤满了船只，其中许多是在清晨出海后刚返回的。几个小时前还在水里游的鱼儿现在躺在甲板上，目光呆滞，嘴部受伤，鱼鳞上血迹斑斑。渔民和有钱的钓鱼爱好者正在估摸鱼的分量，吹嘘各自的收获。赫尔曼看到捕杀的动物和鱼儿，往往有一种同样的想法：根据人对生物的所作所为来看，个个都是纳粹。对其他物种，人可以得意扬扬地为所欲为，这给最极端的种族主义理论提供了例证，这个原则是强权即公理。赫尔曼过去曾反复下决心要做个素食主义者，但是雅德维珈不同意。他们在村子里，后来又在集中营里已经饿够了。他们不是到富裕的美国来挨饿的。邻居们告诉雅德维珈，举行杀牲仪式和遵守犹太教的饮食规定，这是犹太教的根本。把鸡送到按照仪式杀牲的人那儿去是值得称赞的，在割断鸡喉咙之前，杀牲的人要背上一段祝福词。

赫尔曼和玛莎走进一家自助餐厅吃早餐。他再次解释说他不能直接同她一起去布朗克斯，因为他一定要去见塔玛拉，把书店的钥匙交给她。玛莎怀疑地听着他的话。

"她会说服你别这么干的。"

"那你跟我一起去。我把钥匙交给她后咱们就一起回家。"

"我没这个劲儿。在养老院这几个星期的生活太糟了。我母亲每天都唠叨说她想回布朗克斯,尽管她有一间舒适的房间、一名护士、一名大夫和一个病人所需的一切。那儿有一所会堂,供男男女女祈祷。拉比每次来看望都要带给她一份礼物。她就是在天堂也未见得比这强。可她一直不住地数落我,说我把她赶进了一家养老院。其他的老人不久就明白,没有办法使她感到幸福。养老院里有个花园,人人都会坐在那儿看报或打牌,可她把自己锁在房间里。那些老人都为我感到难过。我跟你说的关于拉比的事儿可是真的:为了我他提出要跟妻子离婚。只等我开口。"

一坐上地铁,玛莎就不吭声了。她双目紧闭坐着。赫尔曼每次跟她说什么,她就像刚从睡梦中被叫醒似的吓一跳。她的脸,那天早晨看起来是那么丰满、年轻,现在却又显出一副苦相。赫尔曼看到她头上有一根白发。玛莎终于把他们这出戏推向了高潮。跟她在一起,事情总会变得那么古怪、狂热而富有戏剧性。赫尔曼不停地看表。他应该十点钟到书店去跟塔玛拉见面,可现在十点早过了二十分钟,列车离他的目的地还远着呢。终于列车到了运河街,赫尔曼立即站起身。他答应给玛莎打电话,并尽快回到布朗克斯去。他一步跨两级,跑着上了台阶。他冲到书店,可塔玛拉不在那儿。她一定回家去了。他打开门上的锁,走进店铺给塔玛拉打电话,告诉她他已经来了。他拨完号,没人接电话。

赫尔曼想，这时候玛莎大概到家了，于是给她打了个电话。电话铃响了好几次，也没有人来接。后来他又打了一次，正准备挂断，听到了玛莎的声音。她大哭大叫，开始赫尔曼听不清她在说什么。后来他听出她哭泣着说："我被抢了！咱们所有的东西都被人拿走了！除了光秃秃的墙壁，什么东西都没留下！"

"事情发生在什么时候？"

"谁知道？啊，上帝啊，为什么我没有像其他犹太人那样被焚烧掉啊？"她歇斯底里地号啕大哭。

"你打电话叫警察了吗？"

"警察会干什么？他们自己就是贼！"玛莎挂断电话。赫尔曼觉得，他好像仍能听到玛莎的哭声。

4

塔玛拉在哪儿？她干吗不等一会儿？他一次又一次给她打电话。赫尔曼打开一本书来平息自己焦急的心情。这是一本《利未[1]的神圣性》，他读着："事实是，所有的天使和上帝的动物都在最后的审判日瑟瑟发抖。对人来说，每一个顽劣的人也害怕这报应的日子。"

门开了，塔玛拉走进书店。她身穿一件外套，这种衣服在她

---

[1] 利未（Levi），《圣经》中的人物，是雅各与利亚的第三子。

身上显得太大也太长了。她看起来脸色苍白,形容憔悴。她声音嘶哑地大声说话,几乎忍不住吼叫起来了。"你到哪儿去了?我从十点钟一直等到十点半。有一位顾客,他要买一套《密西拿》,可是我无法开门。我打电话到雅德维珈那儿找你,可没人接电话。她可能已经自杀了。"

"塔玛拉,我是身不由己啊。"

"嗯,你这是在自掘坟墓。那个玛莎比你还坏。她不能把一个男人从一个即将临产的女人那儿带走嘛。她肯定是个坏女人才这么干。"

"她也并不比我更能控制自己的行动。"

"你总是谈论'自由选择'。我读了你为拉比写的书,我觉得每隔一个词似乎就是'自由选择'。"

"他吩咐要多少自由选择,我就给他多少。"

"别说了!你让自己听起来比实际还要坏。一个女人能使一个男人发疯。我们从纳粹手下逃出来那会儿,锡安工人党里一位知名人士跟他最要好的朋友的老婆勾搭上了。后来,我们被迫睡在一间房间里,大约有三十人,她居然厚颜无耻地跟她的情人睡在一起,而她丈夫就睡在离她两步远的地方。他们三人都已经死了。你打算到哪儿去?经历了那一切毁灭以后,上帝赐给了你一个孩子——还不满足吗?"

"塔玛拉,这样的谈话毫无用处。离开了玛莎我没法活,我又没勇气自杀。"

"你完全不必自杀。我们可以把孩子带大。拉比会帮忙的,我也并不是完全没有用处。只要我活着,我会成为孩子的第二个妈妈。你可能没钱了?"

"我不愿再拿你半分钱了。"

"别那么匆匆忙忙地走掉。她既然等了你那么长时间,她也会再等上十分钟的。你们打算干什么?"

"我们还没决定。拉比答应给她在迈阿密或加利福尼亚找一份工作。我也会找到工作的。我会寄钱给孩子。"

"那倒不是问题。我可以搬去和雅德维珈住在一起,不过离书店是远了些。也许我会带她到这儿来跟我同住。我叔叔、婶婶写来的信充满了热情,我都怀疑他们是否还会回来。他们已朝拜过全部的神圣墓地。如果拉结对上帝还有点吸引力的话,她肯定会替他们说情。你的玛莎住在哪儿?"

"我告诉过你,她住在东布朗克斯。她家刚刚被抢。全抢光了。"

"纽约市里到处都是贼,不过我不必为书店担心。几天前,我在锁门的时候,那位开纱线铺的邻居问我怕不怕小偷,我告诉他,我唯一担心的是哪个意第绪语作家会在深夜破门而入,把更多的书放进书店。"

"塔玛拉,我得走了。让我吻吻你。塔玛拉,这是我的结局。"

赫尔曼抓起他的旅行袋,匆匆忙忙地走出书店。在白天的这个时间，地铁车厢内几乎没什么乘客。他在自己要到的车站下了车，朝玛莎住的一条小街走去。他仍然藏有玛莎家的钥匙。他打开门，看见玛莎站在房间的中央。她似乎已平静下来了。所有的柜橱都打开了，梳妆台的抽屉也拉开了。看起来好像正在搬家，个人的细软已打点好，只等着搬家具了。赫尔曼注意到，小偷们连灯泡都拧走了。

玛莎将赫尔曼身后的门关上，免得邻居们进来。她走进赫尔曼住的那间房间，坐在床上。枕头和被单都偷走了。她点起一支烟。

"你对你母亲怎么说的？"赫尔曼问道。

"把真实情况告诉她。"

"那她说什么？"

"还是那句老话：我感到难过。你会丢下我和其余的一切。如果你要离开我，你就会离开我的。只有目前对我是重要的。这次抢劫可是非同寻常。这是个信号，警告我们不能再住在此地了。《圣经》上说：'我赤身出于母胎，也必赤身归回。'[1] 干吗回'那里'去？我们不回到母胎里去。"

"大地就是母亲。"

"是啊。不过在回到她那儿去之前，让我们努力生活吧。眼下，咱们得做出决定去哪儿——是去加利福尼亚还是佛罗里达。咱们可

---

[1] 见《圣经·约伯记》第一章第二十一节。

以坐火车或公共汽车去。坐公共汽车便宜些,可是到加利福尼亚要一个星期,到那儿都筋疲力尽了。我想咱们该去迈阿密。我可以马上在养老院工作。现在是淡季,什么东西都是半价。那儿天气很热,但是就跟我妈说的那样:'在地狱里会更热。'"

"公共汽车几点开?"

"我打电话问问就知道了。他们还没有把电话偷走。还留了一只旧旅行袋,这倒都是我们需要的。我们就是这么流浪着穿过欧洲的。那时,我连旅行袋都没有,只有一个包裹。别显得这么愁眉苦脸!你会在佛罗里达找到工作的。如果你不想为拉比写书,你可以去教书。老年人需要一个能帮助他们学习《摩西五经》和《注释》的人。我敢肯定你每星期至少能挣四十美元,加上我挣的一百美元,咱们可以像国王那样生活。"

"好吧,那么就这么决定了吧。"

"反正我原来也不会把这些破烂货全带走的。也许咱们这一回被抢是因祸得福!"

玛莎哈哈大笑,眼内闪现出高兴的神色。太阳照在她头上,她的头发变成了火红色。外面,整个冬天都覆盖着白雪的那棵树现在又长着光滑的树叶。赫尔曼十分不解地注视着它。每年冬天,赫尔曼都以为,这棵立在垃圾和铁皮罐中间的树终于枯死了。有一些树枝会被风刮断。迷途的狗在树干上撒尿。随着树龄的增长,树干似乎越长越细,树节也越来越多。附近的孩子们把他们姓名

- 309 -

的开头字母、心形甚至下流话都刻在树皮上。然而，夏天来临，它又枝叶繁茂了。鸟儿在树丛中啭鸣。这棵树已经完成使命，不用担心锯子、斧子或是玛莎习惯于扔到窗外去的燃着的烟蒂可能会结束它的生命。

"拉比也许在墨西哥有养老院吧？"赫尔曼问玛莎。

"为什么在墨西哥？你在这里等我，我马上就回来。上次我走之前把一些衣服送去干洗，还把你的几件衣服送到洗衣铺去了。我在银行还有些钱，我想去取出来。大约需要半小时。"

玛莎走了。赫尔曼听见她关上门。他开始仔细查看自己的书，找出一本辞典，他如果要继续为拉比工作，这本辞典是用得着的。在一只抽屉里，他发现了各种各样的笔记本，甚至还有一支小偷疏忽留下的自来水笔。赫尔曼打开他的旅行袋，把书塞进去，结果旅行袋都关不上了。他想给雅德维珈打个电话，不过他明白这没什么意思。他摊手摊脚地躺在光秃秃的床上，睡着了，还做起梦来。他醒来的时候，玛莎还没回来。太阳已经落山，房间里黑了。突然，赫尔曼听到门外有喧闹声、脚步声和叫喊声。听起来好像是在拖什么沉重的东西。他站起身，打开外面的门，一个男人和一个女人一左一右扶着希弗拉·普厄，一半抬一半拖着她。她脸色惨白，脸都变样了。那个男子大声说道："她昏倒在我的出租车里，你是她儿子吗？"

"玛莎在哪儿？"那个女人问。赫尔曼认出她是邻居。

"她不在家。"

"去请个医生!"

赫尔曼跑下几级楼梯,来到希弗拉·普厄身边。他动手想帮她一把,可她铁板着脸盯着他。

"我要不要去请个医生?"他问。

希弗拉·普厄摇摇头。赫尔曼回到房间里。出租车司机把希弗拉·普厄的钱包和短途旅行包递给赫尔曼,赫尔曼刚才并没注意到这些东西。赫尔曼掏出钱付了车费。他们把希弗拉·普厄送进幽暗的卧室。赫尔曼按了一下电灯开关,可是这儿的灯泡也让小偷偷走了。出租车司机问怎么没人开灯,那个女人走出去,到自己家里去拿一只灯泡。希弗拉·普厄抽泣起来:"这儿怎么这么暗?玛莎在哪里?啊,我不幸的生活多惨啊!"

赫尔曼挽住希弗拉·普厄的胳膊,扶住她的肩头。这时,那个邻居女人回来了,拧上了灯泡。希弗拉·普厄看看她的床。"床上的东西哪儿去了?"她用几乎是健康人的声音问。

"我去给她拿枕头和被单来,"那个邻居说,"现在先这么躺着。"

赫尔曼把希弗拉·普厄带到床前。他能感觉到她的身子在颤抖。他抱起她,把她放到床垫上去时,她紧紧抓住他。希弗拉·普厄呻吟着,她的脸更加枯萎了。邻居女人拿着枕头和被单走进屋。"我们必须马上去叫一辆救护车。"

楼梯上又响起了脚步声,玛莎走了进来。她一手拿着挂着衣

- 311 -

服的衣架,一手拿着一包洗好的衣服。在她走进房间之前,赫尔曼从敞开的门里对她说:"你妈在这儿!"

玛莎停住脚步。"她逃回来了,是吗?"

"她病了。"

玛莎把衣服和包裹递给赫尔曼,他把这些东西放在厨房的桌子上。他听见玛莎怒气冲冲地朝她母亲大声嚷嚷。他知道他应该去叫个医生,可是他不知道叫谁。那个邻居走出卧室,伸出双手做了个询问的姿势。赫尔曼回到他自己的房间里,他听见那邻居在电话里向别人诉苦。

"警察?我到哪里去找警察?在这段时间里,那个女人可能会死。"

"医生!医生!她要死了!"玛莎尖声大叫,"她是自杀,这坏女人,就因为她怨恨!"

玛莎哭出了声,几个小时前,当她在电话里告诉他家里被抢时,听到的就是这样的痛哭,这声音听起来不像是玛莎本人的——像猫叫,而且很粗野。她的脸扭歪着,她扯自己的头发,跺着双脚,朝赫尔曼跳过去,就像要向他进攻似的。那个邻居把电话听筒拿在胸前,吓呆了。

玛莎尖声大叫:"你们想要的就是这样?冤家!要命的冤家!"

她喘着粗气,弯下身去,好像就要倒在地上似的。那个邻居放下电话听筒,抓住玛莎的肩膀。她摇晃玛莎,就像人在抢救一个哽住的孩子所做的那样。

"凶手们!"

第十章

1

医生来了,就是上回玛莎认为自己怀孕时给她治过病的那个医生,他给希弗拉·普厄打了一针。后来,救护车来了。玛莎送她去了医院。几分钟后,一个警察来敲门。赫尔曼告诉他希弗拉·普厄已被送进医院,可是他说他是为盗窃一事来的。警察问了赫尔曼的姓名、地址以及他和这户人家的关系。赫尔曼支支吾吾地说着,脸色变得煞白。警察疑惑地打量着他,问他是什么时候到美国来的,是不是美国公民。警察在一个笔记本上写了点什么,然后走了。隔壁那个妇女把她的枕头和被单拿回去了。赫尔曼等着玛莎从医院给他挂电话,可是等了两个小时,电话铃一直没响。

夜幕降临，除去那间卧室，其他房间里都没有灯。赫尔曼把卧室里的灯泡拧下，拿着它往自己住的那个房间走去。不料一下子撞在门柱上，灯泡丝给震得沙沙直响。他把灯泡拧在自己床边的台灯上，可是灯泡不亮。他走到厨房去找火柴和蜡烛，可什么也没找到。他站在窗前，望着窗外的夜色。几个小时前，那棵树的每一片叶子上还反射出闪烁的阳光，现在却黑黢黢地停立在黑暗中。在微微泛着红光的天空中只闪烁着一颗星。一只猫小心翼翼地穿过院子，爬到废铜烂铁和垃圾中间的那块空地面。叫喊声、车辆的嘈杂声和高架火车低沉的隆隆声在远处响着。赫尔曼感到一种从未有过的忧郁。他不能一个人整夜待在这间遭到破坏的没有灯的房间里。如果希弗拉·普厄已经去世，她的灵魂可能会来纠缠他。

他决定出去买几只灯泡。再说，这一天早饭以后他还没吃过什么。他离开公寓，就在门关上的一刹那，他想起自己的钥匙忘在房间里了。他找遍了所有的口袋，知道钥匙是找不到了。他一定是把钥匙放在桌上了。屋里的电话铃响了。赫尔曼推门，可是门紧紧地关着。铃声响个不停。赫尔曼使出全力推门，但是门纹丝不动，电话铃继续响个不停。

"是玛莎！玛莎！"他连希弗拉·普厄给送入哪家医院都记不起了。

电话铃不响了，可是赫尔曼仍站在门口。他拿不准他是否该把门砸开。他确信电话铃很快又会响的。他足足等了五分钟，这才走下楼梯。就在他走到临街的大门口时，电话铃又响了，一直响了好长时间。在持续不断的铃声中，赫尔曼想象他能听到玛莎在大发雷霆。他能看见她的脸痛苦地扭歪了。

转回去也毫无意思。他朝特里蒙特大道的方向走去。来到玛莎曾经当过收银员的那家自助餐厅。

他决定喝一杯咖啡，然后回去站在楼梯上等玛莎回家。他一直走到柜台前。他碰了一下背心上的口袋，摸到一把钥匙，这是他布鲁克林那个家的钥匙。

他没有叫咖啡，而是想到要给塔玛拉打个电话，可所有的电话间内都有人。他想耐心等待一下。"就是永恒也不是永远存在的，"这一想法在他心中闪过，"如果宇宙没有开端，那么一个永恒已经过去了。"赫尔曼微微一笑。回到了芝诺[1]的标新立异的怪论上了。三个打电话的人中有一个挂断了电话。赫尔曼赶紧走了进去。他拨完塔玛拉的电话号码，没人接电话。他收回硬币，想也没想就给布鲁克林的家拨了个电话。他需要听到一个熟悉的声音，哪怕是一个不友好的人的声音。雅德维珈也不在家，他让电话铃

---

[1] 芝诺（Zenon Eleates，约前490—前436），古希腊哲学家，埃利亚学派的主要代表之一。认为世界上运动变化着的万物是不真实的，唯一真实的东西只能是巴门尼德所谓的"唯一不动的存在"，他曾提出诡辩式的论证"飞矢不动"。

响了十来遍。

赫尔曼坐在一张空桌子边,他决定等上半个小时后再给玛莎的家打电话。他从口袋里掏出一张纸,想计算一下他们手头的钱可供他和玛莎维持多久。既然他根本不知道公共汽车的票价,那就完全是白费力气。他计算着,随手乱画,每隔几分钟就看看手表。如果他把手表卖掉可得多少钱呢?不会超过一美元。

他坐在那儿想总结一下他经历的事儿。在草料棚里时,他曾有过幻想,觉得世界会起某种根本性的变化,可是没有变化。同样的政治,同样的词句,同样的虚假诺言。教授们继续在写关于凶手的意识形态、酷刑的社会学、抢劫的哲学、恐怖的心理学等方面的书。发明家们创造出新的杀人武器。关于文化和正义的谈论比关于野蛮和非正义的谈论更令人作呕。"我已经陷于垃圾之中,我自己就是垃圾。没有一条出路,"赫尔曼咕哝着,"教书?有什么好教的?我有什么资格教书?"他感到恶心,想吐,这种感觉跟上次参加拉比的晚宴时一个样。过了二十分钟,赫尔曼拨了玛莎家的电话,她来听了。

从玛莎的声调中他听出希弗拉·普厄已经死了。她的声音单调呆板,跟她平时在叙述最平常的事情时都过分戏剧性的作风截然相反。

"你妈怎么样?"他还是问她。

"我没有妈妈了。"玛莎说。

两人都不说话了。

"你在哪儿?"过了片刻玛莎问道,"我以为你会一直等着我的。"

"上帝啊,她什么时候去世的?"

"还没到医院就死了。临终前她说:'赫尔曼在哪儿?'你在哪儿?快回来吧。"

他冲出自助餐厅,忘了把账单还给女收银员,她在他后面大叫起来。他把单子扔给了她。

2

赫尔曼原以为邻居们会跟玛莎在一起,可是家里没有别人。公寓里还跟他离开的时候一般黑。他俩默默地紧挨着站在一起。

"我下楼去买灯泡,却把自己关在门外了,"他说,"你有蜡烛吗?"

"要来干吗?不要,咱们不需要蜡烛。"

他把玛莎带到他睡的那间房间里。这儿稍微亮一点。他在一把椅子上坐下,玛莎坐在床沿上。

"有人知道这件事吗?"赫尔曼问。

"没人知道,也没人关心这事。"

"要不要我打电话给拉比?"

玛莎没有回答。他以为她可能由于悲伤而没有听到他的话，不料她突然说："赫尔曼，我再也支撑不下去了。这要牵涉到各种手续，还需要钱。"

"拉比在哪儿？还在养老院里吗？"

"我走的时候他是在那里，可他应该飞到其他地方去了。我忘了那是什么地方。"

"我设法跟他家里联系一下。你有火柴吗？"

"我的手提包在哪儿？"

"你如果带回来了，我会找到它的。"

赫尔曼站起身，去寻找手提包。他不得不像个瞎子似的摸索着走路。他摸到了厨房的桌面和椅子。他想到卧室去，但是心里害怕。玛莎会不会把手提包落在医院了？他回到玛莎那儿。

"我找不到。"

"我是放在这儿的。我从包里拿出过房门钥匙。"

玛莎站起身，两人在黑暗中瞎摸一气。一把椅子碰翻在地，玛莎把它扶了起来。赫尔曼摸索着走进浴室，出于习惯他拉了一下开关。灯亮了，他看到玛莎的手提包放在洗衣篮的盖子上。小偷们忘记把药柜上的灯泡拧走了。

赫尔曼拿起手提包，对它的分量感到惊讶；他高声对玛莎说："手提包找到了，浴室的灯泡没偷掉。"他看了一眼手表，可是表停了，他忘了上发条。

玛莎走到浴室门口,她的脸都变了样,头发乱蓬蓬的;她斜着眼看。赫尔曼把包递给她。他不能正视她。他对她讲话的时候,把脸转向一旁,像个不可以朝女人看一眼的虔诚的犹太人。

"我得把这个灯泡装到电话机旁的那个灯头上去。"

"干吗?好吧……"

赫尔曼十分小心地摘下灯泡,把它紧贴着自己的身子。他感激的是玛莎既没有骂他,也没有哭叫或大吵大闹。他把灯泡装到落地灯上,灯亮时,他心中感到一阵高兴。他打电话给拉比,一个女人来接电话:"兰珀特拉比到加利福尼亚去了。"

"你知道他什么时候回来吗?"

"至少得过一个星期。"

赫尔曼明白话中的含意。如果拉比在这儿,那么他会负责办一切手续,可能还会负担丧葬费。赫尔曼踌躇了一下,然后又问在哪儿可以跟拉比联系上。

"我没法告诉你。"那个女人过分殷勤地回答。

赫尔曼关上灯,自己也不知道为什么要这么做。他回到自己的房间内。玛莎在屋子里坐着,手提包放在膝盖上。

"拉比到加利福尼亚去了。"

"嗯……"

"咱们从哪儿着手干起?"赫尔曼问玛莎,同时也是在问他自己。玛莎过去说过,她和她母亲不属于任何负责办理自己成员葬礼的组织和犹太会堂。一切都得花钱：丧礼、墓地。赫尔曼不得不去见官员，请求照顾，贷款，提供保证。可是谁认识他呢？他想到了动物。它们活着没有纠葛，死了也不用麻烦任何人。

"玛莎，我不想活了。"他说。

"你以前答应过我，咱们要死在一起。咱们现在就一起死吧！我有很多安眠药，足够咱俩用了。"

"好吧，咱们把这些药片吞了。"他说，自己也不知道是否真的是这个意思。

"药片在我手提包里，咱们只需要一杯水就行了。"

"开水咱们有。"

他的喉咙紧缩，几乎说不出话来。事情的发生和这样快就到达顶点让他感到狼狈。玛莎在她手提包里乱摸，他能听到钥匙、硬币和唇膏相互碰撞与摩擦的声音。"我知道她是我的死亡天使。"他想。

"临死之前，我想知道一下真相。"他听见自己这么说道。

"什么真相？"

"自从咱们在一起以来，你对我到底是不是忠诚的？"

"你对我忠诚吗？如果你讲实话，我也讲。"

"我会讲实话的。"

"等等，我想抽支烟。"

玛莎从烟盒里拿出一支香烟。她干任何事情都是慢吞吞的。他听见她用大拇指和食指转动香烟的顶端。她擦了一根火柴，火光中她的眼睛带着疑问的神情注视着他。她吸了一口烟,然后吹灭了火柴,火柴头还继续亮了一会儿,映红了她的指甲。"那好,让咱们听听。"她说。

赫尔曼费了好大的劲才讲出来。"我只和塔玛拉有过一回。就是这些。"

"什么时候?"

"她住在卡茨基尔山旅馆里那会儿。"

"你从没到卡茨基尔山去过。"

"我当时跟你说是和兰珀特拉比到大西洋城去参加一次会议。现在该你讲了。"赫尔曼说。

玛莎嘿嘿一笑。

"你跟你妻子干过的事,就是我跟我丈夫干的事。"

"那就是说他讲的全是实话了?"

"对啦,就是那回。我去要求他同意跟我离婚,他一定要这么干。他对我说,这是我能达到离婚目的的唯一方法。"

"你发誓说他说谎。"

"我的誓言是假的。"

他俩默默无言地坐着,各人都在想自己的心事。

"现在去死毫无道理了。"赫尔曼说。

"那你想干什么?丢下我?"

赫尔曼没有回答。他端坐着,脑子里一片空白。后来他说:

"玛莎，咱们今晚一定要走。"

"哪怕是纳粹也允许犹太人埋葬他们的死者。"

"咱们不再是什么犹太人了，我没法再在这儿待下去了。"

"你要我干些什么？我在未来的十世都会下地狱的。"

"咱们已经下地狱了。"

"至少等到葬礼完了再走吧。"玛莎只是勉强说了这么一句话。

赫尔曼说："我现在得走了。"

"等一下。我跟你一起走。我到浴室去一下。"

玛莎站起身。她拖着双腿走，皮鞋的后跟一路擦着地板。外面，那棵树一动不动地伫立在黑暗中。赫尔曼跟它告别。他最后一次费心揣测它的神秘性。他听到自来水的哗哗声，显然是玛莎在洗脸。他平静地站着，热切地倾听，对他自己和对玛莎愿意跟他一起走而感到惊异。

玛莎走出浴室。"赫尔曼，你在哪儿？"

"我在这儿。"

"赫尔曼，我不能离开我母亲。"玛莎平静地说。

"不管怎样，你不得不离开她。"

"我想葬在她的墓旁。我不想埋葬在陌生人中间。"

"你会葬在我的旁边。"

"你是个陌生人。"

"玛莎，我得走了。"

"等一下。既然这样,你回到你的乡下人那儿去。别离开你的孩子。"

"我要离开任何人。"赫尔曼说。

尾声

五旬节前夕，雅德维珈生了个女儿。兰珀特拉比建议，如果是个女孩，就取名叫玛莎。一切事情都由他负责料理：希弗拉·普厄和玛莎的葬礼，雅德维珈的住院费。他给婴儿买了辆童车、羊毛毯和一个婴儿的全套用品，甚至还有玩具。雷布·亚伯拉罕·尼森和谢娃·哈黛丝已决定留在以色列，塔玛拉永久地接管了她叔叔的那套公寓和书店。

塔玛拉不想让雅德维珈一个人住，因此她安排雅德维珈和孩子搬来和她同住。塔玛拉白天整天在书店工作，雅德维珈照料家务。

玛莎按照惯例留下一张便条：她的死与任何人无关。她要求把她葬在她母亲身旁。由于兰珀特拉比在加利福尼亚，她俩最后葬在了贫民墓地上。两天过去了，没人知道发生了什么事。根据一份意第绪语报上登载的故事，玛莎托梦给演员雅夏·科蒂克，告诉他她死了。雅夏在第二天早晨打电话给里昂·托特希纳。托特希纳仍然有玛莎家的钥匙，他到玛莎家去，发现了她的尸体。托特希纳和在加利福尼亚的拉比取得了联系。后来，玛莎的一位邻居给报社去信，驳斥这个故事。这个邻居坚持说，她给医院打了电话，知道希弗拉·普厄已经去世，没有人去领尸。然后她就打电话给看门人，他打开了玛莎家的门，发现她已经死了。

兰珀特拉比成了塔玛拉和小玛莎家的常客。他经常把他的汽车停在书店前，走进书店随便翻一下各种书籍。他为她找来了顾客，还有免费送书给她的人，或者只收很少一点钱就把书卖给她的人。拉比在运河街一家刻字店给希弗拉·普厄母女两人合刻了一块墓碑。这家店和塔玛拉的书店只隔了一条马路。

塔玛拉几次在意第绪语报的"寻人"栏里寻找赫尔曼，但是毫无结果。塔玛拉觉得，赫尔曼不是自杀就是躲在美国某地，一个类似他在波兰的那个草料棚的地方。一天，兰珀特拉比告诉塔玛拉，因为大屠杀，拉比们已经放松了规定，被抛弃的妻子可以再婚。

塔玛拉回答说："也许吧，在来世——跟赫尔曼。"

辛格年表*

1904 年　7 月 14 日,艾萨克·巴什维斯·辛格出生在波兰华沙附近的莱昂辛(Leoncin)小镇。父亲平查斯·迈纳切姆(Pinkhos Menakhem)是一位哈西德派拉比,母亲巴斯舍芭(Bathsheba)出生在一个犹太拉比世家,受过良好的教育,以博学聪慧闻名。辛格有一个姐姐、一个哥哥和一个弟弟,姐姐欣德·埃斯特(Hinde Esther)和哥哥伊斯雷尔·约书亚(Israel Joshua)后来都成为作家,弟弟摩西(Moishe)则继承父业。此外,家中还有两个孩子死于猩红热。

1907 年　随家人移居华沙附近的拉德兹明(Radzymin)小镇,父亲成为当地犹太学校的校长。辛格去犹太儿童宗教学校上学。

---

* 《辛格年表》非英文版原书所有,年表资料主要参考"美国文库"版《辛格短篇小说集》(Collected Stories)"年表"部分、珍妮·哈达(Janet Hadda)的《艾萨克·巴什维斯·辛格传》(Isaac Bashevis Singer: A Life)等。——编者注

1908 年　随家人移居华沙克鲁奇玛尔纳街（Krochmalna Street）10 号，该街道居民大多是生活贫苦的犹太人。父亲在那里主持一个拉比法庭，主要以解决街坊邻里的家庭和婚姻问题为生。童年的辛格除了阅读宗教书籍外，还喜欢阅读爱伦·坡和阿瑟·柯南·道尔的故事，以及一些流行的意第绪语小说。

1912 年　姐姐欣德·埃斯特与一名钻石切割工在柏林结婚，之后移居安特卫普。

1914 年　"一战"爆发后，哥哥约书亚为了逃避俄军的征兵，在一个雕刻家的工作室躲藏起来。姐姐一家逃难至伦敦。

1917 年　"一战"期间，辛格一家的生活每况愈下，在万般无奈之下，辛格和弟弟随母亲来到母亲的故乡毕尔格雷（Bilgoray）小镇。小镇的一草一木、历史风俗给正值青春期的辛格带来了巨大的冲击。他后来的很多作品都以这个小镇为背景。在毕尔格雷的四年里，辛格除了研读《塔木德》外，还广泛地阅读了斯宾诺莎、斯特林堡、托尔斯泰、陀思妥耶夫斯基、福楼拜和莫泊桑等人的著作。他也学习波兰语、德语、世界语和现代希伯来语等多门语言，并用这些语言创作一些幽默短剧和诗歌。

1921 年　辛格回到华沙，进入一所犹太拉比学院学习，但因感到乏味，又回到毕尔格雷，以教授希伯来语为生。其间，深入学习斯宾诺莎的《伦理学》，阅读康德《未来形而上学导论》、汉姆生《饥饿》等著作。

1922 年　因病离开毕尔格雷，去到家人在德兹克（Dzikow）小镇的住处。生活苦闷。虔诚的弟弟摩西把哈西德派宗教思想家纳赫曼（Nachman）的著作借给辛格阅读。

1923 年　辛格搬回华沙，哥哥约书亚为他在华沙一家意第绪语文学杂志《文学之页》(*Literary Pages*)找到一份校对的工作。其时，哥哥在华沙文学界颇有名望，游历过苏联，出版了小说集《珍珠》，为美国《犹太前进日报》(*The Jewish Daily Forward*)撰稿。在华沙期间，辛格经常出入犹太作家俱乐部，在那里，他与人自由地谈论文学、哲学和时事新闻，贪婪地阅读各类书籍。

1925 年　在《文学之页》发表第一篇小说《在晚年》，并获得该杂志的文学奖。用笔名"艾萨克·巴什维斯"在《今日》(*Ha-yom*)杂志上发表短篇小说《蜡烛》。

1926 年　认识左翼女青年卢尼娅，后来他们以夫妻相处，但从未按照犹太习俗办理结婚手续。

1928 年　辛格翻译的汉姆生小说《牧羊神》(*Pan*)、《漂泊的人》(*Wayfarers*)意第绪语版出版。

1929 年　父亲平查斯·迈纳切姆在德兹克去世。辛格和卢尼娅的儿子伊斯雷尔·扎米尔出生。辛格翻译的《罗曼·罗兰传》意第绪语版出版。

1930 年　辛格翻译的《西线无战事》《魔山》意第绪语版出版。

1932 年　与好友亚伦·蔡特林（Aaron Zeitlin）共同筹办意第绪语文学刊物《格劳巴斯》(*Globus*)。在针对卢尼娅的一次调查中，辛格被短暂拘押。开始撰写小说《撒旦在格雷》。

1933年　1月至9月，在《格劳巴斯》连载《撒旦在格雷》。

1934年　哥哥约书亚离开波兰移居美国，为《犹太前进日报》撰稿。

1935年　辛格和卢尼娅分道扬镳，卢尼娅带着儿子奔赴苏联，而辛格则在哥哥约书亚的帮助下移居美国，跟哥哥一起住在纽约布鲁克林。然而，辛格极度不适应纽约，感觉"自己被连根拔起"了，以至于很多年都"写不出一个有价值的句子"。在哥哥的帮助下，开始为《犹太前进日报》撰稿。长篇小说《撒旦在格雷》意第绪语版在波兰出版。

1936年　哥哥约书亚的长篇小说《阿什肯纳兹兄弟》(The Brothers Ashkenazi)在美国出版。姐姐欣德·埃斯特在华沙出版了首部小说《恶魔之舞》(The Dance of the Demons)。

1937年　旅游签证已无法续签，在朋友的建议下，偷渡到多伦多获得加拿大的居留证后，再返回纽约获得美国的长期居留权。夏天，在卡茨基尔的一个农场度假时，辛格与未来的妻子德裔犹太人阿尔玛·海曼·沃塞曼(Alma Haimann Wassermann)相识，彼时，阿尔玛是带着两个孩子的有夫之妇。这年夏天，卢尼娅和儿子被苏联政府驱逐出境，后辗转来到巴勒斯坦地区。

1939年　德国入侵波兰后，辛格与母亲、弟弟失去联系。哥哥约书亚成为美国公民。好友亚伦·蔡特林移民美国。阿尔玛与丈夫离婚。

1940年　2月14日，辛格与阿尔玛步入婚姻的殿堂。但是婚后，他们的生活非常拮据，阿尔玛不得不去百货公司做推销员。

1941年　辛格一家搬到曼哈顿西103街的一套公寓中。

1943年　获得美国公民身份。在度过了漫长的创作低谷后，辛格连续发表了五个短篇小说：《隐身人》《教皇泽伊德尔》《克雷谢夫的毁灭》《未出生者日记》和《两具跳舞的尸体》。

1944年　2月10日，哥哥约书亚因心脏病突发在纽约病逝。辛格悲痛不已，他说，约书亚的去世是"我一生中最为不幸的事。他是我的父亲，我的老师。我永远无法从这个打击中恢复过来"。发表短篇小说《市场街的斯宾诺莎》。

1945年　在意第绪语杂志发表短篇小说《傻瓜吉姆佩尔》《小鞋匠》和《杀妻者》。"二战"后不久，有人告知辛格，母亲和弟弟被苏联政府放逐到哈萨克斯坦，并在建造木屋时冻死。11月，长篇小说《莫斯凯家族》在《犹太前进日报》连载，同时在纽约广播电台以意第绪语连续播出。

1947年　夏末，和阿尔玛乘船前往欧洲旅行。在英国与姐姐见面。在《犹太前进日报》发表旅行随笔。

1948年　冬季，和阿尔玛前往迈阿密海滩，后来他们经常去那里。

1950年　1月，去迈阿密旅行。10月，《莫斯凯家族》英文版由克诺夫出版社（Knopf）出版。这是辛格第一部被翻译成英文的长篇小说。出版前，英文版编辑要求大量删减，辛格颇为不快，但还是删掉了大量内容，并更换了结局。

1951 年　去佛罗里达和古巴旅行。

1952 年　长篇小说《庄园》开始在《犹太前进日报》连载。

1953 年　在欧文·豪的建议下，索尔·贝娄翻译并在《党派评论》发表了辛格的短篇小说《傻瓜吉姆佩尔》，引起美国批评界的热评。

1954 年　6 月 13 日，欣德·埃斯特在伦敦去世。姐姐是辛格家第一个写作的人。姐姐生前患有癫痫和抑郁症，加上辛格自身的抑郁状态和时不时出现的自杀念头，让辛格怀疑他们家有精神病史。

1955 年　2 月，儿子伊斯雷尔·扎米尔代表他所在的基布兹（kibbutz）访问纽约，二十年来首次见到辛格。2 月至 9 月，回忆录《在父亲的法庭上》在《犹太前进日报》连载。辛格首次去以色列旅行。《撒旦在格雷》英文版由正午出版社（Noonday）出版。

1956 年　《在父亲的法庭上》部分章节被改编成戏剧，在曼哈顿国家意第绪语人民剧院（National Yiddish Theatre Folksbiene）上演。

1957 年　长篇小说《哈德逊河上的阴影》在《犹太前进日报》连载。11 月，第一部短篇小说集《傻瓜吉姆佩尔》由正午出版社出版。

1959 年　长篇小说《卢布林的魔术师》在《犹太前进日报》连载。

1960 年　《卢布林的魔术师》英文版由正午出版社出版。辛格和阿尔玛搬到西 72 街的一套公寓中。法勒、斯特劳斯和卡达希出版社（Farrar, Straus and Cudahy, 1964 年更名为 Farrar, Straus and Giroux，以下简称 FSG，中文通常译为法勒、斯特劳斯和吉鲁出版社）收购了正午出版社，开启了这家出版社与辛格之间的长期合作关系。

1961年　短篇小说开始刊登在《小姐》(Mademoiselle)《时尚先生》(Esquire)和《智族》(GQ)等时尚杂志上,因而读者越来越多。10月,短篇小说集《市场街的斯宾诺莎》英文版由法勒、斯特劳斯和卡达希出版社出版。长篇小说《奴隶》在《犹太前进日报》连载。

1962年　《奴隶》英文版由法勒、斯特劳斯和卡达希出版社出版。特德·休斯和苏珊·桑塔格对该书大加赞赏。辛格阅读布鲁诺·舒尔茨的作品。决定成为一名素食主义者。

1964年　《卢布林的魔术师》荣获法国最佳外国小说奖。短篇小说集《短暂的礼拜五》英文版由 FSG 出版。同年,辛格当选为美国艺术暨文学学会 (National Institute of Arts and Letters) 会员。

1965年　辛格一家搬到百老汇大道与西 86 街交叉的贝尔诺德公寓。

1966年　2月至8月,长篇小说《冤家,一个爱情故事》开始在《犹太前进日报》连载。由欧文·豪选编和导读的《艾萨克·巴什维斯·辛格短篇小说选》出版。5月,回忆录《在父亲的法庭上》由 FSG 出版。插图版儿童故事集《山羊兹拉特和其他故事》英文版出版。辛格在欧柏林学院担任住校作家。

1967年　《庄园》英文版由 FSG 出版。插图版儿童故事《恐怖客栈》《好运气与坏运气》英文版出版。《山羊兹拉特和其他故事》荣获纽伯瑞儿童文学奖 (Newbery Honor Books)。

1968年　《恐怖客栈》荣获纽伯瑞儿童文学奖。短篇小说集《降神会》英文版由 FSG 出版。插图版儿童故事集《当坏运气来到华沙和其他故事》英文版出版。《莫斯凯家族》荣获意大利班卡雷拉文学奖。

1969年　长篇小说《地产》和回忆录《快活的一天：一个在华沙长大的孩子的故事》英文版由 FSG 出版。

1970年　短篇小说集《卡夫卡的朋友》英文版，插图版儿童故事《奴隶以利亚：重述一个希伯来传说》《约瑟夫与科扎，或维斯瓦河献祭》英文版由 FSG 出版。《快活的一天：一个在华沙长大的孩子的故事》荣获美国国家图书奖儿童文学奖。《纽约时报》披露当时辛格的年收入已超过 10 万美元。

1971年　《艾萨克·巴什维斯·辛格读本》由 FSG 出版。

1972年　长篇小说《冤家，一个爱情故事》英文版由 FSG 出版。和辛格住在同一栋公寓楼里的玛格南摄影师布鲁斯·戴维森（Bruce Davidson）拍摄了一部 28 分钟的短片《辛格的噩梦和普普科夫人的胡子》。

1973年　由辛格同名短篇小说改编的戏剧《镜子》在耶鲁保留剧目轮演剧团的专用剧场上演。短篇小说集《羽冠》英文版、插图版儿童故事集《切尔姆的傻瓜和他们的故事》英文版由 FSG 出版。

1974年　长篇小说《肖莎》最初以《心灵旅程》为题在《犹太前进日报》连载，《忏悔者》也开始在《犹太前进日报》连载。插图版儿童故事集《诺亚为何选择鸽子》出版。《羽冠》与托马斯·品钦的《万有引力之虹》一同荣获美国国家图书奖小说奖。

1975年　短篇小说集《激情》英文版由 FSG 出版。辛格在巴德学院担任住校作家。

1976 年　回忆录《寻求上帝的小男孩：或个人灵光中的神秘主义》和插图版儿童故事集《讲故事的人纳夫塔利和他的马》英文版出版。9月，理查德·伯金（Richard Burgin）拜访了辛格，在接下来的两年中，他对辛格大约进行了五十次采访。11月，菲利普·罗斯拜访辛格，一同探讨布鲁诺·舒尔茨，并把对谈内容整理发表在次年的《纽约时报书评》。

1978 年　7月，长篇小说《肖莎》英文版由 FSG 出版。回忆录《寻求爱情的年轻人》英文版出版。10月5日，辛格因"他充满激情的叙事艺术，既扎根于波兰犹太人的文化传统，又展现了普遍的人类境遇"，获得诺贝尔文学奖。与阿尔玛、伊斯雷尔·扎米尔等人前往斯德哥尔摩。12月8日，发表获奖感言。

1979 年　短篇小说集《暮年之爱》英文版由 FSG 出版。《卢布林的魔术师》被改编成同名电影。伊斯雷尔·扎米尔翻译的《冤家，一个爱情故事》希伯来语版在特拉维夫出版。米纳宰·戈兰（Menahem Golan）导演的《卢布林的魔术师》在威尼斯电影节上映。

1980 年　2月，长篇小说《原野王》开始10个月的连载。辛格拒绝波兰文学团体的邀请，坚持不回波兰。

1981 年　回忆录《迷失在美国》英文版出版。

1983 年　长篇小说《忏悔者》英文版由 FSG 出版。《书院男孩燕特尔》被改编成音乐电影《燕特尔》，导演芭芭拉·史翠珊（Barbra Streisand）凭借该片荣获金球奖最佳导演奖。

1984 年　由《寻求上帝的小男孩：或个人灵光中的神秘主义》《寻求爱情的年轻人》和《迷失在美国》三部合集而成的《爱与流放：一部回忆录》出版。《儿童故事集》由 FSG 出版。

1985 年　辛格在迈阿密大学教授创意写作课。

1986 年　理查德·伯金编辑的访谈录《与艾萨克·巴什维斯·辛格对话》由 FSG 出版。

1988 年　短篇小说集《玛士撒拉之死》和《原野王》英文版由 FSG 出版。

1989 年　12 月，电影《冤家，一个爱情故事》上映。

1991 年　7 月 24 日，辛格在佛罗里达州瑟夫赛德镇的公寓里去世。安葬在新泽西州帕拉默斯的一个犹太公墓。为了纪念辛格，迈阿密大学设有以辛格命名的面向本科学生的学术奖学金。佛罗里达州瑟夫赛德镇有一条以辛格命名的林荫大道。波兰的卢布林有一个"辛格广场"。